Fight 鬥駱駝

牛哥 著

下

鬥駱駝　下　目次

第十章　先禮後兵

次晚，夜闌人靜，都市在睡眠之中。「金氏企業大樓」的電燈十有八九已經熄滅。

在此幽靜死寂的街面上駛來了一部汽車，拐入了岔巷，在巷中劃著白線的停車處安靜地停下，車燈也告滅去。

不久，車中閃出兩個人影。他們在巷中幽黯處閃縮而行，好像路徑挺熟的。

兩條黑影是一高一矮，矮小者身形快疾，他們在「金氏企業大樓」的斜角處觀察了一番。

忽的，那身材矮小的傢伙拋起了一根繩索，繩索的首端有著一隻十字掛鉤，剎時間，已經鉤在三樓末端的迴廊欄杆上了。

繩索拉緊，那黑影如猿猴般攀繩而上，他的動作像流星似的，不費一點工夫，已經跨進了三樓的迴廊。跟著，那身形較高的黑影也爬上樓去。兩人會合在一起，收起繩索之後，又如法炮製，登上了四樓，沿牆簷疾走，有如兩頭黑貓爬牆。

不多久，他們繞至屋後，選定了一扇窗戶，又垂繩而下，個子矮小的先攀下去。

「孫阿七，千萬當心，仇奕森的綽號是『老狐狸』，經常是狡詐百出的！」個子較高的伏在牆簷上，向他提出了警告說。

「只管放心，『老狐狸』絕想不到我們會來得如此的快的！」

原來，這兩名身形快疾的黑影，那矮小的就是著名的飛賊孫阿七，另外一個，就是駱駝的義子夏落紅。夏落紅的飛簷走壁技術，完全是向孫阿七學的，所以也可以說是師徒兩人。他倆是奉駱駝之命，夜探「金氏企業大樓」。

仇奕森自抵達墨城，一直就是居住在「金氏企業大樓」的第三層樓。孫阿七是「夜行人」出身，對夜行人的一套有著豐富的經驗，先攀上四樓，再由四樓下垂揭三樓的窗戶入屋，路線使人捉摸不定。

孫阿七揭窗而入的地方，是這間公司的文件室，貯存的都是檔案帳冊，早已是蛛絲塵垢密佈。

孫阿七自文件室內溜出來，閃縮而行，伏身在大辦公室的地板上。他細心觀察仇奕森安寢的地方，沒有動靜，也沒有聲息，心想，「老狐狸」也許是睡熟了。

在這層樓房之中，就只有仇奕森一人住著，無論如何得先將他制住。孫阿七的腰間帶著有繩索，他打算將仇奕森綑綁起來。

他伏地蛇行，向著總經理室過去。

孫阿七的出身是「飛賊」，也是鎖扣專家，任何械件複雜的鎖扣，經他看過之後，可以不費吹灰之力就將它打開。他的身上帶著有百合匙，當來至門首間，他打量了四周的情形，不可能會出什麼差錯，於是摸出了小型的手電筒，先察看總經理的門鎖。很意外的，門並沒有鎖。

孫阿七用指頭一點，那扇門就自動地退開了，他沒敢大意，靜伏在地上觀察了有好幾十秒鐘。

他摸出「哥羅方」，倒在一幅紗布上，打算先將仇奕森昏迷之後，然後再將他綑綁起來，那麼他們的計劃就得逞了。

孫阿七貼著地板，又掣亮了手電筒，以指縫遮擋著，以微弱的一點光亮向床上照射過去，仇奕森似睡在床上，被褥捲做一團。孫阿七小心翼翼的，仇奕森是著名的老江湖，假如將他吵醒了，可不是鬧著玩的。

他蛇行至床畔，輕爬起身來。床上的那床被單卻是沒頭沒腦的……

孫阿七覺得情形不對，當他有此感覺時已經來不及了。室內的電燈忽而大亮，孫阿七機警地打算逃走。那寬大的辦公桌背後的旋轉椅已擰轉了面，椅子上端坐著的正是仇奕森。

仇奕森並沒有睡態，他的打扮極其整齊，白襯衣，衣袖上有閃亮的袖扣，脖子上結有一方棗紅色的圍巾，手中握著短槍。

「孫阿七，我猜想是你應該到達的時候了！」仇奕森說。

孫阿七大窘，畢生「走夜路」，竟然還會踏進仇奕森的圈套，豈不就要束手受縛了麼？

「將你手中的紗布扔下，這種手段也未免太卑鄙了，難道說，這也是大騙子駱駝的傳授麼？」仇奕森說著，握著短槍，離開了座位移步向孫阿七走過去。「正好，幹飛賊的勾當，身上必帶有繩索，大可自行綑綁，可以省掉我很多的麻煩呢！」

孫阿七在無可奈何的情況下，將手中的紗布扔向床上，抬高了手，露出笑臉說：「老狐狸仇奕森果真不凡！有你的，但是不必緊張，我身上從不帶兇器的，我是奉駱駝之命，特地來找你談話的，這也無非是先禮後兵！」

仇奕森冷笑說：「駱駝既然想找我商談問題，何不光明正大自己光臨，用綁票方法，就不夠磊落了！」

孫阿七說：「這只怪你不肯友善對待道上的朋友！」

仇奕森已來到孫阿七的身後，一根帶有十字掛鉤的繩索捲成絞花似的別在孫阿七的腰間，仇奕森將它扯了下來，打算要將孫阿七綑綁起來。

忽的，門首處有了聲息，仇奕森機警地一手叉住了孫阿七的脖子，一支短槍指向門首處。門外格格起了一陣笑聲，有人說：「老狐狸仇奕森怎會以兇器待客啦？」

仇奕森冷嗤說：「原來到的還不止是一個人呢！正好，我可以捉一雙了！」

夏落紅露身，雙手抱臂，吃吃笑著跨進了門，滿不在乎的一副樣子，點頭說：「我們特地拜訪，是希望談交易而來的，仇老前輩以槍相向，未免太不客氣了吧！」

仇奕森憤然說：「穿夜行裝飛簷走壁、帶著繩索和哥羅方，還說什麼拜訪談交易？未免欺人太甚了！」

夏落紅說：「因爲仇老前輩老當益壯，火氣旺盛，我們帶了夜行應用物品，無非是避免動武罷了，只要能獲得諒解，我們是希望和平談判的！」

仇奕森說：「有其父必有其子，你和駱駝一樣皮厚！」

夏落紅說：「我們做買賣就得撇開面子問題！假如仇老前輩肯放下槍械，我們平心靜氣交談，我想買賣是可以順利談得成功的！」

仇奕森說：「談什麼買賣？假如你能說得出理由，我可以放你們離去！」

孫阿七雙手攀開仇奕森的手肘，說：「何不先放開我的脖子呢？」

仇奕森鬆開手臂，將握著的短槍在掌心中一拋，說：「我也不怕你們會逃到那裡去！」

「其實我們也是善意而來的！」夏落紅還是慢條斯理地說。

「那麼請坐，不得玩花樣，要不然，我的槍下是不會留人的！」仇奕森說。

夏落紅毫不客氣，自動在沙發椅上翹著二郎腿坐下。「仇老前輩藉口替『燕京保險公司』做大鏢客，監守自盜，已經將博覽會的兩件寶物偷天換日搬出來了，換上了兩件贗品，冀圖蒙蔽天下人眼目，這事若傳揚出去，以仇老前輩過往在江湖上的名聲和地位，未嘗不是一種損失吧？」

仇奕森苦笑，說：「這話是誰說的？」

「我義父駱駝的神機妙算！」

「有何證據？」

「贗品古玩專家李乙堂處的兩件贗品寶物被仇老前輩高價取走，又漏夜動工，假裝修改防盜設備工程，不就明顯的已經偷天換日，把贗品珍珠衫和龍珠帽換了上去？現在天壇展覽室展出的兩件寶物乃是假貨，欺騙了國際人士，我們若對外宣布，仇老前輩就得吃官司，連帶『燕京保險公司』也得破產。我們實在不願意這樣做呢！」

夏落紅煞有介事地邊燃著了煙，悠悠地吸著。

孫阿七插口說：「事情非常的簡單，我們若向蒙戈利將軍告密，整個事情就揭發了！」

夏落紅再說：「仇老前輩可以將參觀博覽會的遊客當做傻瓜，但是蒙戈利將軍只需要到會場去看上一眼，就可以認出那是贗品！」

孫阿七又說：「我和夏落紅若走不出這間大樓，駱駝立刻就會去告密……」

夏落紅又說：「有著這許多的原因，駱駝了解仇老前輩的苦衷，特地派我和孫阿七到此，先行證實這件事情，爲免傷和氣，我們很誠懇的仍然願意付出代價，也可以說等於收購贓物一樣，仇老前輩應得的利益在合理的情形之下，我們照付，博覽會的寶貝讓它繼續展出，據我們知道，仍然有呆瓜計劃著在商展會盜寶，那就是將來我們雙方的替死鬼……」

孫阿七又說：「我們的地下交易達成之後，將來盜寶案案發之後，駱駝還有意協同仇老前輩緝盜，等到劫賊落網時，我們雙方均已離開墨城，不會有人懷疑到我們的頭上，今後，我們彼此之間還是好朋友，一舉數得，何樂不爲？」

夏落紅和孫阿七一搭一唱，你一言我一語，將仇奕森的全盤詭計揭露無遺。

仇奕森既不能否認，也不能承認，因爲承認與否都有著利害關係。他忽的笑了起來，說：「你們二位午夜潛進我的寓所，落在我的手中，還加以威逼利誘，可謂狂妄已極！駱駝縱橫江湖一輩子，也可謂太過目中無人矣！我仇某人畢生頂天立地，從不出賣朋友，金範昇是我的老弟兄，今天『金氏企業大樓』遭遇厄運，眼看著艱辛奮鬥數十年的一點成就將告化作雲煙，倘若展覽會出了意外，金家的事業全完！試想，一位老華僑在海外艱辛奮鬥數十年，成就不易，我能讓它毀於一夕麼？假如說駱駝真願意講交情，何不高抬貴手？看在仇某的一份薄面之上，『放此一馬』，彼此來日的交往多著，留得此份交情，日後只有好處不會有壞處的，你們倆位就此回去回報如何？」

夏落紅擺手說：「駱駝是騎虎難下，他曾下了極大的賭注，一定要完成墨城盜寶，這一筆賭注，關係了他老人家名下數十所孤兒院、養老院全年的經費寄託，在這個世界上，善人難做，孤兒院和養老院不事生產，每天有千張口要吃飯，光說白米就得消化好幾百擔，你能忍心眼看著孤寡無依的老幼捱飢受寒、成年不吃飯麼？何況還不止一千張嘴呢！」

孫阿七也說：「存善自有天知，不修今世修來世，仇老前輩向來也是替天行道、仗義行善的，我們的地下交易成功，等於成全了駱駝的善舉！」

夏落紅又說：「不瞞您說，我帶有現鈔若干，在我們原先的計劃中，在潛進仇老前輩的住所之後，先找尋那兩件寶物收藏所在的地方，發現之後，將現鈔放下，將寶物取走，彼此之後不找麻煩！」

孫阿七東張西望四下裡打量，說：「我想，兩件寶物離開了博覽會之後，沒有更適當的存放地方，一定會收藏在此寓所之中，仇老前輩方能妥於看管！」

仇奕森忽然改變了語氣，指著夏落紅說：「你帶了多少錢來？」

夏落紅拍了拍衣袋，說：「數字不大，只是給仇老前輩的一點路費，可供你繼續旅行零用……」

「多少？」

「兩萬美元，但這足夠蓋一棟相當大的孤兒院房舍了！」

仇奕森一笑，又指著孫阿七說：「孫阿七，飛簷走壁、爬牆撬窗、開保險箱，都是你的拿手好戲，現在我可以看得出，你在打量兩件寶物收藏在什麼地方，以你的經驗，兩件寶物究竟收藏在那兒呢？」

孫阿七抓著頭皮，裝出一副怪模怪樣的神情，嬉皮笑臉地說：「仇老前輩是著名的『老狐狸』，該不會將寶物收藏在最庸俗的保險箱裡，因此，據我的研判，它必在最顯眼而又不容易被發現的地方！」

仇奕森說：「你能指出來麼？」

孫阿七說：「在仇老前輩的面前，不敢拆穿西洋鏡，不管研判得是否正確，對大家都不甚好看！」

仇奕森格格大笑，說：「我曾說過，駱駝的智慧高人一等，手底下能人眾多，如今可以證實了，但是你們二位竟自動栽進我的手裡，不能否認是失算了吧？」

夏落紅搖首說：「不能算栽！我想，我們是為和平談判而來的，仇老前輩不會扣留我們吧？」

孫阿七說：「我們若逾時離開『金氏企業大樓』，駱駝可能就會採取斷然措施，向蒙戈利將軍或者是博覽會當局告密，那時候，整個事情就一發不可收拾矣！」

夏落紅再說：「駱駝在墨城已經有了古玩專家的名聲，也許會招待新聞界，指出博覽會欺騙觀眾，展出贋品欺瞞國際上的遊客，那時候場面可就尷尬了！」

「你們是在恫嚇我了?!」仇奕森說。

「我們是很誠懇地說明利害關係！」夏落紅說。

「著實是如此，到時候局面搞僵，亡羊補牢已經來不及了！」孫阿七說。

仇奕森兩眼灼灼，沉吟了半晌，忽說：「為了放交情，我並沒想將你們二位交官處理，請你兩位帶話回去給駱駝，請他也放我一個交情！」

「怎樣放交情？」夏落紅似已覺得能將仇奕森說服很不容易。

「請駱駝繼續按照原訂計劃盜寶，藉此轟動墨城！」仇奕森說。

「將贋品盜出來麼？」

「只要寶物失竊，誰知道它是贋品呢？」

「但是我們盜出兩件贋品有何用呢？」夏落紅反問。

「據我所知，駱駝早已有了買主，假如我的判斷正確，買主是一位暴發戶土財主，連狗屁也不懂，他根本分不出真假，只要交了貨，銀貨兩訖，駱駝和你們就可以遠走高飛了！」

「這豈不等於欺騙？」孫阿七說。

仇奕森大笑說：「駱駝走了一輩子江湖，還在乎這個嗎？」

夏落紅搔著頭皮，露出刁狡之色，搖頭說：「這樣仇老前輩未免太便宜了，讓我們擔當盜賊角色，而你坐享其成！等到買主發現收進的寶物是贋品時，我們一方面被官方通緝，一方面被買主追索、八面不討好時，仇老前輩可逍遙自在了！」

「哼！我姓仇的頂天立地，言而有信，等到展覽會結束，『燕京保險公司』的責任已了，我絕對將兩件寶物原璧歸趙，通緝案自可勾消！到時候你們也鴻飛冥冥，那位土財主根本不在乎幾個錢，他有兩件贋品寶物自己把玩，也聊可解嘲矣！」

孫阿七見仇奕森如此堅決，知道多說無益，便慫恿夏落紅說：「仇老前輩既然這樣說，我們就按照他的意思回報駱駝就是了！」

仇奕森再說：「我補充一點！兩件寶物的物主是蒙戈利將軍，等到物歸原主之後，假如駱駝仍對此物有興趣的話，不妨到將軍府去盜寶，那時候，我姓仇的絕不干涉！」

「那麼我們就告退了！仇老前輩的意思，我轉達駱駝就是了！」夏落紅說。

「能夠向駱駝勸說的是你！」仇奕森再說：「兩全其美的事情，希望你鼎力促成！」

夏落紅雙手一拱，行了江湖之禮，說：「決定如何，還得看駱駝，我無能作決定呢！」

仇奕森說：「何不由正門出去？」

「我們打那兒來就打那兒走，祈勿見笑！」夏落紅說著，向孫阿七一招手。

這兩個人一溜煙出了仇奕森的寢室，由文件室跨窗外出，沿簷壁而走，仍然利用掛鉤繩索向黑巷走下，只剎時間，兩人便躍落地面，收起繩索，又乘上汽車，揚長而去。

仇奕森燃著了煙，在窗前沉思。偷天換日之計雖是成功了，但是瞞不過駱駝，什麼地方存放那兩件寶物才安全呢？這是不能向外界洩漏的秘密，正如夏落紅所說的，他反會被指爲竊盜，那時候跳進黃河也洗不清了。

仇奕森打開了衣櫥，那件價值連城的珍珠衫，就放在衣櫥裡。珍珠衫是用衣架掛著的，內層掛著一件西裝上衣，外面用一件風衣蓋著。龍珠帽就放在衣櫥內的帽架上，只用一頂陳舊的雨帽蓋著，那更危險，誰揭開雨帽就會發現。

到底孫阿七是有經驗的竊賊，他一語道破，指出仇奕森將兩件寶物放在最顯眼而又不容易發現的地方。當時，仇奕森的心中忐忑不安。假如這天晚上仇奕森不是估計著會有不速之客夜訪，早有準備默坐在黑暗之中守候的話，那麼駱駝的黨羽就輕而易舉地得手了。

仇奕森自覺僥倖，大敵當前，真是一步也不能疏忽。

左輪泰帶著林淼到了「滿山農場」。他心中非常了解，這是仇奕森的奸計，打算利用林淼將他纏住。

「滿山農場」的命脈懸在朱黛詩的身上，她不能再發生什麼事情，否則「滿山農場」就完全結束了。左輪泰縱然有天大的本領，也不能爲朱黛詩分擔兩件官司！林淼的要求並不過分，他只希望能和朱黛詩見上一面，問明事情的原委。因之，左輪泰決意帶林淼至「滿山農場」和朱黛詩見面。

他還打算讓朱黛詩運用「愛情的力量」絆住林淼。一方面藉此了解林淼和駱駝之間的關係，這對左輪泰的兩方面作戰很有一點幫助呢。

朱黛詩是匿藏在「滿山農場」山區的葡萄園農舍裡。對「滿山農場」環境不大熟悉的人，很難會發現那所農舍的，四周都搭架起如梯狀的葡萄藤架，如迷宮似的，不識路徑的人，能走得進去未必能走得出來，尤其是「滿山農場」經過了事變之後，管理乏人，葡萄藤枯萎約在半數之上，亂草沒徑，更不容易發現路途了。

朱黛詩為躲避風頭，暫時居住在該農舍之內是最安全不過的。

左輪泰喬扮出租汽車司機，完全是「辛格力汽車出租公司」的幫忙，那是「辛格力汽車出租公司」和「滿山農場」有著悠久歷史的生意往來的關係。左輪泰冒充是「滿山農場」的失業工人，為了養家活口，持著朱黛詩具名的介紹信親自去拜訪該汽車公司的老板，繳了保證金和「行費」，借用他們的出租汽車謀生。

左輪泰打著如意算盤，借用出租汽車可以每天更換牌號，不論生意做了多少，和老板四六拆帳，每天也不過繳個數十元就可以了事，這和租用普通汽車沒有兩樣，而且還不容易露馬腳呢。

但是左輪泰做夢也想不到，他剛出馬就被「老狐狸」仇奕森識破，遇上這種強有力的對手時，可真不簡單呢！

當他駕著出租汽車載著林淼回到「滿山農場」，就使關人美瞪傻了眼，幾乎不相信自己的眼睛。

「左輪泰才過中年，怎麼老糊塗了？他沾上林淼豈不等於作繭自縛？將來怎樣脫身呢？」關人美跺著腳喃喃自語。

左輪泰卻有著另外一種盤算，事到臨頭，就得臨機應變。

他將汽車連同林淼一併交給關人美，說：「帶他去見朱黛詩，一切的問題，可以讓朱黛詩向林淼先生自己解釋！」

關人美的頭腦也被搞昏了，說：「朱黛詩會同意麼？」

左輪泰：「事到臨頭，不同意也沒有第二途徑，林淼先生是一位明事理的青年人，我們也只有以誠待人了！」

關人美可以看得出，左輪泰好像有點六神無主呢。這次真的遭遇了勁敵，稍有差池就會遭遇敗績，左輪泰失敗不打緊，可若連累了朱黛詩，「滿山農場」就永無翻身之日了。

「別再多話了！快帶林淼先生到朱黛詩處去吧！」左輪泰沉著臉，揮手向他的女兒吩咐說。

關人美無可奈何，跨進車子，一踏油門，那部汽車便穿行在黃泥山道之上，揚起一陣丈高塵埃。

葡萄園是在「滿山農場」中心區地帶，由於農場日久沒有工人打理，荒草沒徑，殘敗了的農作物堆疊得如山丘似的。好在路面上有著汽車的軌跡能隱約辨認，那自然是左輪泰叫關人美經常給朱黛詩運送補給品所留下的。

「林淼先生，你爲什麼要對朱黛詩小姐苦苦糾纏？難道說已經吃過一次苦頭還不夠麼？」關人美向她的客人提出了問題。

林淼搔著頭皮，臉色略顯尷尬說：「這也許就是所謂的緣分……」

「你是一位腰纏萬貫的富家子弟，相信美貌的女人也見多了，光是一位朱小姐就使你如此的死心塌地了麼？」

「我不相信朱小姐是一個壞女人，由她的言談舉止，我相信她是一位有教養、有學識的大家閨秀，邦壩水庫事件，我想她一定是有苦衷的，我需要將這件事情弄清楚！」

關人美一笑，說：「你只要看看這所農場荒敗的情形，心中就可以有一個了解！」

「怎麼說呢？」

「『滿山農場』和蒙戈利將軍府打官司是一件大新聞，你從不看報紙的麼？」

「我一年難得到墨城一兩次，墨城的消息甚爲隔閡呢！」

「你看這農場還成什麼樣子？」

「好像很久沒有人管理了，是停工了麼？」

「它已經變成了強盜窩啦！」關人美故意說。

林淼看著眼前的一片荒涼，還真像是一座「盜匪窩」，不由得心中就打了一個寒噤。

汽車仍向著山路疾駛，穿過了凌亂的農作物叢林，葡萄園已經在望。成串的葡萄在藤上成熟腐爛，散落得遍地皆是。

汽車從一處荒草沒徑、葡萄藤低垂處穿了過去，忽而眼前一亮，好像是另有天地似的，只見一列紅磚建築的古老平房，是昔日葡萄園的工人宿舍，屋前有寬大的廣場，有水井，魚池，鞦韆架……靜悄悄的，滿地皆是凌亂的落葉，顯得十分凋零。關人美撳了喇叭，屋內先後跑出兩個人。

林淼一看，不禁喜出望外，那不正是朝夕相思的朱黛詩和她的女婢雷蘭蘭嗎？

朱黛詩的形容憔悴，一副楚楚可憐的樣子，由屋內奔了出來，發現汽車上坐著的是關人美和林淼時，不禁一怔，畏縮遲疑地停下了腳步。

雷蘭蘭也覺得情形不對，扯著朱黛詩便往回跑，像是大禍臨頭似的。

關人美向她們招手，說：「有客人拜訪，是左輪泰關照我帶林淼先生到此的！」

「怎麼回事？……」朱黛詩吶吶問，臉上泛起了一陣紅暈，像難爲情似的。

「林淼先生對妳可謂是死心塌地，情至義盡了，這時，我們只好以坦誠對待，博取他的同情了！」

林淼匆忙走下汽車，向朱黛詩鞠躬說：「邦壩水庫一別，朝夕不忘，所以不惜千方百計來拜訪，聽說妳遭遇了很大的困難……」

關人美說：「林淼先生由遠道而來，是妳的客人，由妳負責招待了，假如需要什麼補給品，可以讓雷蘭蘭跟我去取！」

關人美分明有意連雷蘭蘭也支配開，好讓林淼和朱黛詩單獨相處。

朱黛詩遲疑著，感到很爲難，關人美便向雷蘭蘭打了手勢，一擠眼，吩咐她乘上汽車，雷蘭蘭警覺，知道關人美是另有用意，便也爬上車座。

關人美打了倒車，邊說：「你們好好的談談，反正有的是時間！」

朱黛詩還來不及回答，關人美已經掉轉了車頭，又由原路駛出了葡萄園宿舍。

汽車離去後，林淼和朱黛詩默然相對。

林淼好容易打開了話匣子，說：「『滿山農場』是屬於什麼人的？」

朱黛詩回答說：「朱滿山，是我的祖父！」

「那麼是你們世代的事業了，爲什麼會搞得如此荒涼？好像曾經遭遇到很大的變故？」林淼說。

朱黛詩說：「你不居住在墨城，想必不知道『滿山農場』的事件！來！」她一招手，帶領著林淼由宿舍背後的石階上山。

朱黛詩帶領著林淼上至山頂，上面有一個很大的操場，有鞦韆架、旋轉木馬、亭台、滑梯，像是兒童的遊樂場。

「這花圃是屬於員工的福利，這園地是他們自建的兒童樂園！」朱黛詩解釋著說。

林淼不免嘆息，說：「毀掉了多可惜，你們對員工的福利，可謂無微不至了，我的家園也有數以千計的員工，可是家父卻從來不考慮這些……」

朱黛詩抬手一指，隔著山，可以看到一座雄偉的堡壘，堡壘上旗幟飄飄。

「你可知道那是什麼地方？」

「蒙戈利將軍府！」林淼答。

「你且看將軍府開出的道路，正穿越了我們的農場，橫貫而過！」

「土地是屬於你們的？」

「蒙戈利將軍是墨城的顯要，將軍府的周圍可以劃闢爲他的軍事地區，他要築路，就可以強制收買我們的土地……」

「欺人太甚了！」

「糾紛就起於此！靠著山的那一邊，你可以看到一座燒毀了的工廠，那就是『滿山農場』演變成現在一片凋零的原因！」

林淼皺著眉宇，搞不清楚是怎麼一回事，他只對蒙戈利將軍府所築的一條道路，橫貫在他人的農場

上感到不平。朱黛詩將林淼帶進那座屹立的亭台間坐下，一邊說出「滿山農場」和蒙戈利將軍府發生糾紛的始末。

林淼大感不平，憤然說：「堂堂的將軍府，居然欺侮老百姓？」

朱黛詩說：「蒙戈利將軍在墨城的聲譽甚佳，世代功勳，是人人心目中的偶像，同時，他的善行也很著名，被稱爲是『積善之家』，據我所了解，蒙戈利將軍並無惡行，只是他手下的爪牙弄權，相信蒙戈利將軍是被蒙在鼓裡的……」

林淼說：「墨城是民主法治國家，和他們打官司，爭取社會同情，我相信衛道之士仍還是有的……」

朱黛詩搖頭，感嘆說：「蒙戈利將軍的爪牙控制了輿論，我們處在劣勢，家兄因吃官司囚在獄中，大部份的財產被查封，除了能博取蒙戈利將軍的同情，讓他了解全案的始末，由他老人家親自處理全案，始能挽回天機，否則，有誰願意『以卵擊石』？官司等於是白打的，蒙戈利將軍被弄權小人包圍，含冤者有冤無處投訴！」

林淼憤慨不已，他磨拳擦掌，以「暴發戶」的脾氣來說，天底下任何事情「大爺有錢」就可以解決，但是「滿山農場」的事情他能解決得了嗎？

「這和邦壩水庫的玉葡萄事件又有何關係呢？」他提出了新的問題。

朱黛詩不禁臉紅耳赤，說：「說到玉葡萄，就該談到左輪泰！」

「我聽說左輪泰是一位江洋大盜……名聲非常的不好，他和你們又是什麼關係呢？」

「別胡說八道，左輪泰是江湖上著名的遊俠，行俠仗義，專事打抱不平，畢生中的俠義事蹟不勝枚舉，提起『天下第一槍手』的綽號，可教歹人喪膽！」

「妳說他是一位俠盜？……」林淼像是突然間明白了，恍然大悟地說：「那麼在邦壩水庫栽贓陷害，一定也是左輪泰的意思了？」

朱黛詩噗哧一笑，臉泛霞雲，憨態撩人，使林淼喘息不迭。

朱黛詩笑了一陣，說：「這只怪是你自己惹上門的，左輪泰說你是『天上掉下來的肥鴨子』，他正愁『贓物』移不出去！」

「怎麼回事我弄不懂！」

朱黛詩斂下了笑容，說：「這話又得從頭說起，我得反問你一個問題，你和老騙子駱駝又有著什麼關係？」

「駱駝麼？他是家父遠道邀請而來的朋友，是一位大慈善家！」

「是一個老騙子！」

「別說得太武斷，駱駝老先生設立的孤兒院養老院，在東南亞地區就有數十所之多！」

「他是靠詐騙維持的，他的行騙足跡已踏遍了全世界！」

「這件事情又與駱駝有什麼關係呢？我們豈不是將話題越扯越遠了麼？」

朱黛詩說：「不！那串玉葡萄原是駱駝有計劃栽贓陷害左輪泰的！左輪泰臨時找你做替死鬼！」

林淼愕然。「駱駝又爲什麼要陷害左輪泰呢？」

「因爲他們是對頭！」

「他們之間有著什麼心結麼？」

「你是有意裝糊塗還是真不懂？駱駝到墨城是爲什麼來的？」

「他到墨城觀光，參觀萬國博覽會，由家父出資全盤招待！」

「哼，駱駝的目的是爲偷竊博覽會展出的兩件中國寶物，令尊可能就是他的幕後主持人！」

「有這種事？……」

「我不妨告訴你，左輪泰和他的目的相同，左輪泰計劃盜寶的原因，是爲了『滿山農場』和蒙戈利將軍府打官司！」

林淼更覺不解，說：「盜寶又和打官司有著什麼關係呢？」

「兩件中國清代皇室的寶物是屬於蒙戈利將軍所有，經由博覽會當局向蒙戈利將軍借出來公開展覽，藉以招徠遊客的，『滿山農場』和蒙戈利將軍府的一場官司，不論在財勢、人事關係種種方面，都不是蒙戈利將軍府的對手。蒙戈利將軍是一位極講理的人物，只是他被手底下一群小人包圍，想和他見上一面比登天還難，不然，只要能和蒙戈利將軍面對面將案情說清楚，他絕對不會逼得我們走投無路的，因此，左輪泰想出了盜寶的絕計，希望藉此轟動墨城，引起蒙戈利將軍注意，隨後以尋獲寶物爲由，趁將寶物親手交還蒙戈利將軍之際，藉機和他談及『滿山農場』的遭遇，我們的冤屈就可以申訴矣！」

林淼嘆息說：「這真可謂是異想天開了！」

「除此以外，我們申冤無路！」

「假如蒙戈利將軍不接納你們的申訴，左輪泰豈不是白費心機了麼？」

朱黛詩說：「蒙戈利將軍若是有理性的人，我想他不可能會心腸似鐵，否則，他不會受到墨城全國人民的愛戴！」

林淼猛地一拍大腿，說：「假如妳說的全是真的，那麼仇奕森擔任博覽會的大鏢客，也是爲了對付駱駝和左輪泰了？」

「可不是嗎？最高強的對手全纏在一起了！」朱黛詩說。

林淼突然大笑起來，說：「我曾經幫了仇奕森許多大忙，豈不是『吃內扒外』，幫了倒忙麼？」

「初時，我們也曾懷疑過你是仇奕森的黨羽！」

「不！我和仇奕森接近的原因，完全是爲了妳……」林淼說溜了口，不覺臉上一紅。

「這話從何說起？」朱黛詩問。

「假如不是仇奕森，我怎會和妳們相識？」林淼忸怩地說：「在邦壩水庫『皇后酒店』貯物間，我被警探人贓並獲拿住之後，我不相信妳是有意陷害我的，所以找仇奕森尋出真相，仇奕森就借此機會提出種種的要求，『老狐狸』真是名不虛傳！」

朱黛詩一聲嘆息，說：「現在全盤真相已經告訴你，你該可以了解，我們並無存栽贓陷害之心，只是陰錯陽差，你『自投羅網』罷了！」

林淼說：「我並無怨懟，不過我認爲盜寶不是辦法，解決不了『滿山農場』的問題！博覽會有仇奕森做大鏢客，很不容易下手的；正如妳所說，連駱駝那種『老江湖』角色，也被仇奕森弄得團團轉，左輪泰再有本事，在眾目睽睽下想將寶物盜取出來，談何容易？萬一失手，豈不更連累妳們了？」

朱黛詩的臉上又再度籠罩愁雲，說：「我也曾經勸告左輪泰，但是江湖上的人，只要交上了手就不肯罷休，他們有個人在圈子內的榮譽感……」

「據我看，『滿山農場』的官司一定要繼續打，農田不能讓它荒廢，關於蒙戈利將軍方面，可以設法疏通，以蒙戈利將軍在墨城的地位，和他硬碰硬是不划算的，最好是讓他了解全案真情，達到和解目的！」

朱黛詩嘆息說：「我早已經是山窮水盡了！」

林淼說：「我願意全力支持妳！」

「別在我的面前擺出暴發戶的作風！」

「噯！我說的是真心話，大好的農田，怎可讓它荒廢？官司一定要打下去的，墨城所有著名的律師和家父都有交往……」

「我怎能接受你的支持？」

「這也是路見不平，拔刀相助！」

朱黛詩幾乎落淚，她溜出了亭台，跑下山坡去了。

林淼追著說：「朱小姐，我說的是真心話！」

天色漸晚，雷蘭蘭去取補給遲遲沒有回來。沒有交通工具，林淼想離開葡萄園談何容易？光只看那山巒下荒廢了的田園，枯萎了的農作物縱橫重疊，一望無際，靠步行的話，要走到什麼時候？

其實，林淼也沒有打算離去之意，能和朱黛詩單獨相處，機會難得呢，良辰美景，林淼真樂不思返。

朱黛詩是千金小姐，平時也是僕婢成群的，但在家境逆轉之後，她躲在葡萄園避難，也得自己下廚了。爲了招待客人，朱黛詩在廚房裡動手，林淼在一旁幫忙，感到樂趣無窮。

晚餐非常的簡單，只有幾樣精緻的小菜。林焱毫不在乎菜餚的好壞，他能面對著朱黛詩共進晚餐，就感到非常的滿足了。

葡萄園的地下倉庫裡存著有工人自釀的葡萄美酒，是陳年佳釀，醇香撲鼻，林焱不是酒徒，幾杯進肚就有點陶陶然的，他的心別別跳盪，腦海裡卻不斷地徘徊考慮，他該怎樣給朱黛詩一點幫助？像朱黛詩這樣的絕色美人，家世也甚好，一夕的逆轉，落至如此的境況，實在教人同情。

忽的，一陣汽車馬達聲響自遠而近，來至葡萄園宿舍的門前停下。是左輪泰父女和雷蘭蘭三個人，他們為朱黛詩送補給品而至。

左輪泰和關人美自動入席。

左輪泰和林焱乾了大杯的葡萄酒，然後說：「朱小姐避難到此，你是到此來訪的第一個客人，相信經過情形你已經全盤了解了，我們為你蒙受不白之冤感到很抱歉，同時，你在警署沒有吐露朱小姐的姓名，我們也感激不盡！」

林焱說：「我的父親一夜之間暴發，是社會上人心中的暴發戶，惹一點笑話本不足為奇的！」

左輪泰說：「你是一位明達事理的好青年，所以，我將你當做自己人看待，向你說實話。坦白說，為了解救『滿山農場』的困境，我打算在萬國博覽會盜寶！」

「我反對你這樣做！」林焱直截了當地說。

左輪泰大感意外，說：「為什麼？」

「萬國博覽會是由墨城政府所辦，配合四年一度大選，墨城政府原是為誇耀自己的經濟建設，政治意味重於產品貿易；整個博覽會軍警林立，佈防甚為周密，特別是那兩件中國寶物是借自蒙戈利將軍

的寶庫，展出場地的四周有電眼日夜監守，警衛廿四小時毫不鬆懈，想將寶物偷出來談何容易？萬一失手，豈不就連累了朱黛詩小姐麼？那麼，非但『滿山農場』的問題解決不了，還連累朱黛詩小姐吃官司！」

左輪泰含笑說：「你說這番話，恐怕是另有隱衷吧？」

「我說的是肺腑之言……」

左輪泰又乾了一杯酒，吃吃笑了起來，說：「據我所知，林淼先生和駱駝的關係密切，駱駝是有計劃盜寶的陰謀分子之一，林淼先生又和仇奕森的交情至厚，仇奕森是『燕京保險公司』僱用的大鏢客，你究竟是在替誰說話，替誰作掩護呢？」

林淼頓時臉紅耳赤，連忙否認說：「駱駝和家父是朋友，我和仇奕森的交往是爲了打聽朱小姐的下落……」

「你替仇奕森跑腿，查訪贋品古玩製造專家，介紹仇奕森收購了駱駝所訂製的兩件贋品寶物，事實非常明顯，你一方面爲仇奕森跑腿，一方面替駱駝蒐集情報，兩方討好，然後坐山觀虎鬥，坐享『漁人之利』！這種事情能瞞得了外人，瞞不了我，要知道，我跟蹤你已經不是一天了！」

林淼大窘，額上也現出了汗跡，吶吶說：「左輪泰先生，你未免把我說得太可怕了吧？」

左輪泰又說：「仇奕森在博覽會將你交給我，意思就是讓你將我纏住！」

「不，不，我爲的是要找尋朱黛詩小姐的下落……」

「仇奕森收購的兩件贋品寶物那裡去了？」

「不知道……」

「他是否已經將天壇展覽處的兩件真品調換出來了？」

「我想，那是不可能的事情，仇奕森縱然膽子再大，展覽所是每天開放公開展覽的，他能欺騙所有的觀眾麼？」

「為了『燕京保險公司』，仇奕森逼得出此下策，兩件寶物在他的手中才比較安全！」

「不可能吧！」

左輪泰責以大義說：「林淼，我把你引到『滿山農場』和朱黛詩小姐見了面，『滿山農場』當前所遭遇的困難，你也了解了；我們並不希望獲得你的幫助，但至少要獲得你的同情，假如你還在替仇奕森隱瞞，又繼續為駱駝做眼線，那就很對不起朋友了！為了解決『滿山農場』的困難，我一定要達到盜寶的目的，以三方面爭鬥來說，駱駝手底下兵多將廣，佔了優勢，仇奕森把握著天時地利，站在明處，我們是最弱的一環，稍有失算就會一敗塗地，你總不忍心眼看著『滿山農場』長此凋零下去，而至拱手讓人吧？天壇展覽室內的兩件寶物是否已經被仇奕森調包，換上了贋品？」

林淼甚為著急，抬起手說：「我可以指天發誓，我真的不知道！」

左輪泰皺著眉，又說：「那麼駱駝在午夜時叫你到天壇展覽室去，又是為什麼呢？」

林淼著實搞不清楚，仇奕森為什麼要高價收購兩件贋品？他連想也沒有想過。「不！是家父讓我去看看仇奕森為什麼要大興機械工程……」

「此事和令尊又有何關係呢？」

「不知道！」

「嗯，看情形，你是不會站到我們的這一方來了！」左輪泰故意說。

「唉，我百口莫辯，恨不得挖出心肝來供各位細看！」

「不瞞你說，不管在任何情況之下，我原訂的盜寶計劃不變，這消息，你是否會提供給仇奕森或是轉告駱駝？」

林淼說：「我向任何人也不會吐露，但是我可以告訴你，這是極端危險的事情，仇奕森已經邀請『羅氏父子電子機械工程公司』更改了防盜電子設備，是由羅國基老先生親自動手改裝的，誤觸機關就會觸電！」

左輪泰冷笑說：「那是仇奕森擺的噱頭，他明曉得電子防盜設備只要停電就會失去效用，防盜設備設計得再精明也沒有用！」

林淼的疑竇被一語道破，心中不免對左輪泰的精明欽佩得五體投地。

「仇奕森耍了噱頭，這使我得提前盜寶，現在發生了新的問題，就是那三個蒙面賊究竟是屬於那一方的？相信仇奕森和駱駝都有著相同的想法！」左輪泰再說。

「的確，仇奕森也搞不清楚，爲什麼大家所走的路線完全相同……」

「爲恐夜長夢多，我已經到了非動手不可的時候了，我很抱歉，得留你在葡萄園裡住上兩天！」左輪泰說。

林淼反而沾沾自喜說：「我願意多住上幾天！」

朱黛詩吃驚說道：「你懷疑仇奕森已經將寶物調了包？這樣還要繼續向商展會盜寶嗎？」

「這是兩全其美的做法！」左輪泰正色說：「我曾鄭重考慮過，仇奕森的立場也是對的，保護天壇展覽所的兩件寶物的安全，對仇奕森並無好處，他的目的只是爲朋友，不讓『金氏企業大樓』倒下去，我決心幫仇奕森一個忙，按照原訂計劃盜寶，不管仇奕森是否已經將展出的寶物調了包，反正我的目的只是要盜寶，藉此事件轟動墨城，讓蒙戈利將軍知道墨城有了能人出現，而且是針對他而爲的！至於如何和蒙戈利將軍談判，那該是後事了，最低限度，我要讓蒙戈利將軍在『滿山農場』走個幾趟，讓他親自看看『滿山農場』被他的狐群狗黨逼害的慘況……」

林淼懷疑說：「左輪泰先生，你真有把握可以將兩件寶物盜出來嗎？」

左輪泰說：「事在人爲！」

「商展會當局的警衛不分晝夜二十四小時防守，而且室內裝置有最新型的電子防盜設備！」林淼說。

左輪泰失笑說：「仇奕森已經替我們留了後路，他改裝防盜設備，沒有變動改用其他方式代替電力，因此，可以說明他是希望有人在該展覽所實行盜寶！」

朱黛詩關心說：「也許那是詭計，是一個陷阱！」

左輪泰說：「仇奕森的目的只是要保護寶物，挽救『燕京保險公司』的危機，他並非是爲墨城的治安機關捉賊！」

「你打算怎樣動手呢？」朱黛詩問。

「反正林淼已經不是外人了，在你們面前說也無妨！」左輪泰說著，自衣袋裡掏出了一份備忘錄。

「在天壇展覽所的四周，有警衛二十四小時輪班防守，他們每四小時換班一次，以時間推算，午夜二時換班的一次，對我們最爲有利！」

關人美搔首說：「按照經驗，午夜二時至凌晨五時，是夜行人最活躍的時間，你選擇得並不高

明！」

左輪泰向她擺手，說：「聽我說下去，值夜班的警衛室有咖啡和夜點招待，是商展會安排的，是由對街一間叫『哈利小吃店』承包的，這個時間，該小吃店早打烊了，每夜均由店東哈利的小女兒菩娣親自將咖啡、熱狗或牛肉餅等物送過去。菩娣年約十六七歲，天真活潑，那些侍衛經常和她開玩笑，吃豆腐，排解午夜的寂寞，對我們是十足有利的！」

關人美好像很了解左輪泰的手法，說：「你打算先從菩娣下手？」

左輪泰便指著關人美說：「由妳代替菩娣送咖啡過去！」

關人美好像早已料想到了，冷冷地說：「這種好差事總是輪到我！給你做內應，東窗事發時，首先被捕的是我！」

左輪泰在一個旅行袋中取出一隻銀亮的咖啡壺，邊說：「這隻咖啡壺是為妳特製的，蓋頂上裝著有一枚小藥丸，在熱咖啡時，插上電流，藥丸就會溶化，洩出噴香，任何人嗅著，會感到疲乏，昏昏欲睡，咖啡中置有安眠藥，一旦喝下去，內外夾攻，至少會有二十分鐘時間昏睡不醒，這二十分鐘正是供我取出寶物的時間。」

關人美不斷給他的義父潑冷水，說：「你居然還是採用雞鳴狗盜的老套，你可以將警衛『擺平』了，但是又怎樣對付電子防盜設備呢？你只要稍稍移動那隻玻璃罩，整個博覽會的警鈴便會同時亂鳴，所有交通要道一併封鎖，那時候我們盜出了寶物插翅難逃！」

左輪泰說：「當然，我們還是需要斷電！」

「怎樣斷電？到邦壩水庫去剪斷電流麼？」關人美仍是以反對的語氣說。

左輪泰笑著，取出了一隻黑紋皮的提盒，放在餐桌上揭開，裡面竟是一支遠距離射程、三八口徑的來福獵槍，他裝上了滅聲器，邊說：「我有這支神槍幫我的忙！」

「用槍切斷電流麼？……」

左輪泰移過博覽會全圖，指著商展會的辦事處說：「他們會幫我的忙！在三樓靠近窗戶的辦公室首端，有一隻泡沫滅火器，昨天我在參觀該辦公室時，在滅火器的頂端放下了一筒燃燒瓦斯，在適當地點，用神槍將它擊中，該辦公大樓就會發生火警！你們再看，在該大樓的左側，有一支高豎的電線桿，上面裝有變壓器，在兒童遊樂場上，也裝設有變壓器，是用以控制電動玩具的電流用的，我在變壓器的頂端都裝設上燃燒瓦斯，只需要幾枚槍彈，一連幾處關係整個商展會電流控制調節的地方會熊熊大火，造成嚴重的假火警，只要商展會的值夜職員報火警，電流立刻關閉，天壇展覽室的電子防盜設備就等於廢物了！」

「你選在什麼地方射擊你的神槍呢？」

「中國館的蒙古烤肉店不是很理想麼？它是力霸鋼架建築物，在它的頂端上，正好環視所有的槍靶！」

「在夜間，博覽會所有的進出要道完全封鎖，你用什麼方法可以上到蒙古烤肉店的屋頂？」

「力霸鋼架建築物拉了許多鋼纜，直接通達展覽會場之外，沿著鋼纜就可以上去！」

關人美皺著眉宇說：「你已經這把年紀了，還能夠像猿猴般爬電纜麼？」

左輪泰說：「我已經試過，進場內去裝置燃燒瓦斯，並不費力氣！」

「火警發生時，警察和消防人員就會封鎖交通要道，我們就算盜出了珍珠衫和龍珠帽，該怎樣將它

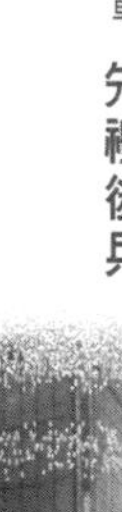

運出封鎖線呢？」關人美再問，她好像很老於此道，對每一個細節都考慮周詳。

左輪泰說：「這個問題問得很好，珍珠衫和龍珠帽由妳穿戴著，我們有十分鐘的時間，從容不迫地離開博覽會，是時博覽會的內部一定是鬧哄哄的，只有天壇展覽室的警衛在睡意朦朧！我們需要雷蘭蘭幫忙，她喬扮成一個即將臨盆的孕婦，倒在路旁約距離商展會四五百碼的地方！關人美是她去找醫生的同伴，我就變成趕到的醫生了！」

「……」林淼吶吶說。

左輪泰說：「等到案發時，我們已經在趕赴醫院的途中，警察的摩托車嗚咽怪叫，掩飾了所有的聲響，任何人也不會想到失竊的寶物會在警察護送的一部汽車裡！」

「我們到什麼醫院去呢……？」

「離開墨城不到半哩的地方，我已經找了一間空屋，掛上了莫森醫學博士的招牌，到達目的地，把警察支走，招牌就可以取下了！」左輪泰說。「昨日，博覽會裡就有參觀的孕婦遊客忽而腹疼臨盆，由警衛室的警車護送到醫院去的，一時還傳爲美談呢！」

林淼說：「我對你的計劃頗表懷疑！」

左輪泰笑著說：「因爲你從來沒有做過案子！」

葡萄園的員工宿舍有足夠的房間可供招待客人，是夜，他們暢飲至午夜始才散去，雷蘭蘭替林淼收拾了一間雅潔的房間讓他歇息，這位客人就被他們留在葡萄園裡了。

午夜後，左輪泰仍在獨酌，他一面擦槍，那支長射程的來福獵槍在他的整個行事計劃之中，關係至爲重要，不能出些許的差錯。

朱黛詩替左輪泰擔心，上了床無法入睡，又偷偷的溜出房外來了。

「爲什麼睡不著？」左輪泰問。

「我一直在擔心，老感覺到你的行事計劃有不甚妥善之處！」

左輪泰笑著說：「我的行動總共只有二十分鐘的時間，成敗很快就可以分曉，假如失敗，其中的原因只是有人從中搗亂而已，仇奕森修改電子防盜設備沒有更改電源，顯然是給我們留了後路，他還希望有人將寶物盜出來呢！」

「也說不定是故意佈置了一個圈套！」

「仇奕森佈置這種圈套，對他毫不發生作用，天壇展覽所內的寶物已調換了贋品，倘若失竊，對他反而有好處，等到保險展出期滿，他再將寶物原物歸趙，保險公司的責任結束，同時又收到宣傳效果！」

朱黛詩很難想得通其中的道理，她擔心的還是左輪泰的安全問題，又說：「博覽會的兩件寶物失竊，真會引起蒙戈利將軍的注意嗎？若這老頭兒根本不當它是一回事，我們豈不枉費心機？」

「不會的，蒙戈利將軍只有一項嗜好，終日和古玩爲伍，只看他對那串玉葡萄的關心，就可想而知了！」左輪泰似想起了另一樁事情，揚高了手指，說：「我還需要委託妳一件事，替我寫一封信！」

朱黛詩很感意外，說：「寫給誰呢？」

「給蒙戈利將軍！」左輪泰露出神秘的笑意。

「給蒙戈利將軍寫信？爲什麼呢……」朱黛詩驚訝不迭。

「妳預備筆墨信箋，最好戴上手套，別印上了指紋，這是一著險招！」

朱黛詩更弄不懂了，匆匆進房去取出文房用具，戴上了手套。

左輪泰吩咐朱黛詩按照他所唸的照錄如下：

蒙戈利將軍閣下：

聞說閣下珍藏世界各國古物，「積寶如山」，萬國博覽會展出之清宮皇室珍珠衫及龍珠帽即閣下之珍藏寶物之一，據查，該兩件寶物乃「八國聯軍」侵佔北京時擄劫清宮之國寶，經過冗長歲月，理應歸還，頃已簽收，特此奉告，並頌

福安

義俠大教授上

朱黛詩大爲吃驚，吶吶說：「盜寶還打收條麼……」

左輪泰笑著說：「駱駝曾經栽贓嫁禍於我，我不過是『以牙還牙』，給他一記好看的，今晚將信發出，按照我的調查，後天早上蒙戈利將軍府才會收到，信經過翻譯，至蒙戈利將軍的手中至少是後天中午的事情了。那時候，博覽會的兩件寶物早落在我們的手中，蒙戈利將軍首先會懷疑到駱駝的頭上，教他跳進黃河也洗不清，夠他受的！」

「什麼道理蒙戈利將軍會首先懷疑到駱駝的身上呢？」

「駱駝是什麼人，明眼人一看而知，蒙戈利將軍不是傻子，由玉葡萄事件，他早就會盤算到駱駝的

真實身分了，同時，我的信函上已經寫得很夠清楚，『義俠大教授』也就暗示了就是行爲怪誕的駱駝，可以觸發蒙戈利將軍的靈感呢！駱駝正好訂製了一件假的珍珠衫和龍珠帽，他比仇奕森晚到了一步，取去了第二套贗品，假如警方搜索的話，會人贓並獲，教駱駝就『吃不完兜著走』！駱駝向我栽贓時，做夢也想不到報應會這樣的快！我還他一記更棘手的，且看駱駝如何招架了！」左輪泰說時，帶著酒意，洋洋自得。

在這同時，暴發戶林邊水也接到一封無名怪信，信上寫著：

林邊水先生大鑒：

閣下為富不仁，搜刮民脂民膏吸盡貧窮骨髓，仗著孽錢不時製造醜聞，使人神共憤！上天垂憐，賜你獨子尚不知自愛，招搖生事，醜聞時見於報端，令人齒冷。如今，叫你香火斷絕，或是出資美元十萬贖回你兒狗命，如何接洽，請交由大騙子駱駝先生全權負責，為你的後代命根，相信林邊水先生不會吝嗇幾個臭錢吧？祝財安。

無名客

林邊水看完這封信，嚇得膽裂魂飛，幾乎昏倒在地。

這不是一封勒索信嗎？他的兒子林淼被歹徒綁票了麼？該信上說，要十萬美金的贖款，這數字和駱駝的賭注相同，豈不是太巧了嗎？信上又說：如何接洽，請交由大騙子駱駝先生完全負責，這是怎麼回事？爲什麼要交駱駝去負責呢？

林邊水魂不附體，神不守舍，匆匆忙忙，真的就找駱駝去了。

駱駝看完那封恐嚇信，也如「丈二和尙摸不著頭」，事出意外，是誰敢在這時候綁票林淼勒索？「無名客」是誰？爲什麼要指定他做接洽人呢？

駱駝到底是老江湖了，稍加思索即格格笑了起來，向林邊水加以安慰說：「不要慌張，這不是真的綁票勒索，這位『無名客』無非是想將我困住罷了，他的目的，是不讓我放開手腳去盜寶！」

「無名客是什麼人？」

「不是仇奕森就是左輪泰，總歸是他們倆人的其中一個！」

林邊水有點不敢相信，遲疑地說：「他們索款美金十萬，正是我們兩人的賭注！」

「那是開玩笑的……」

林邊水說：「由那天晚上你讓林淼到博覽會去查探仇奕森修改電子防盜設備後，林淼就好像是失了蹤似的，一直沒見他回來，說不定真被人綁票了……」

「也許他就是落在仇奕森的手中！」

林邊水說：「這不是兒戲的事，要知道我就只有這麼一個兒子，等於是我的命根子呢，萬一出了什麼岔子，駱駝教授，你賠我不起啦！」

駱駝仍和婉地勸慰說：「你只管放心，我擔保林淼不會出什麼事情的，就算真的被綁票勒索，這恐嚇信上已寫得很明白，指定我爲接洽人，他至少還會和我接洽的，只要有人露了面，不難替你弄個水落石出！」

「唉，老天，我真可謂是自作孽，爲什麼會沾惹這個麻煩……」

「這件事，最好暫時不要張揚出去，否則會自亂步伐，那我們可能就中了別人的奸計了！」

「駱駝，我願意放棄賭注，賠償你的損失，請替我把兒子弄回來！」林邊水仍戰戰兢兢地說。

駱駝搖頭說：「別胡鬧，現在已經是騎虎難下了，賭注是另一回事，假如我認栽在仇奕森或左輪泰的手中，將來在江湖上如何抬頭見人？」

「那怎麼辦呢？」林邊水抓耳搔腮的，有如熱鍋上的螞蟻。

「我可以很快給你消息，告訴你林淼的下落！」駱駝拍著胸脯，很有把握地說。

「駱駝，別再弄鬼作虛了，假如林淼出了事，我把這條老命和你拚了……」

林邊水所接獲的怪信，是仇奕森所發的。他已經計算過，林淼隨左輪泰到「滿山農場」去後，左輪泰絕對不會很快的讓林淼離開「滿山農場」的，否則他的機密就會全盤洩漏。

仇奕森讓左輪泰纏住林淼，一方面又用「無名客」名義給林邊水寫了一封恐嚇怪信，造成林淼被綁票勒索的樣子，指定駱駝爲贖票的接洽人。林邊水愛子心切，自然就會將駱駝纏住，由林邊水父子兩人分別牽制住兩個盜寶的陰謀者，在局勢上會對仇奕森大爲有利。

仇奕森相信，駱駝會很快的查出林淼是被扣留在「滿山農場」左輪泰的手裡。假如林邊水真把這件事情當做綁票勒索案辦理，左輪泰就會「吃不完兜著走」。仇奕森「一石兩鳥」，把駱駝和左輪泰兩人全「算」上了，左輪泰是被蒙在鼓裡的，若發展得順利，甚至於會造成左輪泰和駱駝火拚。那樣，仇奕森就可以安安穩穩地坐山觀虎鬥、「黃鶴樓上看翻船」了。

第十一章　強盜遇劫賊

月黑風高，這是左輪泰計劃好的盜寶之夜。在左輪泰的行事計劃中，他總共需要三個人：左輪泰、關人美、雷蘭蘭。他很有把握，自以為是「算無遺策」，只需要短短二十分鐘的時間就可以將寶物取到手。

第一件事，左輪泰和關人美、雷蘭蘭互對手錶，在時間上不能有差錯，否則會有全盤失算之慮。兩部汽車悄悄駛出「滿山農場」。左輪泰自行駕駛的一部是營業用的計程車，他穿著一身黝黑，可供夜行的服裝，工具箱內載著有齊備的各種必需用具。關人美和雷蘭蘭共乘「辛格力汽車出租公司」供顧客自行駕駛的私家車，也攜帶著齊備的用具。

關人美年紀不大，可是跟隨她的義父左輪泰走遍江湖，多年來，曾經歷過大大小小離奇怪誕的案子，可謂經驗豐富，資格老練，一點也不含糊。這也是她對左輪泰極有信心的原因，在許多次歷險中，左輪泰好像還從未失敗過。

雷蘭蘭卻不同，從未幹過「偷雞摸狗，作奸犯科。」的事情，有點提心吊膽的，怯怯不安。在汽車中，如坐針氈。

關人美駕著車，發現雷蘭蘭的情況。

「爲什麼愁眉不展的？我們每做一件事情，都要以最愉快的心情以赴！」關人美打開了話匣子，藉以安撫雷蘭蘭的情緒。

雷蘭蘭嘆息說：「我只擔心萬一出了差錯，對不起左輪泰先生，更對不起朱黛詩小姐一家人！」

關人美打了一個哈哈，說：「不必擔心，左輪泰的安排，從來很少會出差錯的，妳只是一種怯場心理，譬如說：一個新登臺的演員，在戲還未開幕之前，都會心情極度緊張，坐立不安的，但等到鑼聲一響，亮了燈光，戲幕拉開，他就回復正常了。妳只要將它當做演戲，我想一定會非常出色的！」

雷蘭蘭說：「我也或者會變成張口結舌、說不出話來的演員，渾身戰慄，那怎麼辦？」

「那正好，即將臨盆的孕婦都是如此的！」

「唉，萬一被人識破，那該怎麼辦？」

「孕婦臨盆，誰能識破？除非是替妳接生的醫生！可是喬扮醫生的就是左輪泰！妳只需注意，在妳腹痛倒地時，經路人發現，別讓任何人接觸妳的肚皮！」

雷蘭蘭抓耳搔腮的吶吶說：「我只擔心我扮演不出來……」

「我想，妳會扮演得非常出色的，因爲左輪泰相人，從未有過差錯，他認爲妳行妳就一定行！」

雷蘭蘭穿著寬大的孕婦裝，撫摸著她那個經僞裝、圓溜溜的肚皮，渾身上下都感到不舒服。她的臉部塗了舞臺用的化裝油，油亮亮的，到了臨場時還要將頭髮稍爲弄亂，加上一點汗珠。

不久，汽車已來到該是雷蘭蘭假裝臨盆倒臥路旁的地方。只見左輪泰的那部車假裝機械故障，左輪泰正掀開了引擎蓋從事調整。

關人美駕著汽車在他的身畔停下，像是偶然相遇搭訕的樣子。

左輪泰叮囑雷蘭蘭說：「這地點是最有利於妳演戲的地方，有著昏黯的路燈，加上妳臉上的油彩化裝，妳的表演一定會很出色的！」他一面又指著馬路對面的一株大樹，說：「妳暫時躲在那巨樹的背後休息，看準了時間之後再出來！」

雷蘭蘭唯唯諾諾，這時，她已經沒有可以反悔的餘地。

雷蘭蘭下了車之後，關人美單獨駕著汽車先行向前路去了。

午夜馬路上沒有行人，也沒有汽車路過，左輪泰替雷蘭蘭把風，等她安全躲進巨樹背後去時，方才登上汽車，追蹤關人美而去。

萬國博覽會的會場在望，雖在午夜，它的燈光仍像明星似的。再有半個多小時，就是值夜警衛換班的時候到了。

關人美的汽車繞進了天壇展覽所正對門的岔道，那兒有一間孤零零的小吃店。在白天，它是專供公路上的過路者充飢，做小吃買賣的。夜靜之後，公路上不再有買賣可做，所以該店便跟著打烊。

爲了貪圖方便，天壇展覽所值夜警衛的夜點，是由「哈利小吃店」承包的。因爲路近的關係，由它供應，警衛可以得到熱飲和熱食，增加熱量以熬過漫漫的長夜。店主哈利先生在店舖打烊後就離店返家了，夜點熱飲由他的小女兒菩娣負責，所有的供應品都是現成的，放在暖爐或烤箱之內，到時候由菩娣送過去就行了。

天壇展覽室的警衛每四小時換班一次，午夜二時接班的，差不多在一點五十分鐘左右就會抵達，到換班前還有一些細微的手續，下班的在打卡鐘上打印，接班的要簽字、查點各物無訛。菩娣送去的咖啡夜點要正好在二時左右送達。

這小女孩相當的負責，一點多鐘她就開始準備，咖啡燒得熱騰騰的，牛肉餅或熱狗麵包一份一份地用餐紙包好，另外，杯碟湯匙等的用具盛在一個送食物的藤箱子裡。

那間小吃店，是一間長條形的平房，靠馬路的一端，三面都有著窗戶，垂著薄紗窗簾，但是只要屋內的電燈亮著，就可以看到屋內的動靜。

關人美將汽車繞至屋側，隔著窗簾，她已經可以看到菩娣正在清理將要送出的夜點和飲料。關人美悄悄地溜至下了鎖的玻璃門前，抬手敲了門。菩娣感到很意外，這種時間，怎會有訪客呢！

關人美隔著玻璃門不斷地向她招手。菩娣便捨下她的工作，向玻璃門處趕了過來。當她發現門外站著的是一位年輕的少女時，稍感安心；她問關人美有什麼事情？關人美搖頭，表示隔著玻璃門聽不見。

菩娣無奈，只有拔下門閂，擰開門鎖，將玻璃門打開了。

「小姐，妳有什麼事嗎？」她問。

關人美忙說：「我趕路經過此地，飢餓不堪，聞到咖啡香味，所以來拍門，希望能買到一些可供充飢的食物！」

菩娣搖頭說：「非常抱歉，我所準備的食物，全部是外送的！」

關人美已自動穿進屋內去，故意裝做嘴饞的樣子，邊說：「不可以騰出一兩份麼？我實在是餓極了！」

量！」

「很抱歉，這是固定的份量！」

「我願意出雙倍的價錢！」

「價錢再多也不行，這是要送到對門博覽會給值夜班的警衛們享用的，我們訂有合約，規定了份量！」

「連些許多餘的也騰不出來麼？」

菩娣是一個好心腸的女孩子，以極同情的口吻說：「假如有多出來的，我願意免費贈送！」

關人美一聲嘆息說：「我的運氣真壞！不過，我想騰出一杯熱咖啡應該是沒有問題的吧？」

菩娣說：「既然這樣，我就給妳弄一杯咖啡吧！」

關人美連忙道謝。

菩娣在替關人美斟咖啡時，不斷地問長問短。

「為什麼妳會在午夜到達墨城？妳是由什麼地方來的？」

關人美已開始注意屋外的動靜，最要緊的，就是不要趕在這時間恰好有人路過，正好窺看了她動手的情形。按照時間上的計算，左輪泰的汽車已經趕到了，正好在路旁替她把風，假如屋外有意外的動靜的話，左輪泰會撳喇叭為號，教關人美提高警覺。

「我由夏廊城至此路過，是準備到嘉拉西海濱去會我的未婚夫的！」她回答菩娣。

嘉拉西海濱是墨城著名的一個避暑勝地，很多遊客不遠千里而來，匆忙路過不以為奇，菩娣聽著就信以為真了。

「妳真是愛情至上！」她笑著說，熱咖啡端至關人美的手中時，還給關人美遞了糖和奶水，一面又開始收拾她的器皿。

關人美趁她不注意間，已準備好了一條「迷魂帕」，手帕上注有「哥羅方」，她溜至菩娣的身後，忽的就蒙住了菩娣的嘴鼻。菩娣正待要掙扎，關人美的另一隻手將她抱牢了，以全身的力量將她壓在櫃檯上。只刹時間，菩娣便失去了知覺。

「非常抱歉，實在是逼不得已，要妳稍事休息數十分鐘，妳也著實太辛苦了！」關人美喃喃自語說著。

菩娣已昏過去了，關人美惟恐她醒過來，張揚出去誤了事，隨手用手帕將她的嘴巴紮了起來，又找了一些繩子等物將她的手腳綑綁起來。

小吃店的櫃檯後面有一間小廚房，廚房的側面是貯物間，堆著零碎的罐頭雜物，另外還有一張沙發靠椅，是哈利先生預備著給自己午後歇息小睡用的。關人美便將菩娣放在沙發靠椅之上。

她由廚房裡出來時，已打扮停當，頸上繫了防風的絲巾，腰間紮了小圍裙，將菩娣收拾好的兩隻食物籃子提起，屋內所有的電燈悉數滅去，臨出門時，還特別替她將玻璃門鎖好。

左輪泰的汽車還停在附近替關人美把風，關人美出來打了手勢，表示一切順利。看時間，沒有絲毫誤差。左輪泰啓動馬達，駕車向前路去了。

關人美先回她的車裡，將左輪泰給她預備好的咖啡壺提了出來。關人美看準了時間，雙手提著食物籃子，一搖三擺走過那寬闊的馬路。

剛好換班的警衛迎面而至，他們行先一步，魚貫進入天壇展覽所裡去了。

換班還需要一點手續，簽收，點查，大致上總得要兩三分鐘，下班的警衛才會整隊離去。

關人美守在柵門外，等下班的警衛離去之後，新接班的人還未走上崗位，雙手提著食物籃子施施然地就向天壇展覽室走過去了。

「菩娣小姐今天怎麼來得特別早？」一個警衛首先和她打招呼。

「那不是菩娣，今天另換了一個人咧！」另一個警衛說。

關人美忙說：「我是菩娣的姐姐，菩娣今天身體不舒服，我是來代替她的！」

「怪不得，比菩娣成熟多了！」

這時，幾個警衛同時起了一陣謔笑之聲，跟著，他們便向關人美圍攏過來了。

「今天給我們帶來什麼好吃的？不要又是牛肉餅酸菜熱狗？」

關人美擺手說：「大家別做出一副『餓狼』的樣子，告訴我插頭在什麼地方？」

「這展覽室內到處都是插頭，隨便妳用！」一名警衛故意做出一副嬉皮笑臉的樣子，惹得所有的警衛笑做一團。

關人美長得俏俊，又是頭一次露面，所以特別使他們感興趣。關人美自稱是菩娣的姊姊，是代替妹妹送夜點來的，那些警衛竟然沒有一個人起疑心呢。

當那些警衛將注意力全集中在關人美的身上，七嘴八舌亂吃豆腐時，也正就是左輪泰攀鋼索，爬越博覽會的圍牆，直登「中國館」蒙古烤肉店的屋頂去的時候。

蒙古烤肉館和天壇展覽室之間，約有四五十尺的距離，因爲是力霸鋼架建築物，所以四方八面都拉了許多鋼纜，有些鋼纜是直通會場外地面上的。左輪泰將汽車停在隱蔽的地方，帶了所有應用的道具，用一隻黑色的布袋搭在肩上，即攀鋼纜向著那座鋼架建築物上去。

天壇展覽室內亮著燈光，居高臨下可以看到那些警衛在屋子裡包圍著關人美調笑嬉耍。關人美已尋著了電流的插頭，將電氣咖啡壺插上，咖啡壺的迷魂藥一經熱氣蒸發，藥物會化爲煙霧，發散在空氣間，一經嗅著，就會昏頭脹腦的。警衛們不知內裡，還以爲是連夕熬夜、精神不繼所致，更需要飲一杯熱咖啡提神了。

這時，關人美需得用手帕蒙著鼻子，手帕上有特殊的解藥，可以避過迷魂煙霧。

「嗨，怎麼回事？整個人輕飄飄的，好像腳踏浮雲！」一個警衛以手撐著腦袋說。

「晚間值夜，白天賭錢，一個人能有多少體力可以挺得住？」另一名警衛取笑他說。

留在天壇展覽室的規定是四名警衛，另外還有四名是分頭站崗在進口處及四圍的。不過在用夜點時間，他們就全湧進室內了，只留有一名看守在進口的柵門間。關人美特地趨出戶外，招呼那名警衛進室去用咖啡。

這時，左輪泰已經爬至蒙古烤肉館的圓形屋頂間，他取出長槍，準備好在正確的時間，射擊製造火警。那些警衛已經在開始喝咖啡了，只要咖啡進了肚，配合剛才所嗅到的迷魂煙，會很快的就躺下，至少會昏睡好幾十分鐘。

左輪泰戴上了紅外線眼鏡，幾個已裝上燃燒瓦斯藥筒的射擊目標會很清楚地顯露出來。第一目標，是裝置在商展會中心的辦公大廈二樓靠末端的一扇窗戶，在牆上掛著一隻滅火器的頂端，那燃燒瓦斯筒只有一個飲料罐頭大小，塗有紫外線反光漆，戴上紅外線眼鏡，它的反光可以看得非常清楚。

左輪泰綽號「天下第一槍手」，他的槍法原是十分驚人的，距離千碼以內可以百發百中。他在槍口裝上了滅聲器，居高臨下，可以看到天壇展覽室內的幾名警衛已是搖搖晃晃的，相信不用半分鐘就會躺下。

左輪泰開始瞄準。

他扣了扳機，「劈」！流火一閃。還不錯，第一槍就沒有虛發。只見辦公大廈的那扇窗戶內，立刻濃煙瀰漫，燃燒瓦斯已經發生作用了，它開始焚燒，火光熊熊的，真像是著了火。

左輪泰再開第二槍，目標是距離辦公大廈旁的一根電線桿，上面有一隻方型的電流變壓器，在它的頂端也裝有一枚燃燒瓦斯。

第二槍同樣擊中目標。只見火光一閃，瓦斯罐內流出了青色火燄，像是電線走火似的。

左輪泰再開第三槍，目標是裝置在兒童遊樂場的電線變壓器上。

博覽會場內一連有著三個地方起火，奇怪的是，博覽會場內仍是冷清清、靜悄悄的，竟沒有一個人發現火警。左輪泰感到納悶。火警發生之後，展覽會場內關閉電流，他才能下手盜寶，假如時間給耽誤了，他的全盤計劃就會傾覆。

這時，相信天壇展覽室內的幾名警衛已經藥性發作躺下了。關人美將他們一一拖進警衛室內掩蔽起來，避免被人發覺。

忽的，警鈴響了，同時也有人高呼著失火。發現火警的人並不是留在辦公大廈裡值夜的職員，而是在另一個西方國家的文物展覽室裡。許多單位的值夜人員全被驚醒了，相繼奔走傳告，一時秩序大亂。

左輪泰不能在時間上失算，他將來福槍拆下收好，自黑布袋摸出了繩索，拋向天壇展覽室的屋頂，繩索首端的掛鉤正好鉤住了天壇的圓形球狀屋頂，趁在地面上秩序大亂的時候，迅速懸繩越過天壇展覽室的屋頂。

他的身手矯捷，又穿著黑色的夜行衣，像是一道流影懸空而過。

奇怪的是，這時還未停電，控制電力的人員不知道那兒去了。

有三個地方火光熊熊，左輪泰一點也不擔心，只要火警消息傳遞出去，是非停電不可的。他由天壇的屋頂，翻身落至最高一層的天窗處，揭窗下望。這時，關人美已經收拾了在昏迷狀態中的幾名警衛，正在爬牆利用膠布將高懸在牆壁上的電眼一一貼起。

左輪泰正打算穿越天窗進屋內去時，忽的天壇外面有了動靜。左輪泰回身一看，不禁大驚失色，原來大門外來了好幾名全副武裝打扮的警衛。

「怪了，大門二門都沒有人把守！」其中一名警衛說。

「現在失火對我們是太有利了，快爭取時間下手！」另一個人說。

他們總共是三個人，鬼頭鬼腦地直向天壇展覽室闖進來。

左輪泰感到很納悶，這三名警衛從何而來？瞧他們的服裝，和一般值夜警衛的服裝無異，但是值夜的警衛早已上班了，怎會又來了三個人？沒有同時有兩組人接班的道理！

那其中的一個人說爭取時間下手，他們下什麼手？

關人美在室內也發現了這三位不速之客的光臨，她企圖及時給左輪泰發出危險信號，然而已經來不及了，那三名不速而至的警衛已經推開玻璃門闖進了天壇展覽室。左輪泰一聲輕呼，她抬頭發現左輪泰正露首在天窗，那天窗距離地面約有丈餘高。關人美不慌不忙躍身跳上一座電播機，跟著單腿向牆上一蹬，很輕巧地一隻手便給左輪泰接住了。

左輪泰使勁一帶，將關人美帶上天窗，鑽出屋頂，這時，博覽會的場地上鬧哄哄的，值夜人員自睡

夢中驚醒，忙著救火。

「究竟是怎麼回事？」關人美伏在屋背上輕聲問。

「誰知道？暫且窺看一番，這幾個人的來路好像有點不正！」左輪泰說。

那三個武裝打扮的警衛溜進展覽室後，每個人都拔出了槍，兇神惡煞似的。

「奇怪，屋內沒有人……」其中一個人驚詫說：「也許去救火了！」

「不！你們看，全在警衛室內睡著了！」

「哪會有這種事！」

那三個人中，爲首者的個子不高，不過，可以看得出他的行動頗爲矯捷靈敏。另外的兩個人高頭大馬，其中有一名還是黑人。

「這樣看來，我們不費吹灰之力，一場惡鬥可以省掉了！」黑人說。

「閒話少說，碰巧有人和我們同時來盜寶，我們比他們先到了一步呢！」爲首者說：「我們快開始拆除通往展覽室的電流，將電源切斷之後，警鈴就不會響了！」

那三個人就開始在警衛室內動手，其中一個人還握著斧頭，找尋電源經過的牆壁進行撬挖。

左輪泰恍然大悟，原來這三個人也是爲盜寶來的，他們喬扮警衛，有動武力搶的企圖。事情就發生得那樣的巧，他們選在和左輪泰相同的時間動手。

左輪泰是有計劃的，按部就班攻破寶物展覽室的防衛弱點，神不知鬼不覺地將寶物竊出，等到事後，辦案人員尋不出線索，還搞不清楚盜寶者是用什麼方式將兩件寶物輕而易舉地竊走的。但是這三個傢伙卻坐享左輪泰所有現成的佈署。

從他們準備用斧頭去切斷嵌在牆壁裡的電線來看，這三人是十足的外行人，電子防盜設備的電線縱橫交錯，不容許有絲毫錯亂，否則警鈴隨時會響。防盜鈴若響起來，整個博覽會商展會場都聽得見，所有值夜的員警都會圍過來捕盜，別說這三個人逃不出去，連左輪泰和關人美也插翅難逃呢。

左輪泰渾身冒出熱汗，恨不得立刻向他們喝止，提出警告。然而這三人各持兇器，分明是亡命之徒。

「這三個人是什麼來路？」關人美問。

左輪泰搖頭，喃喃說：「可能就是仇奕森全力在偵查的三名蒙面賊！」

「會是駱駝方面的人嗎？」

「駱駝是赫赫有名的巨盜，他手底下的能人很多，怎會如此的外行呢？」

「怎麼辦呢？我們費煞心機，好容易即將成功，現在，現場被他們全破壞了，眼看著要到手的寶物被他們竊走……」關人美揉著雙手，著急地說。

左輪泰搖首說：「好在寶物是贗品，被他們盜去也無妨！」

眼看著那三個賊人已用利斧劈開了牆壁的一角，可以看到埋藏電線的ＰＰＣ管。

關人美又著急說：「萬一警鈴響了起來，所有救火的人都圍攏來緝盜，那時候我們該怎麼辦？和他們一起被捕，可太不名譽了！」

左輪泰說：「當前的情形很容易了解，這三個亡命之徒若遭圍捕的話，一定會實行火拚，我們還有時間可以逃脫，現在，我要先把他們嚇個半死，再作其他的道理！」

左輪泰說著，自黑布袋中取出了一隻修汽車用的「千斤頂」，這是他準備好在停電之後，將寶物展覽臺上那隻笨重的玻璃罩頂起，關人美的身材嬌小，「千斤頂」將玻璃罩架起約有半尺來高的縫隙，關人美就可以鑽進內，將珍珠衫和龍珠帽取出，留下「義俠大教授」的名片，然後將各物還原。

左輪泰自天壇的屋背溜至展覽室去，輕輕揭開了天窗，他握著「千斤頂」，對準了那隻玻璃罩砸下去。那三個賊人膽裂魂飛，捨下了手邊的工作，倉惶奔出展覽室。

正在這時，燈光滅去，整個博覽商會宣告停電了。按照左輪泰的估計，停電的時間至少拖延了有七八分鐘之久。

「嗨，停電了！」一個歹徒叫嚷著說。

「這麼說，我們不需要拆電線了！」那黑人說：「對我們實在是太有利啦！」

「完全是火警的幫忙！」

「我們用斧頭將玻璃罩劈開就行了。」其中一個賊人還亮著了手電筒。

這時，那幾名亡命之徒竟真的開始用斧頭去硬將那座玻璃罩劈碎砍開。

鏗鏗鏘鏘，一陣玻璃破裂的聲響頗爲刺耳，好在博覽會場內是一片熙攘著救火的聲音，否則很快就會有人發覺在這裏出了大毛病。

那幾個亡命之徒想發財熱昏了頭，他們經過一陣驚嚇之後，早把剛才那聲砸碎玻璃的怪響拋諸九霄雲外去矣。

左輪泰嘆息說：「我們算是觸足霉頭，『行盜遇著打劫』的，現場被他們破壞，只要電流恢復，電子防盜設備的警鈴全都會響，那時四面交通封鎖，會連我們也牽連在內呢！這時我們再不離去的話，就沒有機會了，再過幾分鐘，那幾個正在睡大覺的警衛也會醒過來了！」

關人美說：「我們就這樣離去，豈不太便宜這幾個賊種了！」

左輪泰說：「我們再待下去，會和他們一起落網，那時就跳進黃河也洗不清啦！」

和蒙古烤肉館屋頂相連的一根繩索還未撤去，左輪泰讓關人美行在前面懸繩爬行。

關人美曾經練過爬繩索的功夫，一點也不費力氣，身手頗爲矯捷，只瞬刻工夫，已爬上了蒙古烤肉館的圓型鋼架屋頂。

左輪泰也跟著懸繩而過。關人美幫她的義父接過黑布袋，收起繩索，一面還喃喃地說：「就這樣離去，我實在有點不甘心呢！」

左輪泰說：「這樣也好，展出的贋品被劫，我們可以一心一意直接打仇奕森的主意，去奪取他收藏著的真品！」

關人美說：「那三個劫賊究竟是什麼人？你可有一點印象？」

「其中一個是黑人，不是很容易識別嗎？」左輪泰回答。

「墨城的黑人恐怕有好幾十萬！」

「妳可記得金京華僱用的私家偵探華萊士范倫有兩名助手，其中一名白人叫做威廉士，另外一名是黑人，名叫史葛脫！」

「噢，你懷疑這三個劫賊就是金京華僱用的私家偵探麼？」

「可不是嗎？那爲首的人和華萊士范倫十分相似，雖然他化了裝，穿上了警衛的制服，但是輪廓上還是可以識別得出來，這只怪我們平日沒將他們放進眼內，連他們的面孔也沒有多看一眼！」

關人美怔住了，嘆息說：「金京華豈不是等於『引狼入室』嗎？僱來私家偵探原是保護寶物展出安

全的，他們反而實行自盜……」

左輪泰說：「這就是所用非人，只怪金京華太相信朋友，加上他所付出的費用，與展出的寶物價值過於懸殊，難免會讓人見財起意！」

他們父女兩人收拾停當，又自蒙古烤肉店的屋頂懸鋼索而下，越出展覽場地的圍牆，還未及落至地面，已聽到一陣急疾的消防車聲響自四方八面而來。

「你認爲那三個賊人會落網嗎？」關人美急急不忘還是那三個亡命之徒。

「那要看他們的造化了，我想他們逃不出很遠去的，不過，他們的行爲已經將妳牽連進去了，『哈利小吃店』的菩娣會將妳的樣貌供出來，警方會立即通緝妳！」

「明天案發，駱駝和仇奕森會以爲你故意用這種低劣的手法，那就是天大的笑話了！」關人美說。

「不管怎樣，這件案子只要案發，就會天下大亂。我最感興趣的，還是要看看那老奸巨猾的大騙子駱駝如何應對呢？蒙戈利將軍在明天午間就會接獲那封怪信，首先就會懷疑到駱駝的頭上，駱駝正藏有兩件贋品，他不手忙腳亂、焦頭爛額才怪！」

這時，消防車已漸漸駛近，車燈四尋，左輪泰和關人美得繞到路旁去躲避。

「我想，這時雷蘭蘭以爲我們已經得手，會開始僞裝腹痛臨盆，假如她已經惹來了好心的路人，這場戲還得繼續演下去呢。」左輪泰說。

「假如雷蘭蘭還未引起路人注意，我們還來得及制止！」關人美說。

她們父女匆匆忙忙趕上汽車，這次是由關人美駕著計程車，左輪泰駕著自用汽車，一先一後，如飛似地向來路回去了。

雷蘭蘭的表演頗爲逼真，她不愧是一位好演員。她按照左輪泰規定相約好的時間，一分一秒絲毫不差，真的就倒臥在大路旁的草坪上，哼哼唉唉地撫腹呻吟起來。

事情發生得非常湊巧，剛好就有一位駕著乳白色小跑車的青年人路過。那人像是一位大富人家的闊少，衣飾頗爲講究，又是彬彬有禮的，他的汽車路過，發現雷蘭蘭倒臥路旁，立刻就停下車。

他不需要問原因，只看雷蘭蘭的那副樣子，就知道是什麼事情了。他所奇怪的是，一位大腹便便的少女，爲什麼會在午夜隻身倒臥在大馬路的旁邊？想必是家庭裡發生了問題，夫妻不和，婆媳失和……他向雷蘭蘭勸告，並願意送她到醫院。

但雷蘭蘭怎麼也不肯，她說，她有一個女伴同行，已經趕到前路去請醫生來了。青年人打算將她自地上攙扶起來，教她到汽車裡去躺著，但是雷蘭蘭仍然拒絕，她寧可躺在泥地上呻吟打滾。

不一會兒，巡路摩托警車路過，青年人將摩托車攔下，請那位路警設法。那位路警也幫忙勸說，但雷蘭蘭一口咬定，她的女伴很快就會將醫生請到的，倒教兩位男子爲她乾著急呢。

大馬路上發生這類的事情，警察不能丟下不管，尤其是在午夜，又在他的管區範圍之內；博覽會發生了火警，他無法兩方兼顧，只好用無線電話求援。沒多久，又來了一部摩托警車。

兩位路警經過一番磋商之後，決定分頭負責，留下一個人來招呼那即將臨盆的孕婦，另一個人趕赴火場去。

後到的一名警察比較有經驗，他利用無線電話和總部連絡，請他們代叫一部救護車開到現場。

雷蘭蘭聽見那位警察叫救護車，心中暗暗著急，假如救護車真開到了，他們強行將她架上車送往醫院去，那豈不糟糕？「西洋鏡」不就拆穿了麼？她邊呻吟著，邊阻止那位警員叫救護車，說：「我的同伴已經替我找醫生去了，醫生不久就到，救護車就算到了，我也不會跟你們去……」

但是那位警員並沒理會雷蘭蘭，他安慰雷蘭蘭說：「這不是鬧著玩的事……」

雷蘭蘭知道反對也沒有用。她不時偷看手錶，假如左輪泰照按計劃行事，沒發生什麼意外枝節的話，他們父女二人已經得手，而且該趕到她倒臥的地方來了。

火警的警鈴已經響了，說明左輪泰是按計劃進行的，這位江湖上的老俠盜，老謀深算，經驗豐富，照說是不應該會有失誤的！爲什麼還不按時趕到呢？

雷蘭蘭還得繼續「演戲」，她的表演逼真，產婦將告臨盆，是有時間上間歇性的陣痛的，一陣好了，又是一陣劇痛……

奇怪的是那位青年人，他的心腸竟會好到這個程度？他將警察招來之後，照說已沒有他的事了，然而他完全沒有離去的意思，一直守在雷蘭蘭的身旁，不時還用手帕替雷蘭蘭拭汗。

雷蘭蘭的臉上塗抹著舞臺所用的化裝油，心想，假如化裝油被這位好心腸的青年人拭去時豈不糟糕麼？每當那青年人用手帕替她拭汗時，雷蘭蘭必抬手遮擋。她的做法，好像是很不近人情似的，然而那位青年人並不見怪。孕婦的性情總是會有一點古怪的，而且雷蘭蘭還帶有一點近乎陌生的嬌羞。

消防車風掣電馳自遠而近，一部接一部地過去了。

「妳放心，救護車不久也會到了！」那好心的警員說。

「我不要救護車……」雷蘭蘭叫嚷著說：「我只相信我請到的醫生！」

「妳以前可曾分娩？」警員問。

「什麼叫分娩？」

「以前可曾生過孩子？是否頭一胎？」

「我第一次……」

「那麼妳怎會只相信自己請的醫生呢？請的是婦產科醫生麼？」

「現在不是盤問病人的時候，我們應該要為病人解除痛苦！」那位青年人仗義執言，責備警員說。

「我並非盤問，只不過勸告……」

倏地，關人美駕著的計程車駛到了，她一看當前的情形，有路人也有警察，正如左輪泰所料。雷蘭蘭發現關人美到達，心中暗叫了一聲感謝上帝，這真是救兵及時趕到了呢。雷蘭蘭為了表現她的表演天分，更痛苦得有聲有色，連眼淚也迸出來了。

「雷小姐，我已經替妳將醫生請到了！」關人美匆忙離開計程車，趨在雷蘭蘭的身畔說。

那位青年人便向關人美責備說：「妳怎麼可以將一位即將臨盆的產婦棄在路旁不顧，單獨離去？」

關人美解釋說：「我原是送她到醫生那兒去的，不料半途上，她腹痛難熬，逼令我將汽車停下，她要躺在路旁休息，以後就再也不肯上車了，她說是汽車顛盪的影響動了胎位，叫我怎麼辦呢？」

「簡直開玩笑！」那青年人說。

「我從未懷過孕，也從未生產過，怎會懂得這些？」關人美故意不樂，加以反斥說。

左輪泰的汽車也駛到了，他已改變了全身的打扮，戴上了一副銀絲眼鏡，樣貌也蒼老了許多，活像是一位醫生呢。

汽車在路旁停下，他提著醫藥包，故意慌慌張張趨近雷蘭蘭躺著的地方，沙啞著喉嚨說：「胡鬧，

胡鬧，怎麼可以賴在地上就不肯走了？年輕人真不懂事……」

雷蘭蘭幾乎不能辨識那位老人就是左輪泰的化身，她嗚咽著說：「莫森大夫，我痛死了……」

那位警員向左輪泰打招呼說：「這位醫生貴姓大名？」

左輪泰瞪眼說：「現在不是調查身分的時候，得趕快將這位產婦送醫院！」

「我已經叫救護車來了！」

「叫救護車有何用？要送我的醫院，她是我的病人！」左輪泰說著，躬下身子，將雷蘭蘭自地上扶起，邊又說：「誰幫我的忙？幫我扶她坐進汽車去！」

那位好心的青年人早趨上前，以他強有力的手臂，將雷蘭蘭攔腰抱起。

「這位又是什麼人？」左輪泰問。

「我是路過的。」青年人答。

「真是好心腸！上帝保佑你！」左輪泰讚美說。

「莫森醫生，這位太太有大礙嗎？」他問。

「她的胎位本來就不正，假如情況不對，可能要動大手術！」

「那麼要儘快趕赴醫院去！」

「謝謝你的幫忙！」

他們合力將雷蘭蘭抬進左輪泰的汽車裡去之後，那青年人便向那路警關照說：「前面鬧火警，交通可能壅塞，我們要爭取時間，最好設法使我們交通無阻！」

那位警察一個立正，即騎上了摩托車踩響了馬達。

很意外的，那位青年人竟自動地鑽進左輪泰的車裡，坐在雷蘭蘭的身畔。

左輪泰怔著，關人美也感愕然。假如說這傢伙跟牢了不放，那豈不糟糕麼？

「你也跟我們一起到醫院去麼？」左輪泰發動汽車時，回首問。

「也許你們需要一個助手！」

「不必了！」左輪泰說：「我的醫院裡多的是護士！」

「不用再麻煩了……」雷蘭蘭也說。

「一點不礙事，我反正是閒著。」那青年說。

「你太熱心了……」

「不瞞你說，家母就是因生我難產遇難的，所以我對產婦特別同情！」

「你貴姓？」

「沙利文・蒙戈利。」

左輪泰聽見蒙戈利的名字，心中就打了一個疙瘩，他趕忙開亮了車廂的電燈，重新將這青年人打量了一番。青年人也感到詫異，爲什麼左輪泰的神色會這樣的特別？雷蘭蘭也忘了她的痛苦，不住地向沙利文瞪眼。

「怎麼回事？有什麼不對嗎？」沙利文問。

左輪泰回心一想，這是不可能的事，這名自稱是沙利文・蒙戈利的青年分明是東方人，而蒙戈利將軍是道地的墨國人，他們之間不可能會有什麼關係。據左輪泰所知，蒙戈利將軍並無子女，或許是名字上的巧合……

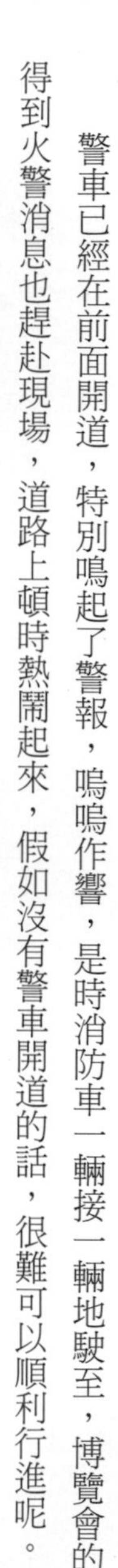

警車已經在前面開道，特別鳴起了警報，嗚嗚作響，是時消防車一輛接一輛地駛至，博覽會的官員得到火警消息也趕赴現場，道路上頓時熱鬧起來，假如沒有警車開道的話，很難可以順利行進呢。

左輪泰已無暇再去考慮沙利文・蒙戈利的問題，他駕著汽車，匆忙追隨在警車之後。心中卻在盤算，在離開這是非之地後，該怎樣將這青年人打發走呢？要不然，西洋鏡還是會被拆穿的。

「你是在唸書還是在工作？」左輪泰邊駕著車邊問。

「我在三藩市唸書，休假到墨城來的！」沙利文回答。

「老家在墨城麼？」

「我是一個孤兒，家母因難產拋下了我……」

忽的，博覽會的防盜鈴大響，至少有半個墨城的地方可以聽得到這可怕的聲響。

摩托車仍然在前面疾馳，警號嗚嗚嗚著，有如鬼哭神號，正好和博覽會方面的警鈴相應和。消防車，救護車，各拉各的警報，有如大合唱，墨城的這天晚上，可謂夠熱鬧了。

汽車穿過市區，將要駛向「滿山農場」的道路時，左輪泰停下汽車，向那位路警招呼說：

「交通繁雜的地段已經過去，前面不遠就到達我的醫院，博覽會正在鬧火警，我想你得趕回去維持秩序，我代表雷蘭蘭小姐向你道謝，待孩子平安生產之後，我會致函警察總署重新致謝的，你們的熱心服務，令人讚佩！」

那路警忙說：「致函就不必了，爲社會服務是我們的職責。你的醫院還有多遠？」

「就在前面，頂多還有百餘碼地方，那所高大的黑房子！」左輪泰說。

「你可否給我一張名片？」

「非常抱歉，出來時匆忙，沒有帶名片！」

「你是莫森醫生麼？」路警說時，一面用小簿子記載下來。

「是的，莫森醫學博士，婦產科權威，前兩天墨城市長的小姨子分娩就是我接生的！」

路警搖頭說：「市長的小姨子分娩我倒沒有聽說，這不是什麼新聞嘛！」

「生下一個男嬰九磅零五盎士！」

路警草草記載完畢，行了一個禮，即調轉摩托車頭，匆忙又向博覽會方向急馳而去。

關人美駕著的計程車追蹤而至。她探首車外，說：「爲什麼汽車停下了？」

左輪泰說：「我向剛才的那位路警道謝，感謝他的熱心服務！」

關人美又說：「雷蘭蘭小姐如何了？情緒比較好些了麼？」

左輪泰說：「不要緊，距離生產還有一段時間，頭一胎分娩總會比較緊張的！」

沙利文突然插嘴說：「莫森大夫，你說你的醫院就在前面那座高大黑色的房子？」

左輪泰說：「是的，有何不妥嗎？」

「沒有！」這青年人連忙解釋：「我只是好奇罷了，因爲那棟房子經常鬧鬼，墨城的市民稱它爲鬼屋，我不知道它什麼時候租出去了？」

左輪泰一怔，說：「那麼你對墨城非常熟悉了？」

「不！不太熟悉！」

「那麼你怎知它是鬼屋？」

「聽說罷了！」

第十二章　自尋煩惱

雷蘭蘭忍不住也說：「也許我們全是厲鬼，你正在與鬼爲伍……」

沙利文含笑說：「那是無稽之談，我並不相信有鬼魂之說，但是市民之間相傳它是鬼屋，我是姑妄聽之！」

關人美向沙利文招呼說：「你也太熱心了，我們也該向你道謝，趁現在我的計程車空著，待我送你回家去吧！」

沙利文說：「既然已經抵達目的地，何不讓我好人做到底？送雷小姐進入產房，假如能得到她分娩平安的消息，我也會比較心安！」

左輪泰心中盤算，和這傢伙多說也沒有用處，看情形，他是決心糾纏到底的了，在必要時，唯一的辦法，只有「收拾」他了。於是，左輪泰向關人美一擠眼，繼續駛車，直達那棟高大黑色的建築物之前。

那座巨廈年久失修，看似就像是一座敗了家的破落戶，黑魘魘的，不見燈光，經沙利文的提醒，還真像是一棟鬼屋呢。好在事前左輪泰已經有了一番佈置。大門前掛有一幅雕刻的招牌，寫著「莫森醫學博士婦產科專門」等的字樣。進門處是雙頁的玻璃門，原是用破木釘牢了的，木板經拆卸後，玻璃也給拭抹乾淨，推門進入就可以啓亮門燈。

雷蘭蘭也不需像原先那樣「逼真表演」了，她感覺好像已經抵達安全地帶。關人美走出了計程車，幫沙利文攙扶著她。

左輪泰啓亮了門燈之後，又回身向沙利文說：「到了醫院的門口，你可以止步了！」

沙利文說：「我很希望能參觀貴醫院的設備！」

左輪泰說：「我的醫院設備極其簡陋，沒什麼好參觀的！」

沙利文說：「正好我有一筆數字龐大的醫藥器材，打算贈給一間私人醫院，正愁找不到受主呢！」

關人美已經惱了火，她的心中計劃著，假如實在脫不了身的時候，最後辦法只有將沙利文擊昏，就將他棄在這間空屋子裡。

左輪泰比較沉著，又向沙利文說：「你走進我的醫院也無妨，但是只許在候診室待著，不得四處亂跑！」

沙利文連連點頭答應。

進入屋內，候診室是經過了一番佈置的，有幾張長條形木凳，牆上掛有產婦衛生常識的圖片，接連著候診室的幾扇門，也釘著有木牌，如配藥室、看診室、手術室等。左輪泰原是準備用來對付警察用的，這時竟變成光只爲敷衍這位青年人的佈置了。

自然，那幾間診療室及手術室之類的房間是空著的，頂多只用白布幔圍起藉以掩飾。

左輪泰扶雷蘭蘭進入手術室去。雷蘭蘭臨進去之前，還假惺惺地向沙利文再三道謝。

關人美負責看守沙利文，她早已準備好「哥羅方」，準備在必要時將沙利文迷昏。

沙利文也可以說是一個性情古怪的青年人了，他的熱心似乎有點過分，究竟他的心中有著什麼樣的打算？或是有著什麼不軌圖謀？很令人費解呢！

關人美猜想，也許沙利文看出破綻，知道她們一行是幹違法勾當的。不過這種可能性又極小，沙利文自稱是在三藩市唸書，他到墨城是度假來的，瞧他的外型也像是個大學生模樣，就算是有違法的活動，又與他何干呢？這傻小子真令人高深莫測！

「妳是開計程車的麼？」沙利文坐在候診室中很覺無聊，東張西望一番，開腔和關人美閒聊起來。

「這也是謀生的方式之一，有何不可呢？」關人美回答。

「瞧妳不像是本地人！」

「我的祖先流落至此，我已經是第三代了！」

「妳和雷蘭蘭小姐是什麼關係？」

「我們同住在一所公寓裡，她的丈夫是一位船員，出遠門去了，你還需要調查什麼嗎？」關人美很不客氣地回答。

沙利文連忙否認，說：「我並不是調查，只是一種好奇心，爲什麼一個孕婦會隻身倒臥在荒涼的道路旁……」

關人美說：「我已經解釋過了，病人的性情古怪，她感到腹痛難熬，就離開汽車倒臥在路旁，怎的也不肯走，逼令我替她去找醫生！」

「不用生氣，我並沒有懷疑妳……」

關人美氣惱說：「但是我對你卻很懷疑，你的熱心好像有點過分了！」

沙利文擺手說：「我也解釋過，因為家母是因生我難產遇難的，因此我對產婦十分同情，我無時無刻不在找機會，企圖對社會有所貢獻，特別是在產婦方面！」

「你說起來好像頭頭是道，肚子裡卻不知道在賣什麼藥？」

這時，左輪泰帶著雷蘭蘭在手術室裡已經卸下了孕婦裝，將腹部偽裝的累贅也卸下，抹去了臉部的化裝油彩，替她更換上一套「白衣天使」的裝束，白衣白鞋白襪，戴上一副眼鏡，雷蘭蘭便好像另外的一個人了。

左輪泰有意讓雷蘭蘭走出室外去，候診室的燈光昏黯不明，沙利文很難識別出來的。

雷蘭蘭向關人美招呼說：「大夫請妳進手術室去一會！」

關人美便警告沙利文說：「你就在這裡坐著，不許亂跑！」

沙利文點首應允，他向護士說：「雷蘭蘭小姐怎樣了？」

雷蘭蘭擺了擺手，她不能說話，因為會露出破綻呢。她進入掛有「配藥室」木牌的房間裡去了。配藥室裏，另有一扇門可以通出屋側走廊，由側院通出正門。她在那兒守候著。

不一會兒，左輪泰和關人美倉促出來，他們相約好在大門口會合，又分乘兩部汽車揚長而去，就此將那個好事熱心的青年沙利文擺脫在那所「鬼屋」裡。

沙利文仍呆坐在候診室中。聽到大門有汽車發動的聲響，還不只是一部汽車發動，是兩部汽車發

動，心知有異，開門趕出大門外，兩部汽車早已遠去。沙利文疑惑不已，重新進入「鬼屋」，推開配藥室的房門，又闖進手術室……

這空屋內，已不見莫森醫生和孕婦雷蘭蘭的影子，連那個女計程車司機也失蹤了。那所謂的手術室，只有一張破床，以白幃帳遮隔著，其餘連什麼醫藥設備也沒有。這究竟是怎麼回事呢？沙利文百思不解，他真遇著了鬼不成？

左輪泰和關人美他們三個人是溜脫了，將沙利文甩在「鬼屋」裡。然而，左輪泰卻錯過了一個大好的機會還不自知呢！

沙利文・蒙戈利是誰？左輪泰調查過蒙戈利將軍的家譜，只知道蒙戈利將軍沒有子女，但是這位沙利文・蒙戈利卻是蒙戈利將軍領養的螟蛉子，沙利文是一個孤兒，父親是蒙戈利將軍的心腹部屬，在一場戡亂的戰爭中爲國捐軀，沙利文的母親卻因難產去世，這個遺孤就由蒙戈利將軍撫養，收爲他的義子。

他們父子很少有機會見面，沙利文在三藩市留學，頂多有時回墨城度假。沙利文在外面自由慣了，他厭倦古堡裡重重防衛的生活，因之，沙利文在墨城的時間也是在外面閒蕩玩樂，絕少時間留在將軍堡裡的。沙利文和蒙戈利將軍的感情不過是有著養育之恩就是了。

蒙戈利將軍被一群弄權的小人包圍著，沙利文對他們很看不慣，也絕不參與任何一方的爭權奪利，因之，蒙戈利將軍的部屬也從不將這年輕人看在眼內，甚至於平時絕少提及。

有著以上的原因，知道蒙戈利將軍有著這麼一個養子的人也不多。

凡屬於在蒙戈利將軍領地上的產業，自然都是屬於蒙戈利將軍所有的。那棟「鬼屋」就是其中之一！

由於鬼屋的問題至多，任何人住進去都出毛病，因之，「鬼屋」是蒙戈利將軍龐大的產業之中，最不被重視又很著名的一部份財產。沙利文是蒙戈利將軍的財產繼承人，不會不知道那棟「鬼屋」的，所以左輪泰指出那棟屋子是他開設的醫院時，沙利文疑惑不已，要不就是他活見鬼，要不就是這三個男女都非善類，利用那棟凶宅作違法的勾當。所以沙利文不動聲息，意圖窺探真相。

沙利文待在空屋之中，冒出了一身熱汗，取出手帕拭抹時，發現手帕上有舞台所用的化裝油彩。沙利文在學校課餘時是研究戲劇的，不會不懂化裝油彩。在雷蘭蘭倒臥路旁時，他曾數次替雷蘭蘭拭抹汗珠，所以手帕上沾了她不少的油彩呢。

這不分明是在演戲嗎？那位孕婦的表演也未免太逼真了！

「博覽會發生火警，防盜警鈴又曾響徹半個墨城……噢！不知是哪裏發生了劫案！」沙利文忽然想到了這一點，剎時不禁毛髮悚然了。

當左輪泰和關人美的車駛返「滿山農場」時，朱黛詩和林淼倉忙奔出院外相迎。

「怎麼樣？成功了嗎？」朱黛詩急切地問。

「失敗了！」左輪泰吁了一口氣回答。

「失敗了？……」朱黛詩如著了晴天霹靂，渾身戰慄不已。

林淼嘆息說：「我早已說過，電子防盜設備不好對付，仇奕森那傢伙也是扎手的人物，你們能平安逃回來已經不容易了！」

左輪泰說：「不！有人比我們捷足先登，搶在我們的前面了！」

「那麼一定是駱駝他們了！」

「不！劫賊是最低級的賊人！」

「啊喲，上帝，到底是怎麼回事？」朱黛詩尖聲高呼。

關人美將情形大體上描述了一遍，使朱黛詩和林淼兩人目瞪口呆。

「假如我的判斷正確的話，劫賊就是『燕京保險公司』雇用的三個私家偵探！」

「這麼說，可能是仇奕森故弄的詭計，兩件真的寶物他已經調包取走了，又做成賊劫藉以移贓嫁禍……」朱黛詩惶恐地說。

左輪泰搖頭說：「我相信仇奕森也會感到意外，『爆出了冷門』，對他們會有好處也有壞處，在當前的情形下，在劫案還未破獲之前，仇奕森所藏著的兩件寶物還不能露白，反正局面已經造成，我們正好改變目標，要向仇奕森下手了！」

盜寶失敗，林淼反而是最失望的一個，他對「滿山農場」朱家的遭遇全盤了解之後，已完全傾向他們這一方了。

「有什麼地方可以讓我效勞的嗎？」他問。

「我怎樣才能信任你呢？」左輪泰問。

「我恨不能剖出心肝給你們看……」林淼說。

「你最好暫時仍留在葡萄園中，假如消息走漏，反而會給我們添很多的麻煩！」關人美說。

左輪泰搔著頭皮，「我仍在考慮，也許林淼可以有幫助我們的地方！」

林淼忙說：「左輪泰先生，假如你有可以給我表現的機會，我會終生感激不盡的！」

仇奕森自從將珍珠衫和龍珠帽由博覽會調包取回來之後，反而寢食不安，終日監守在「金氏企業大樓」裡。

這天凌晨，仇奕森被電話的鈴聲驚醒，心中詫異，誰會在這時間打電話來呢？

他先觀察過屋內四周的情形，屋內的防盜設備仍維持原樣，窗外天色似將微明，賊人不可能在這時間有動靜的。他趨過去拈起聽筒，電話竟是金燕妮打來的。

金燕妮惶恐地說：「博覽會的寶物展覽室被盜了，商展會當局來電話通知保險公司派人過去察看現場……」

仇奕森覺得很意外，說：「妳說是盜劫麼？還是被偷竊？」

金燕妮說：「是搶劫案呢，寶物展覽台的玻璃罩被擊碎，有警衛受傷……」

「是麼？」仇奕森很覺費解。

「博覽會當局是這樣通知我哥的，他現在正喪魂落魄地去找華萊士范倫去了！」

仇奕森不解，駱駝和左輪泰都不會用械劫爲手段的，又出了冷門麼？

「你看會是什麼人下手的？」金燕妮再問：「會是駱駝嗎？或是左輪泰？」

仇奕森頓了頓說：「駱駝已經知道寶物調了包，他何需要這樣做呢？左輪泰也是鬼精靈，他們會上這種當麼？不可能的，同時，械劫不是他們的手段！」

「我們是否也應該趕到現場看看？」

「妳且別著急，下樓來我們商量！」

這時，大門外門鈴大響，仇奕森便將電話給掛斷了，他趨至大門口，揭開防盜洞窗，只見撳門鈴的是金京華。仇奕森趕忙將鐵閘和玻璃門一併啓開。

金京華披著風衣，頭髮蓬亂，連領帶也沒打好，他是接得展覽會當局的通知，剛由床上爬起來。

「仇叔叔，不好，博覽會被劫了，我們負責承保展出的珍珠衫和龍珠帽被劫走了！……」

仇奕森說：「先不要著急，冷靜下來。經過情形是怎樣的？」

「噢，誰知道！我剛才接到博覽會當局的通知，叫我派人查看現場，還要簽署文件證明是賊劫無疑；之後就是賠償責任了……」

仇奕森說：「那麼，你還不趕快去看看嗎？」

金京華喃喃說：「怎麼得了，我們賠償不起的……」

「事已至此，著急也沒有用處，最重要的是去了解現場，察看是那一類的賊人下手，也許還會有機會將贓物追回來！」

「唉，我不敢去，想到後果我就害怕，萬一被父親知道時，那該怎麼得了？我家的產業就算傾家蕩產也不夠賠的……」

仇奕森安慰他說：「你不是找華萊士范倫陪你去嗎？」

「華萊士范倫那混蛋不知道溜到那兒去了？尋他不著呢！」金京華忽地睜大了眼，說：「你怎知道我去找華萊士范倫的？」

「你妹妹剛才用電話告訴我的！」

金京華詛咒說：「燕妮真混蛋，老愛偷聽我的電話！仇叔叔，怎麼辦，案子爆發後，報紙上一定大肆渲染，家父終歸會看到報紙的，他不急得發瘋才怪！」

仇奕森再說：「現在著急也沒有用，你還是要去了解現場！」

「仇叔叔，為什麼電子防盜器失靈了？你是怎樣修改的？」

「你應該去問羅國基，是他負責修改的！」

「哎，仇叔叔，你應該陪我去走一趟！」

仇奕森說：「我離不開這裡！」

這時，金燕妮也匆匆下樓了。

金燕妮並不為博覽會的劫案著急，因為她很清楚兩件寶物早已經調包，安全收藏在仇奕森處。她著急的是父親的高血壓症，假如這件案子爆發了，金範昇並不知道博覽會被劫的是贗品，猛然精神上受刺激，會影響老人家的病，弄得不好，生命也會發生危險呢。金燕妮對父親至為孝順，她急切要找仇奕森商量的，就是她父親的問題。

金京華責備金燕妮不該偷聽他的電話。其實，這只怪他們寓所裡的電話分機是同一線路的，金京華私生活上的許多秘密，都是在電話中洩漏，被金燕妮偷聽知悉的。

仇奕森禁止他們兄妹爭吵，說：「現在不是爭吵的時間，最重要的還是令尊大人的問題，他老人家是經不起刺激的！」

金燕妮說：「我已經關照過所有的下人，禁止他們談及此事，同時沒收家中所有的報紙……」

仇奕森說：「收音機廣播和電視新聞報導，都會讓他知道消息的！」

金京華跺腳說：「我們就算能瞞，能瞞多久呢？」

金燕妮說：「能瞞到博覽會結束就沒事了……」

「博覽會結束，又能怎樣呢？」

仇奕森忙瞪了金京華一眼，含糊解釋說：「假如時間寬容，也許能將被劫的賊贓奪回來！」

金京華露出一線希望，說：「仇叔叔，你有把握可以將寶物奪回來麼？」

仇奕森說：「墨城的治安向稱良好，劫案總該破獲的，我們不能說完全沒有希望！」

金京華嘆息說：「希望還是渺茫的！唉，只怪我不好，當初為什麼要承接這種保險？還要降價和其他的保險公司競爭……」

仇奕森說：「現在後悔也沒有用，這只是給你一個教訓，今後處理任何事情，應該三思而後行；尤其是信任那些像華萊士范倫一類的酒肉朋友，成事不足，敗事有餘，只會給自己添煩惱罷了！」

金京華幾乎要落淚了，說：「華萊士范倫是王八蛋，到了緊要關頭，竟然連人也尋不著了！」

仇奕森再說：「當前最重要的，是暫時該如何隱瞞令尊，最好是讓醫生通知他需要短時間的靜養，能外出去旅行，遊山玩水，什麼事情也不過問，找一個消息隔膜的風景地區！」

「誰陪他去呢？」金京華覺得仇奕森說得很有道理，他的視線便移向金燕妮的身上。

「我不去！」金燕妮立刻加以拒絕，實在是她不放心離開墨城。

「令尊有他的特別護士可以作伴！」仇奕森說。

「這也是辦法，但是只怕他老人家不肯離開墨城！」

「你們兄妹兩人配合醫生相勸，請老人家以健康爲重，我想，令尊也不會執拗的！」

金燕妮猜想，仇奕森教他們兄妹這樣做，一定是另有用意的。在當前情勢之下，她有著許多問題急待和仇奕森磋商，可是又必需要將金京華支開不可。

「展覽會當局一再催促，你還不趕快到展覽會場去麼？」她問。

「寶物既然已經被劫了，再急著趕過去也沒有用……」金京華露出了他的一副窩囊相。

「但是對現場的情況還是需要了解的，且看警方能蒐集些什麼樣的線索？」仇奕森說。

金京華一聲長嘆說：「誰陪我去呢？我一想到現場的情形，便會毛髮悚然……」

仇奕森說：「我是局外人，在這時間露面反而不好！」

金燕妮指著金京華說：「你是『燕京保險公司』的經理，事到臨頭，想逃避責任不成？」

仇奕森說：「燕妮可以陪妳的哥哥去，表示對這劫案也極表關心！」

金燕妮搖頭說：「不！有許多事我還需要和仇叔叔商量！」

仇奕森說：「沒有什麼好商量了，妳們是兄妹，應該對哥哥的事業有所關心，這是很合情理的，至少要讓局外人有此觀感！」

金燕妮不樂，憤然說：「我不去！」

「別鬧孩子氣，應以全局爲重！」仇奕森向她擠眼。

「那麼，你呢？爲什麼不陪我們一起去？」

仇奕森翹高了大拇指說：「我要在家中坐鎮，我還有許多問題必須要應付的！」

金燕妮真不願意離開，經仇奕森一再慫恿，始勉爲其難地隨同金京華同去。

仇奕森關上大門，重新開始思考，那件珍珠衫和龍珠帽該收藏在什麼地方才比較安全呢？驀的，又有人揿門鈴，好像發了瘋似的，鈴聲刺耳不絕。

仇奕森打開大門，只見是金範昇老先生，他臉色紙白，兩眼發直。仇奕森一看而知，出大毛病了！

「我要自殺了……」金範昇有氣無力地喃喃自語說。

「金大哥，不要著急，先坐下來，有話慢慢說！」仇奕森趕忙趨上前將他攙扶著。

「博覽會被劫了……」他搖搖晃晃地，隨時都會倒下。

「不要著急，博覽會被劫，早在我們意料中的事情！」

「完了……一切全完了，這一下子我們傾家蕩產啦，數十年的心血就此結束……」

「不會結束的，我們還可以盡最後的努力！」仇奕森安慰他說。

「仇老弟，是你玩的花樣麼？」金範昇忽的雙手揪住仇奕森的衣領，像要發瘋似的。

「我不會幹這種事的，先告訴我，你怎會知道這件事情的？」

「剛才有人打電話向我告密！說是竊賊劫了龍珠帽和珍珠衫，是你玩的花樣……」

仇奕森吁了口氣，說：「告密者是誰？可有留下姓名？」

金範昇搖頭說：「他不肯留下姓名，說是只要問你，你就會知道的！」

仇奕森眉宇緊鎖，心想，告密的人除了是駱駝和左輪泰之外，不會再有第三者，這種手段真夠毒辣的，他們無非是想利用金範昇老先生逼他供出調包出來的珍珠衫和龍珠帽收藏的地方。

仇奕森趕忙扶金範昇在沙發椅上坐下，鄭重地說：「你要冷靜下來，珍珠衫和龍珠帽已經被調包出來，收藏在我這兒，博覽會被盜的不過是兩件贋品！」

金範昇刹時轉憂爲喜，自沙發椅上跳了起來，大聲說：「我早就猜到是這樣的了！要不然，你不會修改什麼電子防盜設備的，仇老弟，你收山多年，還脫離不了玩這種手段，真是賊性難改呢！」

仇奕森再次嘆息說：「我是爲你老大哥作賊的，爲了防賊才出此下策！」

「快給我看看！」

「不必看，等到博覽會結束，『燕京保險公司』的保險責任已了，我們會將它交還給蒙戈利將軍……」

「不行，我放心不下！」

「機密不能外洩，否則賊人改變目標向我們進逼，那時就自找麻煩了！」

金範昇忽然臉色一沉，自衣袋中摸出一支短槍，說：「仇老弟，我原打算自殺的，現在，我不得不將槍口對著你！」

仇奕森愕然說：「金大哥，你這是什麼意思？」

金範昇說：「我要知道你將兩件寶物收藏在什麼地方！」

「我收藏的地方安全可靠！」

「仇老弟，我不是鬧著玩的，這兩件寶物丟失會使我傾家蕩產，畢生的心血化爲烏有……」

「我正在盡全力爲你保存這兩件東西！」

「爲什麼不讓我知道它收藏在什麼地方呢？」

「金大哥，你這樣不相信朋友，使我傷心！」

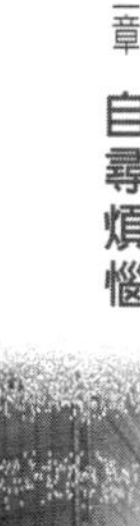

「仇老弟，你將珍珠衫和龍珠帽由博覽會裡調包時，就不應該瞞著我，我很難了解你的企圖！」

仇奕森惱了火，一聲長嘆說：「既然這樣，我只好置之不管了！」

「我的無禮，等到事後，我會鄭重向你道歉！」

「好吧！珍珠衫和龍珠帽我交還給你，可是我得鄭重聲明，你是中了賊人挑撥離間的奸計了，告密者正企圖由你自己收藏這兩件寶物，他們好方便於下手呢！」

「兩件寶物假如在我的手中丟失，那我就與天無怨，與人無尤！」

仇奕森感慨萬千，轉身進入他的寢室。他的寢室原是該樓的總經理室改裝的，室內有總經理自用的洗手間，衛浴設備一應俱全。仇奕森揭開抽水馬桶的水箱蓋，原來，水箱內已經被他堵塞了，裡面是空著的，珍珠衫和龍珠帽用一幅塑膠桌布包裹著塞在裡面。

「老天，兩件無價之寶竟被你收藏在馬桶之內！」金範昇老先生既驚又喜，趕忙接過那隻包裹展開細看。

珍珠衫和龍珠帽真是稀世珍寶，在燈光照耀下燦爛奪目。

金範昇轉憂爲喜，收起手槍，雙手抱起那兩件稀世寶物，渾身也起了戰慄，喃喃說：「仇老弟，你真胡鬧，但也胡鬧得可愛……」

仇奕森說：「金大哥打算將這兩件東西收藏到什麼地方去呢？」

金範昇說：「嗯，我樓上臥室裡有著一隻大型的保險箱！」

仇奕森跺腳說：「對付高明的賊人，保險箱是最不保險的……」

「保險箱總比抽水馬桶安全吧？要不然，天底下的保險箱工廠都該改行製造抽水馬桶了！」

「唉，駱駝手底下的飛賊孫阿七和左輪泰都是開保險箱的高手！」

金範昇說：「我會日夜把守著，寸步不離，絕不讓任何人有機會接觸它！」他一面拍了拍衣袋裡的手槍，又說：「我還有這個陪著！」

仇奕森說：「要知道，博覽會被盜，這兩件寶物成爲贓物，收藏贓物也是極端危險的事，假如被警方拿獲，就有口難辯了。」

金範昇一怔，隨後又回復常態，說：「誰會懷疑到我的頭上呢？又有誰會跑來搜查我?!」

仇奕森說：「駱駝那老騙子向來是不擇手段的，他在走投無路之際，說不定就會用這種手段！」

金範昇只笑了笑，說：「仇老弟，你無非是在嚇唬我罷了！」

「對付高強的敵人，不得不事事考慮周詳！」

「難道說，你要我現在就將珍珠衫和龍珠帽交給警方，讓他們負責保管？」

「那也不行！博覽會剛遭盜劫，還傷了警衛，正在風頭上，我們將失物交出去，豈不等於自找麻煩?警方一定會嚴厲追究，那時候，我們等於不打自招，自盜的行爲仍是犯罪的！」

金範昇下了決心，便說：「再三考慮之下，還是由我自己保管最爲安全！」

仇奕森跺腳說：「賊人就是希望你自己保管，要不然也不會向你告密了！」

「假如寶物在我的手中失竊，我就只有認命，那時就算死也甘心了！」

「金大哥，你一定會後悔的……」

「仇老弟，也許我有不近人情的地方，但是爲了我的身家性命，我不得已一定要自行決斷，請你原諒！」金範昇說著，不顧一切地就將兩件寶物抱上樓，鄭重地將它鎖進他寢室內的保險箱裏去了。

仇奕森氣惱不迭，他枉費了一番心力，吃力而不討好，連多年的老弟兄也對他不信任了。

「唉，這件事情，我只好撒手不管了！真是多此一舉，自尋煩惱！」他喃喃自語說。

按照仇奕森的估計，金範昇收藏著那兩件寶物，不會超過三五天的時間，就會落到駱駝或左輪泰的手中，他過去所作的努力完全付諸流水！仇奕森的心中感到十分窩囊，自覺沒趣，留在「金氏企業大廈」中也是多餘的了。

「我反正到墨城是爲度假來的，何需自尋煩惱，就此撒手不管也罷！」

這時，天色已告大亮，都市在甦醒的囂鬧中，他開始收拾行李，打算離開「金氏企業大廈」。

忽的，金氏企業大廈的門房工友登上樓來，雙手捧著一隻大包裹鞠躬說：

「仇先生，有人專程送來，說明要親自交給你點收的！」

仇奕森覺得很意外，是誰會選在這個時間送來這麼一包東西？那是一隻經縫起了的舊枕頭套子，裡面還捲著有絨布等物，裡面裝著什麼東西呢？

仇奕森小心地解開縛著的細繩，抽出捲著的絨布，將它解開，裡面赫然是一件珍珠衫和一頂龍珠帽！不用說，這是兩件贋品，而且是贋品古玩製造專家李乙堂的精心傑作。

儘管這兩件「寶物」是假貨，但它仿製得和博覽會公開展覽的完全一樣，在窗外透進來的陽光照耀下燦爛刺眼。那位門房工友頓時傻了眼。

仇奕森略感震驚，忙說：「是什麼人送來的？」

「是一位青年人，個子高大，穿著粉紅色的襯衫，白領帶，棗紅色的上裝……」工友答。

仇奕森心中想，那必是夏落紅了，駱駝的消息靈通，他已經知道博覽會的寶物被劫。劫案發生，駱駝收藏著兩件贋品，知道會招惹很大的麻煩，因此，他搶先「出贓」，立刻讓夏落紅將兩件贋品直接送到「金氏企業大廈」裡來，還指定了一定要交仇奕森親收。

駱駝的這種作爲，可以說是夠可惡的！或許他以爲博覽商展會的劫案是仇奕森的詭計，因之，駱駝一得到劫案消息後，立刻就派夏落紅將贋品送過來了。這是「反陷害」的毒計。

那名工友是不知內裡的，有他的親眼目睹爲證，仇奕森收受了兩件贓物，假如消息傳揚出去，警方接獲情報，仇奕森準會吃官司無疑，同時，那兩件真品也會一併給逼出來了。駱駝的手段是如何的狠辣可想而知。

仇奕森想到這些問題，額上也現出了汗跡。他得當機立斷，在那工友的面前，該如何處理這兩件僞製寶物？

那位工友應該還不知道博覽會發生了劫案，但是博覽會公開展覽出中國帝王時代的兩件無價之寶，他是曾經參觀過的，十分的眼熟呢。

仇奕森摸出了一張五十元大鈔，遞給那工友說：「這是給你的一點小費，這件事情你只當做沒有看見，千萬不可向外面洩漏，因爲其中有了差錯！」

工友莫明其妙說：「是怎樣的差錯呢？仇先生！」

「這是仿製品，要送給某一個人的，但是竟送到這兒來了！」

「是假貨麼？」

「可不是嗎？」仇奕森說：「現在我說一個地址，你馬上替我送到郵局去投遞，寄到那裏！」

那位工友得到五十元賞錢，沾沾自喜，他根本搞不清楚是怎麼回事，自然就唯唯喏喏的。

仇奕森重新將枕頭套封好，提筆寫上林邊水的地址，下款是「駱駝教授寄贈」。

「將這包裹送到郵局，貼足郵資，以外的事情你就不必管了，迅速回來，也許待會兒我還另外有事情需要你幫忙呢！」仇奕森又另外付給工友郵資和車費。

工友離去後，仇奕森仍為金範昇的安全擔憂，一陣感嘆之後，他收拾了行李，悄悄搬出「金氏企業大樓」。

「這件案子到此為止，絕不再過問了！」他自言自語。

第十三章　強中自有強中手

墨城萬國博覽會的劫案，是一件轟動墨城，甚至轟動國際的大新聞，公開展覽於博覽會的兩件中國帝王時代的寶物被歹徒械劫。次日上午，墨城各報紛紛出售號外，因爲在案發時間，差不多的報紙都已截稿。

也有一些印刷條件優厚的報紙出了第二次版，新聞記者又有了發揮才幹的機會，生花妙筆將這劫案繪形繪聲，描述得有如親眼目睹，現場上的情況圖文並茂。

據報導，治安當局已迅速成立專案小組，負責偵破此案。

專案小組的主持人是探長史天奴！史天奴在墨城警署是一位著名幹練的探長，經他偵破的大小案件有數百宗之多，有神探之稱，聲譽頗佳。他在警界服務有二十餘年之久，滿頭白髮，銅鈴眼，鷹鉤鼻，雷公嘴，一撮稀疏鬍鬚，紅光滿臉，神采奕奕，行動矯捷俐落，一些宵小之輩遇著這位警長就有畏懼之感。

新聞記者認爲由史天奴探長負責主持專案小組，是最適當的人選了。

史天奴抵達現場，就向新聞界宣稱，警方已掌握了最有利之線索，劫賊完全在警方的掌握之中。

「哈利小吃店」的老板哈利先生帶著他的小女兒菩娣報了案，警方將值夜警衛飲用過的咖啡加以化驗。史天奴根據哈利先生父女向警衛的描繪，開始「捕風捉影」，實行全面緝捕那位妙齡女郎。

金京華是在案發後的晨間趕抵現場的。

金京華看過現場之後，呆若木雞，早已是喪魂落魄，像是一個癡人，連話也說不清楚了。

金燕妮是奉仇奕森之命，陪同她的胞兄勘查現場情形的。只有她心中知道，被劫的只是兩件贗品，真正的無價之寶早已被仇奕森調包換了出來，收藏在「金氏企業大樓」仇奕森的寓所裡。金燕妮不善「做戲」，所以臉上沒有愁容，和她哥哥的情況完全兩樣。

羅朋的父親沒有到場，也許這位老頭兒認爲這是一樁非常丟人的事情，只派他的兒子羅朋一個人到達現場。

羅朋甚感內疚，心中有著羞愧，認爲這是金京華平日著了他的吹噓所得到的後果。

羅朋爲了表達他的歉意，向金燕妮說：「我很抱歉，在事前沒有考慮到停電的這一著……」

金燕妮瞪目說：「現在放馬後砲有什麼用？你們也應該分擔賠償責任！」

羅朋臉紅耳赤，自覺沒趣，待在一旁沒敢再多說話。

金燕妮趁機向華萊士范倫盤問，說：「你是負責保護寶物展出的，劫案發生，你有何看法？」

華萊士范倫說：「我們的保護僅限於白天開放展覽的時間，夜間關閉，就完全交給大會的警衛負責，他們封鎖現場，禁止閒人進內，包括我們在內！」

金燕妮冷冷說：「這是你推卸責任的最好藉口！」

華萊士范倫說：「史天奴探長已掌握最有利的線索，至少現在已經有一個妙齡少女是最可疑的人犯，警方已發佈了通緝令全面通緝，只要發現這個女郎，不難破案，追回贓物！」

金燕妮說：「早知如此，我們有警方的保護，又何需雇用私家偵探呢？」

華萊士范倫和金燕妮從來是話不投機的，在金燕妮的心目中，華萊士范倫等一批人是金京華的酒肉朋友，假如不是這幫人的話，金京華主持的事業，不會頹敗到這個程度。因之，他們每在見面時，言語之間總是不愉快的，金燕妮找著機會，便要攞出幾句話來教他們難堪。

史天奴探長非常沉著，以他的經驗處理這件劫案，好像是胸有成竹，偵破只是時日問題。

博覽會的官員幾乎全部到了場，他們卻是焦頭爛額的，在此國際嘉賓雲集的當兒，發生此類的劫案，實在有礙墨城的國際聲譽，主管機關必會追究。另外，就是那件珍珠衫和龍珠帽是幾經情面向蒙戈利將軍借出來展覽，以壯展覽會聲色的，現在被竊了，該如何向蒙戈利將軍交代呢？賠償固然是保險公司的責任，但是蒙戈利將軍的財富在墨城是首屈一指的，他不會在乎金錢上的問題。他老人家唯一的嗜好就是古玩，珍珠衫和龍珠帽被劫，蒙戈利將軍豈會接受賠款了事呢。

史天奴探長最後向大家宣布說：「現在，我們得等那位負傷的警衛醒過來，他是唯一和劫匪有接觸的目擊者，由他的供詞，或會給我們更多有利的線索！我已下令封鎖墨城各交通要道，賊人持有那兩件寶物很難走出墨城，偵破只是時間的問題……」

華萊士范倫問金京華說：「你的那位仇叔叔爲什麼不露面了？平日只見他的跋扈，事事要獨攬大權

處理，電子防盜設備他也要濫加修改，一旦出了問題，就埋起了腦袋麼？」

金京華沮喪說：「事情既然已經發生了，你的責任應該是如何將那兩件失物追回來！」

華萊士說：「我當然應該盡力，但是我所發現的線索和史天奴探長所發現的完全相同，最重要的一點，還是要等候那被殺傷的警衛醒過來，只有他提供的線索最有價值，問題是，假如那位警衛死了可怎麼辦？豈不斷絕了希望麼？」

金京華申斥說：「你別說得太可怕了，要知道，家父的事業命脈完全寄託在這件案子上面了！」

當金京華兄妹重返「金氏企業大樓」時，仇奕森已不別而行，悄悄搬出了他的臨時寓所。

相反的，他們的父親金範昇精神奕奕，沒有一點病容，金京華兄妹尚以為金範昇還不知道博覽會發生劫案，因為所有的報紙早經關照下人加以扣留，為的是避免給金範昇刺激呢。

詢及仇奕森的去處，老人家回答不知道。金京華和金燕妮商量，還是維持原議，最好是請老人家外出去旅行，到消息較為隔膜的風景區去小住一番。說是遵照醫生的囑咐……。

金燕妮說：「禍是你闖的，由你去說！」

金京華像是一頭鬥敗了的公雞，頹喪已極，他的良知受到譴責，由這時開始覺悟，過去的自己荒唐跋扈，掌握「金氏企業大樓」大權時，簡直不知天高地厚，濫交酒肉朋友，揮霍無度，而至父親畢生心血換來的事業一敗塗地，到如今，連保險公司也垮台了，可謂是連渣滓也無存啦。他將向父親如何交代？他感覺到非但對不起父親，對不起金燕妮，連自己也對不起了……

金京華的天性還是善良的，他不忍讓父親為這件事情發生意外，硬著頭皮請他父親的專治醫生幫忙，說明原委，請醫生打了電話。

但是金範昇卻回答那位醫生：「由今天起，我什麼地方也不去，閉門思過，相信再過一個月的時間，你會發現我比誰都健康！」

左輪泰在計劃盜寶的前夕，曾寫了一封類似恫嚇的怪信寄給蒙戈利將軍。該信是用中文所寫，還得經過秘書室的翻譯，能送達蒙戈利將軍的手中，最快也該是案發次日的中午了。

左輪泰的估計並沒有錯，但是博覽會遭賊劫的消息，在次晨就已經傳遍了蒙戈利將軍府。一向莊嚴寂寥的古堡裡起了一陣囂鬧，上下人互相奔走傳告，議論紛紛的。

當秘書室翻譯出那封怪信時，轟動了整個將軍府。天底下那有賊劫還打收條的道理？博覽會公開展覽的珍珠衫和龍珠帽昨夜被暴徒械劫，收條竟寄到蒙戈利將軍府來了。這豈不是奇事麼？

蒙戈利將軍是個老好人，然而上了年紀有點昏庸，包圍在他的四周的都是一些弄權小人，欺上瞞下，奪利爭權。他們之間也互相攻訐，分出好幾種派系，有「家屬派」，是屬於所謂的「皇親國戚」所組成的；也有「幕僚派」，是蒙戈利將軍昔日的幕僚、智囊、隨員組成的；蒙戈利將軍能有今天的地位，全靠他們賣命而成，因之，刮地皮的都是這兩批傢伙。

另外一派，是最不當權但對蒙戈利將軍卻是忠心耿耿的，差不多都是老粗，是蒙戈利將軍的侍衛官居多，經常會爲蒙戈利將軍打抱不平。

由於蒙戈利將軍堡內的環境複雜，所以爭寵的鬥爭，無時無刻不在進行，一旦發生了事情，馬屁蟲會大事張揚，喧鬧不已，使人有天翻地覆的感覺。

老人家起床特別早，照例每天在平台上做早操，那是軍人本色。

早餐之後，聽幕僚報告，處理一些要事，再聽一些攻訐的讒言。蒙戈利將軍早就習慣了，他會裝聾扮啞，不是公事的問題，他會當作耳邊風，聽過了事。

早餐之後，還要稍睡片刻，再就是批公事，閱讀報紙及私人信件。

他絕少有聽電話的時間，因爲聽覺不夠敏銳，拉著嗓子說話容易發脾氣，所以，左輪泰寫信是有他的道理的。

怪信經秘書室翻譯後，各派系的馬屁精已喧嚷著源源趕至蒙戈利將軍的書房，這時，蒙戈利將軍正在聽他的秘書爲他讀萬國博覽會劫案的新聞。蒙戈利將軍聽得津津有味，很意外的，他一點也不光火，好像很有把握，墨城治安當局無論如何也會替他將兩件寶物尋回來似的。

首先是秘書室的翻譯官闖進門，高嚷著發生了奇蹟。

「竊賊打收條在墨城還是頭一次，而且，收條是直接打給蒙戈利將軍的！」

秘書室的主任是「親屬派」的，他認爲那位翻譯官有越級爭寵之嫌。事情發生理應先報告主任秘書，然後轉呈蒙戈利將軍。

各派首腦紛紛趕到蒙戈利將軍的書房。

同時，書房門外也擠滿了一大群人，那是身分較爲次一級的，他們沒有資格和高級幕僚同室議事，所以只有擠在門外看熱鬧，不過也是議論紛紜的。

「這個義俠大教授是什麼人？他的膽子也未免太大了，等於在『太歲頭上動土』呢！」

「他說，這件國寶理應歸還……顧名思義，一定是中國人！」

「賊人械劫博覽會，還槍傷了一名警衛，縱火焚燒了博覽會三個地方，這無異是殺人放火的強盜，他還自命爲俠義大教授，假如捉著這個人，非將他槍斃不可！」

「在墨城，華人並不太多，我想這個人不難查出，問題只是要知道，他是長居在墨城的還是外來的遊客！」

「博覽會向蒙戈利將軍商借展出這兩件寶物時，曾經擔保過，一定負責原物歸還的，假如有了損毀也要賠償，如今被劫了，他們該如何交代……」

「我看要連同博覽會的幾個官員的腦袋一併賠過來……」

蒙戈利將軍的個子矮小，兩道濃粗的白眉毛下，一雙閃爍著的圓眼睛，整個人縮在一張高靠背皮圍椅上，兩隻眼珠兒溜過來又溜過去，一言不發，只靜聽他手底下的人爭先恐後發表他們的意見。

「將軍，我們是否把展覽會的官員，連同內政部長、市長、警察署長一併召來問話？問他們如何向您交代？」秘書長提出了建議，也說明了他有弄權的機會！

蒙戈利將軍忽的格格大笑，笑得前仰後合，聲嘶力竭的，這樣大的一把年紀，大家都很擔心他會忽然間笑斷了氣呢。

「將軍爲什麼這樣好笑呢？」他的幕僚一個個面面相覷，開始竊竊私語。

蒙戈利將軍非但不生氣，反而格格笑個不絕，實在有反常態呢！每個人都感到有點糊塗。

蒙戈利將軍大笑了一陣，開始咳嗽，咳得比笑還劇烈，眼淚涎沫迸出。專司讀報職責的秘書趕忙替他搥背，也有侍衛忙著斟水，遞咳嗽藥水。

蒙戈利將軍經過一陣喘息之後，說：「這是一項挑戰，你們大家可體會到？」

挑戰？爲什麼稱它爲挑戰呢！博覽會遭賊劫，劫走的是博覽會當局向蒙戈利將軍商借的珍藏無價之寶，賊人將寶物劫走之後，將收條寄到蒙戈利將軍府，這就是挑戰麼？挑戰的理由何在？……

蒙戈利將軍揚起那隻信封，指著上面的郵戳說：「看這封信投郵的時間，是在搶劫博覽會之前，賊人在事前就有了完整的行動計劃，他已經算準了這封信落到我的手中時，劫案早已經爆發・而且已經遠走高飛，躲藏起來了！」

所有在場的「馬屁蟲」每個人的心弦都爲之一震，因爲誰也沒有注意到郵戳時間，蒙戈利將軍不愧是帶過兵的，策劃過大大小小數百場戰役，他很少吃敗仗，有人稱他爲「福將」，其實在這種地方可以看得出，他還是極有心機的。

「皇親國戚」派的佛烈德率先說了話，他是蒙戈利將軍娘舅的姪子，授命爲帳房最當權的管事，經濟大權在他的手中，所以也至爲跋扈。

「將軍在墨城是著名的大善人，你的善舉如旱後甘霖，遍惠全國，備受全國人民愛戴，什麼賊人會如此斗膽，敢向你挑戰呢？」

蒙戈利將軍兩道白眉毛下的銅鈴眼瞪得圓亮，說：「這答案也不難查出，一定是有人假借我的名義做了什麼缺德的事情，引起路見不平之士，有意做出驚天動地的案子，故意給我難堪！」

蒙戈利此語一出，幾乎在場的每一個人都臉色如土，大致上說，誰都有虧心事，只是沒有爆發而已，特別是佛烈德，他的「狐假虎威」是眾所周知的，什麼缺德的事他全幹得出來。「滿山農場」和蒙戈利將軍府之間的糾紛，幾乎可以說是他一手造成的！追求朱黛詩不擇手段，惹了很多的笑話，也是他的傑作。

只有「死硬派」額手稱慶。

蒙戈利將軍再說：「假如說，賊人是為謀財而劫奪博覽商展會的話，就不必寄這封信給我，而且事先已經詳細調查我的生活習慣，更了解我的將軍府中手續繁多，一封信遞到我的手中是什麼時間！」

「劫盜留名的事件，世界上各地都曾經發生過，這也不能確定就是一種挑戰！」佛烈德說。

蒙戈利將軍說：「既然如此，賊人的這封信就不必爭取時間了，這分明是顯能！大致上，我在最短的時間還會接到第二封信或第三封信！」

「將軍是根據什麼理論下此斷語的呢？」

「賊人若是光為了給我打一紙收據，大可以在劫案事後，相隔若干時日，等到兩件寶物有了妥善的出處，然後再開此玩笑，不必在此滿城風雨、偵騎密佈的時候！」

蒙戈利將軍這樣說，他的部屬不禁頻頻點頭，認為將軍的高見著實是高人一等，他並沒有老糊塗，分析案情夠冷靜仔細。

「將軍認為賊人寫這一封信的目的何在呢？」一個「死硬派」問。

「非常簡單，要就是教我收購贓物，敲我一筆竹槓；要就是申冤，要直接和我申訴某一個假借我的名義作惡的部屬！」

「為人不作虧心事，半夜敲門也不驚」。蒙戈利將軍的這一番話，很自然的，又有人心驚肉跳了。

「這信上說，這件國寶理應歸還，劫賊自然是一位中國人，他的署名是義俠大教授，我們可以派人深入華僑社會去調查，遍訪中國籍的教授，全案不難水落石出！」蒙戈利將軍的安全官說。

蒙戈利將軍翹起了大姆指，說：「你很聰明，這是尋出賊人的捷徑，我想，兩件寶物是會安然無恙的；他會原璧歸還，可是我認爲最重要的，莫過於是查明他爲什麼要這樣做？有著什麼冤情？假如說，是我的部屬假借我的名義作惡多端，那麼我就一定要嚴懲。趁這時候，我向大家先行聲明，假如有人泯沒良心，做了違法事件，要向我坦白！或是有同僚知道某人在外行惡，向我告密，我會獎懲分明，我活到這把年紀，畢生忠於國家，忠於職守，到了行將蓋棺論定的時候，我不願意有人玷污了我的好名聲！」

「我想不會有人如此無恥的……尤其每一個部下都忠於你！」

蒙戈利將軍一聲冷笑，忽向他的秘書問道：「警方負責辦理此案的是什麼人？」

「是史天奴探長，過去也曾經替將軍做過警衛！」

「通知他在半個小時之內來見我！」

主任秘書立正行了一個軍禮，就開始和警方連絡。

「你們也不必亂糟糟地好像天快塌下來似的，也不要再擠在一起聽熱鬧了，可以散會啦！」蒙戈利將軍揮手將他們驅散。

大家都知道蒙戈利將軍下驅逐令，就是快要到發脾氣的時候了，誰不離去，活該倒楣，於是一哄而散。

蒙戈利將軍的銅鈴眼一溜，發現在門口站著一個人，便將他喚住，說：「你不要溜！進房來！」

那是蒙戈利將軍的養子，沙利文·蒙戈利。

沙利文在亂哄哄的人潮離去之後，徐徐走近蒙戈利將軍的座椅。

「你爲什麼老迴避著我，不和我接近?」老將軍問。

沙利文回答說：「因爲想和你接近的人太多了，我應該讓出機會!」

蒙戈利將軍格格一笑，說：「不成爲理由!」

沙利文也笑著說：「父親已經上了年紀，每天處理的要事甚多，在空下來的時間，理應多休息才對，我爲你的健康擔憂!」

蒙戈利將軍擺手說：「別談我的健康，你對這件案子的看法如何?」

沙利文搖首說：「我沒有偵探頭腦，只是覺得離奇罷了!」

「我的處理可對嗎?」

「父親可以統領大軍百萬，自然就可以管理一個將軍府!」

「我不需要你敷衍我，我希望你給我意見!」

「父親的僚屬已經給您很多意見了!」

蒙戈利將軍臉色一板，說：「你心中有話想說，爲什麼不將它說出來?」

沙利文故意含糊說：「父親怎知道我的心中有話要說?我向來沒有發言的欲望。」

蒙戈利將軍捋了捋他那稀疏的白鬍子，又說：「我知道你不願意和那些搞派系、爭權奪利的人同流合污，但是要知道，我已經風燭殘年，燭光隨時都會熄滅，我的爵位和我偌大的一筆財產，你是唯一的合法繼承人，你能永遠保持靜默，與人無爭，承受得了這重擔嗎?」

沙利文說：「取之於民，還之於民，這是最好的政策，父親的功績，將會萬世流芳!」

「父親是一位明智的將軍，能統治百萬大軍，受全國人民愛戴，你的見解也有出眾之處，譬如說，

你已經可以看出博覽會的刼案和這封怪信，一定是有人含冤申訴，爲不平者而鳴才會產生仗義之士，在這種情況之下，何不趁機深入了解，究竟是誰假藉你的名義缺了德？中國人有一句老話，說是別讓『一粒老鼠屎壞了一鍋粥』，敗壞了你的好名聲！」

蒙戈利將軍格格大笑起來，說：「你真不愧爲我的好兒子，爲我想得長遠！」

「我不願意多說，實在是怕多惹是非！」

秘書室有人進室報告，說是史天奴探長已奉召趕到，還有博覽會的一些高級官員求見。

蒙戈利將軍說：「叫史天奴探長進來，其餘的人吩咐他們等候著！」

沙利文說：「你和史天奴探長交談，我可否旁聽？」

「當然可以！」

沒過多久，門房將史天奴探長帶進了書房。史天奴探長對蒙戈利將軍自是畢恭畢敬的。

蒙戈利將軍給史天奴介紹沙利文，說：「這是我的繼子沙利文・蒙戈利！」

史天奴立正說：「我們已經見過面，當時因爲刼案發生未久，每一個警員的情緒都是緊張的，所以冒犯之處，請多多包涵！」他以爲蒙戈利將軍是爲這件事召見問罪。

蒙戈利將軍愕然說：「怎的？當時沙利文也在場麼？」

「不！他的汽車停放在路旁！」

蒙戈利將軍更感到驚訝，說：「刼案發生的時間是在午夜三時，你怎會將汽車停在附近呢？」

沙利文連忙解釋說：「一個孕婦倒臥路旁，我送她上醫院去……」

「上醫院而將汽車丟在路旁麼？」

「我乘了醫生的車！」

蒙戈利將軍稍爲寬心，點頭說：「這也等於是做善事，能幫助人終歸是好的！」

史天奴很嚴肅的說：「最奇怪的就是，事後連醫生和孕婦，帶護士連醫院一併不見了！」

蒙戈利將軍一怔，兩隻圓溜溜的眼睛直盯在沙利文的身上：「那又是怎麼回事？」

沙利文有口難言，說：「我也搞不清楚！」

史天奴再說：「更奇怪的是，那間僞裝的醫院是蒙戈利將軍的產業，正就是那間鬼屋呢！」

蒙戈利將軍兩眼灼灼，好像已開始懷疑這件案子有沙利文的份在內。

史天奴說：「我正在懷疑那位冒牌的醫生和喬扮的孕婦可能就是劫案的主犯，其中還有一位女性的計程車司機，可是沙利文並沒有給我們足夠的資料，所以，我們只能在摸索之中進行！」

蒙戈利將軍不厭其煩地向沙利文細問經過詳情，沙利文吞吞吐吐，他也沒有什麼可隱瞞的，只是覺得事情有點蹊蹺，他不相信那三個人與劫案有關。

「我看他們三個人並不像是匪類！」他堅決說。

「你年紀輕輕能知道多少呢？」蒙戈利將軍以責備的口吻說。

史天奴也感嘆不迭，說：「我們的那位交通員警也是糊塗蛋，他用警車替賊人開路，居然連那個冒牌醫生和女計程車司機的汽車牌號也沒有抄下，因此記大過一次！」

蒙戈利將軍展開了墨城地圖，那上面有著他產業的詳細記載。他開始研究那座鬼屋，爲什麼歹徒會利用到那座年久失修、已經荒廢了的屋子呢?他認爲這可能就是最值得重視的線索。

驀地，他揿電鈴將秘書室的人召了過來，說：「我要『滿山農場』的全部檔案！」

在史天奴探長的記憶中，「滿山農場」和蒙戈利將軍府之間有著糾紛，官司還沒有下文，但是，博覽會的劫案又怎會和「滿山農場」發生關係呢？那是兩個案子。

史天奴需要看蒙戈利將軍接獲的那封怪信，他說：「假如將軍不介意的話，我希望能採集紙上的指紋！」

蒙戈利將軍說：「會寫這種信的人，上面就不會有指紋，縱然有，恐怕也是我的秘書室的人員，或是我的指紋！」

史天奴說：「我還是希望能碰碰運氣！」

蒙戈利將軍同意史天奴將怪信取至警署去加以化驗。

「假如蒙戈利將軍再沒什麼吩咐，我就告退了！」他說。

「案情若有發展，可否隨時賜告？」老將軍顯得很客氣。

「我會隨時向將軍報告的！」

蒙戈利將軍吩咐沙利文送客，一面戴起了老花眼鏡，開始閱讀「滿山農場」的檔案。

「通知法院方面，將『滿山農場』的答辯狀及他們的全部資料一併送過來！」蒙戈利將軍又向沙利文吩咐說。

自然，蒙戈利將軍是有著不同的見解，他調閱老檔案，是企圖尋出整個案情的底蘊。

金京華兄妹開始找尋仇奕森的下落，萬國博覽會發生劫案後，仇奕森不別而行，使金京華感到十分徬徨。仇奕森原說過盡全力協助金京華追捕劫匪，將失物奪回來的，卻突然不告而別，豈不等於逃避責任麼？

金燕妮的心中也納悶不已，仇奕森為什麼突然不別而行？他的內心中有著什麼隱衷？難道說，仇奕森存心不良，打算趁機吞沒那兩件價值連城的寶物麼？金燕妮不肯相信，仇奕森畢生行俠仗義，絕非是那一類的人。

何立克是讀閱號外始才知道發生劫案的，他沾沾自喜，認為仇奕森不愧是老謀深算，早已將兩件寶物偷換出來，賊人等於中計，劫去贋品，「燕京保險公司」並無損失，將來寶物「原璧歸趙」，聲名大噪，金家的事業就可以保存了。

他懷著喜悅的心情趕到「金氏企業大樓」，發現仇奕森已不別而行，大為驚訝不已。

「人心叵測，真是不可思議！誰會想得到呢？我們等於被利用了……」何立克向金燕妮說。

「我想，仇奕森不像是那一種人，也許他心中有著別的苦衷！」金燕妮禁止何立克張揚，向他關照說：「現在最重要的是要找尋仇奕森的下落，就不難了解他的用心了！」

「燕妮，走江湖的人都靠不住！」

「我不許你多說！」

何立克和金燕妮瞞著金京華，遍走墨城，向各級酒店旅社查詢，他們相信，仇奕森目前還不致於離開墨城。

仇奕森隻身出現在「滿山農場」那一片荒涼頹敗了的農田道路上。他的目的，是拜會左輪泰來的。

仇奕森不被金範昇信任，很覺懊惱，原打算置身事外，不再過問金家的任何事情了。他住進了駱駝

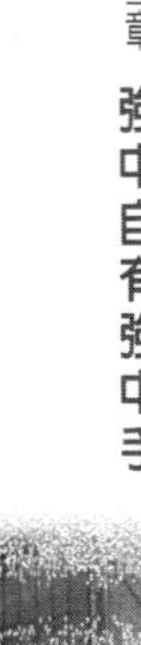

所住的「豪華酒店」，與駱駝同一層樓，鄰室共處。仇奕森是希望了解駱駝的動靜，且看這位聞名的大騙子如何應付當前的局勢。

他拜會左輪泰也是有目的的，一方面也需要了解左輪泰的動靜。另一方面，他不相信左輪泰會用如此低劣的手法盜寶，左輪泰畢生行俠仗義，大大小小的案子幹過無算，大部份是乾淨俐落，絲毫不露痕跡的。

他朝著「三元飯店」徒步慢行，特別行在目標暴露的地方，預防因誤會發生意外。當他接近「三元飯店」時，首先出現的是雷蘭蘭，她自路旁的矮樹叢中驀地鑽了出來，手執半自動獵槍。

「幹什麼來的？」她叱喝說。

「我來拜會左輪泰，我們是老朋友！」

「鬼鬼祟祟擅入私人的農場，非偷即盜，把你交給治安機關！」

仇奕森格格大笑說：「扮老虎嚇人也需要有個樣兒，像妳這樣嬌滴滴的，簡直三不像，在我的記憶之中，妳就是雷蘭蘭了，我們曾在邦壩水庫見過面！」

「三元飯店」那間破破爛爛的二層樓屋子，忽的打開了一扇窗戶。左輪泰露身在窗前，抬手招呼說：「是仇大哥駕到，失迎失迎！」

仇奕森說：「左輪泰居然還守在老地方，可謂是膽大包天了！」

左輪泰轉身快步下了樓梯，迎接仇奕森，邊說：「我們是花鈔票遊覽墨城的觀光客，不偷也不搶，什麼地方不能居留呢？」

仇奕森說：「博覽會的案子幹得漂亮！」

「捉賊拿贓，捉姦拿雙，仇大哥無贓無證，血口噴人，這樣的客人又是在不歡迎之列了！」

仇奕森笑著說：「話未說完，案子的後半截很不漂亮，相信與你是無關的！」

「那麼，你是爲刺探消息而來的了？」

「可以這樣說！」

「既然如此，請裡面坐！」左輪泰一比手說。

仇奕森便大步邁進了屋子。他的眼睛不停地四下裡打量，心中暗覺詫異，這屋內除了左輪泰之外，沒有第二個人。左輪泰的義女沒在屋內，連朱黛詩也不見了。林淼隨左輪泰進入「滿山農場」之後，就沒有離開過這間農場，左輪泰會將他藏匿在什麼地方呢？

「你是第二次光臨這地方了！」左輪泰以待客的姿態說，一面替仇奕森斟了一杯酒。

「這一次和上次拜訪時的情形，好像大不相同了，女主人爲什麼失蹤了？難道說，還在躲避風頭不成？」仇奕森以詼笑的口吻問。

「偌大的一所農場需要處理的事情頗多，朱黛詩正在忙著，同時，她也不知道有貴客突然光臨！」左輪泰說。

「林邊水的公子林淼還留在農場上吧？」

「墮進了情網的年輕人，是沒有時間上的觀念的！」

仇奕森笑著說：「想不到左輪泰也會用美人計呢！」

左輪泰說：「做媒的是老狐狸仇奕森，將來假如出亂子的話，還要找做媒的算帳呢！」

他們相對笑個不已，好像彼此之間已有默契。

左輪泰給仇奕森遞了一盅酒，便開始討論到博覽會的劫案。

「以我的研判，前半截是你的手法，下半截卻好像另換一套人馬！」

左輪泰笑著說：「我並沒有瞞著你的意思，其實，我早就知道，你已將博覽商展會內的兩件寶物調包了，我的冒險等於是幫你的忙呢，劫案發生，將你的自盜行爲完全掩飾，假如劫匪不落網，拖延到博覽會閉幕，你爲金家做鏢客的義行就功德圓滿了！」

仇奕森說：「你的目的也已經達到，至少這劫案已轟動整個墨城，甚至在國際上也有傳聞！」

左輪泰搖頭說：「但是這種低劣的手法，若被人誤會是我左輪泰幹的，豈不玷污了我的名譽了麼？」

「事情的經過是如何，可否賜告？是否是你用人不當，臨時發生了變化？」

「坦白說，劫賊行兇時，我正在現場……」

「這是非常明顯的，你行動在前，劫匪隨後跟上，破壞現場，捷足先登；換句話說，等於『螳螂捕蟬，黃雀在後』……」

「不！你搞錯了，純是巧合，我發現劫匪，劫匪並沒有發現我！」

「那麼，你是在梁上了？」

「劫匪在我的掌握之中，我要拿他們易如反掌，只是劫案破獲，抓回來的贓物是兩件假貨，那時，你又如何交代？」

仇奕森笑著說：「只要博覽會發生劫案，兩件展出品被劫去，追回的贓物是真貨與假貨，那是屬於警方的事情了，我們大可以裝聾扮啞！」

「可是蒙戈利將軍可以追究真品的下落！」

「博覽會結束，他可以收還失物的！」

「我枉費了一番心機，到了真相大白，豈不又變成平淡無奇了？」

「你只需要達到和蒙戈利將軍談判的目的，挽救『滿山農場』的厄運，難道說，還要繞出很大的圈子麼？」

「最低限度，要讓蒙戈利將軍知道『滿山農場』是有能人支持的，解決當前的問題事小，將來還需要在他的勢力範圍下生存，假如備受欺侮的話，必然引起嚴重的反抗……」

忽的，雷蘭蘭匆匆奔上樓梯，向左輪泰報告說：

「又有客人到訪了！」

左輪泰和仇奕森同時推窗外望，只見那條遍積塵垢的黃泥道上，大搖大擺走進來兩個人，一高一矮，正是駱駝父子兩人。

左輪泰笑了起來，說：「真是『群英會』，紛紛向我這裡報到了！」

仇奕森心中納悶，駱駝父子光臨「滿山農場」拜訪左輪泰，一定是有用心的！他是爲博覽會的劫案而來？或是爲林淼事件而來？仇奕森曾經給林邊水寫過一封類似勒索的恐嚇信，暗示林淼遭遇綁票，意在挑撥駱駝和左輪泰拚鬥，假如弄巧成拙，他們雙方化敵爲友，合在一起時，他等於自添麻煩了呢！

「左輪泰，別忘了，我們是在同一條陣線的！」仇奕森說。

左輪泰失笑說：「現在陣線尚未分明，我得看發展而定！」

「林淼還在農場裡嗎？」

「博覽會的劫案發生後，他就無需再留在農場上了！」左輪泰說著，已徐步落下扶梯，步出「三元飯店」正門，等候著恭迎駱駝父子兩人。

仇奕森趁機打量左輪泰的房間，他希望能發現左輪泰在博覽會所用的槍械，若能尋出那支用以射擊燃燒瓦斯筒的槍械，左輪泰在博覽會的行動，將有口難辯，無法抵賴了！

「仇先生，你打算找尋什麼呢？」雷蘭蘭雙手叉腰，監視著仇奕森。

「我並不打算找尋什麼！只是奇怪，左輪泰是講究享受的人，居然能委屈住在這間破屋子裡！」仇奕森回答說。

「大丈夫能屈能伸，並沒有什麼稀奇！」雷蘭蘭說。

這時，左輪泰已在大門前迎候駱駝，雙手抱拳說：「失迎失迎！」

駱駝還禮之後，翹起大拇指說：「好手法，幹得乾淨俐落！」

左輪泰裝含糊說：「什麼事情好手法，乾淨俐落？」

「我自是指博覽會的案子而言的！」駱駝瞪圓了眼，怪模怪樣地說：「看似是外行人幹的，其實是內行人幹的，又裝做了外行人幹的，使人捉摸不透呢！」

左輪泰說：「駱駝教授搞錯了，那純是外行人幹的，與我無關！」

「不可能的事，有你的神槍爲證！」

「我做了一個開頭，有人接了班，而且來路不明，當時，我以爲是駱教授故意派出人來，和我刁難呢！」左輪泰說。

駱駝皺起了朝天鼻，咧了大口，露出大齙牙笑著說：「左輪泰曉得我尚在籌備之中，我貿然動手搶了先，哪還有你的份兒呢？」

夏落紅指著農場進口處說：「外面停著一部汽車，左先生好像另外還有訪客？」

駱駝說：「那是仇奕森的汽車，我認得出呢，想必『老狐狸』也在此了！」

仇奕森已經在樓梯口露面，雙手抱拳說：「我們在此碰面是最理想不過的了，博覽會的劫案已經發生，我們不必絞盡腦汁傷感情，大可以恢復舊好啦！」

駱駝格格笑了一陣，說：「『老狐狸』老愛佔便宜，『得了便宜還賣乖』是最不夠朋友的，我今天拜訪左輪泰的目的，是研究如何和你分贓！」

仇奕森說：「左輪泰的目的只是要在墨城鬧出些許的案子，並非為發財而來！」

「但是綁票勒索他逃不了責任，我一方面也是為贖票而來！」

左輪泰驚訝說：「我綁了誰的票？勒索了誰？」

駱駝說：「林淼自從跟你走進『滿山農場』之後，林邊水便接到一封恐嚇信被勒索鉅款，很顯然的，是有人企圖從中挑撥我們之間的感情呢；幸好林邊水還能夠沉得住氣，要不然，『滿山農場』會被警方搜翻天了！」

左輪泰盯了仇奕森一眼，格格大笑起來，說：「明槍易躲，暗箭難防，這一著很夠陰險！駱駝慣於暗算人，可差點兒也被人暗算了吧！」

仇奕森也笑著說：「駱駝為攏絡交情也是不擇手段的！林邊水萬貫家財，就只有一個寶貝兒子，若是林淼被綁的話，沒有不設法贖票之理！」

駱駝說：「我願意代替林邊水付贖款！」

左輪泰說：「林淼遭遇了愛情的綁票，駱駝縱然有無邊的法力，恐怕也難以贖出來了！」

「這樣說，倒是林家積了德！」

「既然光臨寒舍，請登樓，地方簡陋，沒什麼好招待的！」左輪泰說著，極其禮貌地躬腰恭請他們上樓。

駱駝一點也不客氣，大搖大擺就向樓梯上去了。

左輪泰不免猜疑，駱駝到訪的目的何在？仇奕森倒看得出，駱駝絕非只是和夏落紅一個人到「滿山農場」裡的。

仇奕森說：「假如駱駝另外有人同行的話，可要先接受忠告，關照你的夥伴不要在農場裡胡闖！」

駱駝站在樓梯口間，回首含笑說：「仇奕森什麼時候替左輪泰做起發言人來了？」

仇奕森道：「我不過是好意提醒你的注意罷了！」

夏落紅說：「義父到此的目的，是爲和二位談和來的！」

左輪泰招待他們在起居坐下，一面替大家斟酒，邊說：「我們彼此之間並沒有交惡！」

「互相『修理』得厲害，假如再不結束，三敗俱傷，反而被他人得利！」夏落紅再說。

「先試牛刀的恐怕是駱駝，比方說，邦壩水庫的『蒙地卡羅之夜』，一串玉葡萄就幾乎使左輪泰栽了呢！」仇奕森笑著說。

「老狐狸不用挑撥離間，你的目的不過是『坐山觀虎鬥』，要我和左輪泰好看罷了！」駱駝說。

左輪泰卻搶著說：「駱駝大師在我們的跟前，可以說是老前輩了，要這種手段，不覺得有欠高明麼？」

駱駝並不臉紅，說：「那是一個晚輩胡鬧，我發現阻止時，已來不及了，事後深感抱愧！」

「我想這種雕蟲小技也不是出自老前輩的手筆！」左輪泰說。

「我想向兩位請教博覽會的劫匪究竟是何人？」駱駝問。

「義父的意思是，先協同捉賊，然後再解決我們之間的問題！」夏落紅再次解釋。「最好是三全其美！」

仇奕森譏諷說：「駱駝也可謂是『衛道之士』了！」

駱駝又指著仇奕森說：「我居住的酒店，今天被警方好一陣搜查，你猜是什麼原因？」

左輪泰知道，是寫給蒙戈利將軍的那封怪信生了效，搭腔說：「可有什麼東西被搜出來？」

駱駝悠然說：「幸好我有先見之明，晨間看到報上的消息後，立刻將兩件贗品派專人送至仇奕森處了！」

「那就便宜仇奕森了！」左輪泰頗感失望，他的狡計並沒有得逞。

「仇奕森又很快的將它郵寄給林邊水了！」駱駝笑著說。

「爲什麼要這樣做呢？」

「這得要老狐狸自己解釋！」駱駝顯得十分俏皮，表示他並無吃虧之處。

第十四章　神機妙算

仇奕森說：「這個簡單，可以稱做『九九歸原法』，警方搜查駱駝的住處，自是有人告密，知道駱駝藏有兩件贗品珍珠衫和龍珠帽，假如贗品被起出，警方會不分青紅皂白追究來源，至少要偵查駱駝的動機，那麼，我們的這位大教授可要吃不完兜著走啦。駱駝有先見之明，將兩件贗品及時派人送至我處，這是最惡毒的『倒栽贓法』，意思是要我來承受警方的爲難！因爲駱駝和林邊水有賭注，就是要偷竊博覽會展出的珍珠衫和龍珠帽，我將那兩件贗品郵寄給林邊水，他以爲駱駝已經得手，獲得全面的勝利，他們的協定不就結束了嗎？等於說，我是『成人之美』了！」

左輪泰大笑，翹起了大拇指說：「真品僞品一併落在老狐狸的手中時，警方若追上了門，老狐狸才真的吃不完兜著走呢，駱駝的手法夠高的，到時候，駱駝再自警方的手中將珍珠衫和龍珠帽收回來，如意算盤打得好，永遠是站在取勝的步驟之上！」

仇奕森說：「所以我得及時將兩件贗品郵寄，以免混淆不清……」

駱駝又說：「老狐狸的如意算盤打得快又準，你以爲郵包付郵，上面有林邊水的地址，博覽會遭賊劫，警方若檢查郵包，發現贓物，會給林邊水帶來一場官司，也將我一竿子打在內，脫不了身，這樣好拖延至博覽會結束，你將失物交還給蒙戈將軍，『燕京保險公司』的責任既了，老狐狸功德圓滿，此後稱霸江湖，讓駱駝和左輪泰『俯首稱臣』，全受你愚弄了，那可了得？……」

左輪泰插口說：「駱駝要將兄弟拖在一起，不勝榮幸之至！」

駱駝再說：「但是天底下的事情經常會出乎意料之外的，或會使老狐狸失望！墨城在博覽會期間，一切都是亂糟糟，郵局進口的郵包檢查甚嚴，海關爲了打稅，出口郵包一律免檢放行，也或是因爲他們忙不過來，博覽會的劫案還沒有影響郵局的行政，因之，那隻郵包直接通行無阻直達林邊水的公館，林邊水的人留在墨城，奇怪的是漏夜又派專人送返墨城來了！」

仇奕森和左輪泰同時一怔，駱駝竟又派人將兩件贋品珍珠衫和龍珠帽送返墨城，用意何在呢？

「將贋品送返墨城，不等於自找麻煩麼？」左輪泰以探詢的口吻說。

駱駝說：「這就是我要找二位協商的原因！」

左輪泰說：「博覽會劫案發生後，我的目的已經達到，可以置身事外了！」

仇奕森說：「贋品在誰的手中，誰都可能會惹一身的麻煩！」

夏落紅再說：「收藏真品和收藏贋品，若被警方搜到，是完全一樣會惹禍的！」

駱駝格格笑了一陣，說：「所以說，我們彼此之間都會有麻煩，誰也輕鬆不了，可是話又說回來，我們來到墨城，原就是打算惹麻煩來的，誰也不會在乎，我們三個人『鼎足三立』，將力量分散了，讓人家看熱鬧，倒不如將力量集結一起，先幫忙博覽會破了案，拿獲劫匪，取還贓物，反正那份贓物也只是一份贋品，將它交給警方銷案，那就便宜我們了！」

左輪泰和仇奕森面面相覷，聽駱駝的語氣，倒好像是真的誠心議和來的。不過左輪泰和仇奕森都有戒心，老騙子說的話難以相信，他肚子裡不知道又有什麼新的陰謀打算，被他算計上了的話，是很難翻身的。

「捉賊拿贓，在駱駝的跟前可以說是易如反掌的事情，不費吹灰之力，特別是博覽會的劫案，是最低劣的手法，駱駝手底下的能人甚多，劫賊難逃你的掌握呢！」左輪泰說。

「左輪泰說得動聽，但是劫案發生時，你在現場目擊賊人的行動，應該是賊人在你的掌握之中才對！」駱駝說。

「這就是你要利用我的原因麼？」

「化敵爲友，維持我們在外面跑跑的義氣！」

仇奕森說：「駱駝聰明蓋世，但是也未免將天下人看得太過愚蠢，我們就算拿獲劫賊，人贓並獲，將贗品交給警方，他們看不出來麼？」

駱駝格格大笑說：「一件贗品，它就是贗品，若兩件贗品一併呈交，自會有人相信其中的一件是真品，這是人類心理上的弱點，特別是不識貨的人會自作聰明，爲了避免被人發現他的弱點，指出他沒有學問，會幫我們指出其中一件是真品，於是就銷案了，我們也可以自由出境了！」

仇奕森立刻明白，說：「原來駱駝除了被警方搜查住處之外，還被限制出境呢，相信這才是你真正要實行議和的主因！」

駱駝並不隱瞞，說：「被限制出境並不是大事，略施雕蟲小技就可以出境了，主要原因，我不希望再和兩位互相暗算，最後因傷感情而動干戈是犯不上的！」

「過去，你爲什麼沒有這樣的打算呢？」仇奕森譃笑問。

「因爲過去沒有鬧出命案！」

「現在也沒有出命案啊！」

「不！告訴你們二位也無妨，在現場上被槍傷的那位警衛，死在醫院裡了，是被謀殺的！」駱駝正色說。

「被謀殺麼？」左輪泰兩眼灼灼，只有他能猜到兇手是誰，動機何在。

「既出了命案，警方的查緝更會嚴密，我們若再互鬥的話，只會便宜了那幾個兇手，因此，這才是我主張議和的動機！」駱駝說。

「你哪來的消息？」仇奕森問。

「這種消息並不難取得，和警方的醫院稍爲打聽，就可以探出全盤的消息。」駱駝說。

「是怎樣謀殺的？」

「窒息致死！」

「由此更可以證明，兇手正混跡在警方的偵查網之中！」左輪泰的心中更可以判定，博覽會的劫案與「燕京保險公司」所雇用的私家偵探華萊士范倫脫不了關係，他借著偵查劫案的關係，與警方的幹探混跡在一起，所以能有機會向那位受傷的警衛下毒手，實行滅口。「那警衛是現場上唯一的證人，他被殺害，就不容易找出第二個證人了！」

駱駝說：「不！還有第二個，甚至於第三個證人，兇手並不知道，否則勢必還會再引起殺戮，你說對嗎？左輪泰！」

左輪泰不樂，說：「第二個證人及第三個證人是誰？」

「就是你，左輪泰！和你的女兒關人美！報紙上有詳盡的報導，『哈利小吃店』的菩娣被一名年輕的女賊綑綁，假冒菩娣的姐姐送夜點到博覽會去，又用迷藥迷昏了所有值夜的警衛，那不就是你的女兒關人美嗎？警方正在全面通緝關人美，他們認爲關人美是劫匪之一，誤將兩路的人馬合而爲一了！其實你剛準備動手，就被賊人捷足先登了！」

左輪泰失笑說：「駱駝料事如神，我雖然偷雞不著，但是蝕米的還是駱駝，你的嫌疑最重……」

駱駱說：「這就是我們互相暗算的壞處，左輪泰在行事之先，利用一封怪信，原是打算報一箭之仇，一棍將我打垮，永不能翻身的，幸好我能及時將兩件贗品脫手，化險爲夷。這只怪警方的行動太慢，他們晚到了一步，沒讓左輪泰稱心。這不打緊，我們正好借此機會化敵爲友，重新合作，一致行動對外，對我們大家都有好處！」

仇奕森插嘴說：「駱駝海量容人，可不簡單，但是不知道你有什麼計劃？」

駱駝說：「我們三雄聚首，一致合作，先幫助警方破案，緝獲兇手，兩套贗品一併交給警方，讓他們自己去決定那一套是真的，那一套是假的，自然就不再會麻煩我們了。借此機會，我們和蒙戈利將軍打上交道。我想，憑我們三個人的智慧，不難解決『滿山農場』的問題！」

左輪泰說：「只要『滿山農場』的問題解決，朱家不再受蒙戈利將軍的爪牙欺凌，我不求沾任何的利益！」

仇奕森搶著說：「問題是，駱駝的問題怎樣解決呢？」

「那真的一套珍珠衫和龍珠帽不是在我們的手中嗎？」

侵犯！」

仇奕森一怔，沉下了臉色說：「你仍在動它的腦筋嗎？既然我們三方面立下和平協議，就應該互不

駱駝搖頭說：「我和林邊水的賭注不能失敗，要知道，我有十餘所慈善機構，很多無依無靠的人依賴我生活，和林邊水的賭注假如失敗，我得賠償美金十萬，連我的老本也一併賠進去。筋斗栽了，以後有許多地方都行不通，因此，我一定要贏得賭局！」

仇奕森說：「我從未聽說過駱駝做過賠錢的生意，你賭的不過是空頭！」

「就是因爲空頭，所以輸不起！」

「林邊水不過是一位暴發戶，他之嗜愛古玩，無非是附庸風雅，其實連什麼也不懂呢！你將贋品之中的任何一套交給他時，林邊水會信以爲真，你就贏得賭注，可以回去撫養你的老弱孤寡！」

駱駝連連擺手說：「不行！要知道贋品是林邊水介紹我們向李乙堂訂製的，同時，在製造後他也曾觀賞過，這老傢伙表面上糊塗，實際上精明得很，瞞不過他的！因此，我的設計，是請你將真品借出來，呈交林邊水，他經過驗收之後，我贏得賭注，然後我們再設法將它偷出來，將贋品換進去，林邊水一輩子也不會發覺，我們保存了好名聲，此後也或還有買賣可做！」

左輪泰對駱駝的計劃頗爲欣賞，哈哈笑了一陣，說：「我想，駱駝有此計劃不是一天了，在事前就已經佈局停當，你的副手賀希妮小姐也曾誘惑我向林邊水下手，據說，在他的公館中也有著一個極其堂皇的寶庫！」

駱駝說：「不！那時候是企圖調虎離山，減少在墨城的對手，你們可以想像得出，一位暴發戶的寶庫會有什麼值錢的東西呢？他蒐集的古玩，上當的居多，百分之八十五以上是不值分文的贋品，最值錢

的只有一串玉葡萄，已經被我『浮』了出來，利用上了！」

仇奕森兩眼一轉說：「駱駝的一番話，難免不會有自欺欺人之嫌，林邊水就算再土，他的寶庫裡總會有幾件值錢的東西，玉葡萄就是一項證明，恐怕是駱駝怕我們會沾了你的光，打算留作自用吧？」

駱駝忙說：「我已經聲明過，不值錢的占百分之八十五以上，還有百分之十五……」

左輪泰很感興趣，說：「駱駝的內線已經佈好了，我想那位賀希妮小姐躲避風頭，就是躲藏在林邊水的公館裡！」

駱駝說：「有時我的佈局是備而不用的！」

「但是這一著，想必一定會用得上的！」左輪泰說。

「最重要的問題還是要先解決第一局，仇老弟若願意參與第二局，應先借給我珍珠衫和龍珠帽！」駱駝說。

仇奕森躊躇著，駱駝是個聞名江湖的大騙子，做任何事情都不擇手段，滿口仁義道德，背地裡卻不是這麼回事。假如說，他將珍珠衫和龍珠帽借給駱駝矇騙林邊水，而在事後駱駝「黃牛」，逃之夭夭，那時候能到那兒去找他呢？仇奕森擔了盜賊罪名，向金範昇的一家人也無法交代，那豈不等於自尋煩惱嗎？

「你還有什麼需要考慮的？這是三全其美的做法，我們三方面都不吃虧！」駱駝再說。

仇奕森搖頭說：「我對第二局沒有興趣，自從洗手江湖，我就不再幹偷雞摸狗的買賣了，林邊水暴富之後，目中無人，令人憎厭，但是我與他之間無冤無仇，河水不犯井水，同時，他的兒子林淼爲人忠厚正直，和我交上朋友，我怎忍心下手？……」

左輪泰取笑說：「你在博覽會實行自盜，不就破壞了自己的戒條了麼？」

仇奕森說：「那是爲了『燕京保險公司』，他們賠不起款！」

「因此，偶爾客串一番並不爲過也！」左輪泰說。

仇奕森不樂，朝左輪泰說：「你行俠仗義，譽滿江湖，是一位受尊敬的人物，譬如說，替『滿山農場』打抱不平，就使我欽佩不已，林淼現在也是你的朋友，你忍心向他的父親下手嗎?江湖上有言：『發洋財，上山下海!兔子不吃窩邊草！』爲什麼不走遠路呢?向林邊水下手，於心不安吧？」

左輪泰說：「『滿山農場』滿目瘡痍，就算和蒙戈利將軍府的官司下地，也亟待復興，很需要一筆鉅額的金錢。」

仇奕森說：「林淼和朱黛詩小姐一見傾心，玉成他們，一個有農場，一個有鉅資，『滿山農場』要復興，並不困難！」

左輪泰說：「林淼對朱黛詩一見傾心，朱黛詩未必會欣賞林淼，她會爲農場出賣自己嗎？」

「自由戀愛是沒有限制的，你將林淼留在農場上，他們日久自會產生感情，林淼相貌堂堂，一團福氣，朱黛詩只要能和他相處，我想他們會成爲美眷！」

「朱黛詩怎會愛上一個暴發戶的小土包子？」

「那是你的偏見！」

「『滿山農場』假如不是慘遭變故，朱黛詩也是富家千金，她不會爲金錢事人的！」

仇奕森笑了起來，說：「左輪泰，恐怕是你不肯放過朱黛詩罷?!」

「此話怎講？」左輪泰瞪了眼。

「你的心裏有著朱黛詩的倩影，恐怕是你在鬧戀愛呢！」

左輪泰好像是被猜中了心裏的秘密，羞憤不已，恨不得就要和仇奕森火拚。駱駝滿臉笑容，一雙圓溜溜的眼珠，溜過來又溜過去，抖搖著大腿，洋洋自得。仇奕森曾計劃過挑撥他和左輪泰火拚，如今是適得其反，他怎會不開懷呢？

「自由戀愛，固然年歲懸殊也無大礙，但是假如你肯爲朱黛詩下一輩子的幸福著想，也就會死心了！」仇奕森再說。

左輪泰忽的改變了怒容，格格笑了起來說：「仇奕森，只有你才是風流成性，足跡所到之處都有你的豔跡遺痕，我想，你爲金家如此賣力，恐怕是戀愛著金範昇的女兒金燕妮吧？……那才是白髮紅顏呢！」

「別胡說八道！我在情場上也早已『收山』，心如止水！」仇奕森說。

「偶爾客串一番也無妨！」

「你是豬八戒倒打一釘耙！」

「嗨！」駱駝大叫說：「我們在研究案情大局，爲什麼你們竟談起戀愛經來了？」

忽的，雷蘭蘭急步跑上了樓，向左輪泰鬼祟說：「我們的農場又來了客人！」

「什麼客人？」左輪泰急問。

「好像是那天晚上陪我們到醫院去的那個喚做什麼沙利文的青年人！」

左輪泰暗暗吃驚，假如被沙利文尋到「滿山農場」裡來的話，那絕非是好事，他從哪兒獲得了線索呢？其中必有文章。於是，他向駱駝和仇奕森兩人說：「也許我有了麻煩，假如二位不願意將麻煩沾上身的話，不妨自己加以提防迴避！」

駱駝和仇奕森搞不清楚沙利文是何許人，和左輪泰之間又有著什麼淵源，只因這一段事情是沒有見報的。報紙上曾提及在博覽會的現場附近發現有可疑的汽車一輛，就沒有下文了，這原因，自是因爲史天奴探長發現了車主是蒙戈利將軍的公子，史天奴縱然有天大的膽子，也無此魄力，在案情的真相尚未了解時，他沒敢向新聞界作任何的吐露。

駱駝和仇奕森看左輪泰的形色，就可以知道事態頗爲嚴重。左輪泰向來是一個臨危不變鐵錚錚的漢子，爲什麼一個青年人摸索進入了「滿山農場」會使他起了慌亂呢？其中必有特別的原因。

「左輪泰，我是一個問題人物，假如被人發現在此和你聚會的話，恐怕對你不大好，你可有什麼地方可以供我暫時隱藏的？」駱駝故意說。

左輪泰兩眼灼灼，說：「『滿山農場』的周圍有百數十畝地，隨處都可以躲藏搜索，留在這間屋子內也無大礙，只要不露面就行！」

駱駝說：「比方說，你藏匿林淼的地方，不是很可靠嗎？」

左輪泰一聲冷笑，「你休想刺探我的秘密！」

仇奕森向駱駝加以取笑說：「駱駝的手法好像是玩回頭了，裝腔作勢，等於是掩耳盜鈴呢！」

駱駝不解，向仇奕森瞪眼。

左輪泰和雷蘭蘭已經奔上了樓梯，「三元飯店」的樓頂上搭有一座假樓，只有三尺來高，平時是供員工當做宿舍睡覺用的，板壁上有好幾扇透風窗，左輪泰在窗上裝置了望遠鏡，正好對準了「滿山農場」進口的大門處。

他趕忙對準了角度，果真，是沙利文那小子摸索著走進了農場。

只見沙利文東張西望的，心緒有點徬徨，農場內滿目瘡痍，沙利文像是企圖發現什麼似的。在那廣大的農場進口處，他不辨方向胡亂摸索，也證明了他還從來沒有到過這地方。

「奇怪，他怎會找到這地方來的？」雷蘭蘭心情忐忑說：「假如我被發現了怎麼辦？」

左輪泰說：「也許是地上的輪胎痕跡給他發現了路線……」

「我們該怎樣對付他呢？」雷蘭蘭頗為著急。

「看情形，沙利文只是一個人走進農場，他並不一定有壞的企圖！也說不定是青年人的一種好奇心理！」左輪泰不斷地在考慮著。

「別忘了沙利文的汽車是留在博覽會附近被警方發現了的，他必已被牽連在內！他一個人追蹤到此，就會給我們添很多的麻煩！」

左輪泰強自鎮靜說：「妳很敏感，漸漸的可以走進江湖圈子了！」

「我們最好能趕快將他打發走！」

「怎樣打發呢？妳我都不能出面！」

「通知朱黛詩，她可以有權禁止生人踏進她的農場的！」

「嗯，這是最簡單的辦法……慢著！沙利文不光只是一個人，農場外另外還有一部汽車，好像是跟蹤著沙利文來的！」左輪泰忽的將雷蘭蘭喚住，調整了望遠鏡的焦點，向農場外的另一部汽車看去。

「咦，銅鈴眼，鷹鉤鼻，雷公嘴，滿頭的白髮……他不就是史天奴探長麼？沙利文竟將他引來了！」

說。

雷蘭蘭忙搶過望眼鏡細看。「可不就是史天奴嗎？怎麼辦，原來沙利文和史天奴是一起的！」她說。

「妳怎知道史天奴不是跟蹤沙利文而來的呢？」左輪泰說。

「問題是，沙利文怎會有線索追蹤到我們的農場？說不定是史天奴給他提供線索的！」雷蘭蘭惶恐地說。

「通知朱黛詩去攔阻他們！」左輪泰說著，溜下了假樓。

「滿山農場」部份地區的電話對講機都已重新裝妥。「三元飯店」內的電話機是置在地下貯物室內的。左輪泰要下樓去，就得再次和駱駝及仇奕森打招呼。

仇奕森正取笑駱駝的手法等於「掩耳盜鈴」，駱駝大為不滿，要仇奕森說出道理原因。

仇奕森說：「不會光只是你們父子兩人進入農場的，一定還有你的爪牙，像孫阿七或彭虎等人，你除了拜訪左輪泰之外，另外分出人去偵查林淼的下落，我的判斷不會錯的！」

「製造林淼綁票案、寫恐嚇信給林邊水的，一定是你了，將來案發，你可要負相當的責任！」駱駝說。

「事實非常明顯，到了緊要關頭，我們誰也饒不了誰！」

「我們何不化敵為友？」

「只有你肚子內陰謀最大！」

「在我的想像之中，我們三個人拚鬥，將來是三敗俱傷，不知道誰會坐享漁人之利？」駱駝表現出頗為懊惱地說。

「駱駝畢生之中還未失敗過，到最後，恐怕吃癟的還是左輪泰和我！」

「你只是謙虛而已，最後被算倒的，該是我和左輪泰兩個。」駱駝說。

不一會，左輪泰已打完電話由地下室上來，他向駱駝和仇奕森兩人招呼說：

「有一位你們兩位不高興看到的客人到了，我想，你們或許會同意迴避一下的！」

「是什麼人呢？」夏落紅已推窗探首外望，但是視線所及，他什麼也看不到。

「限制駱駝出境的史天奴探長，對我們來說，是一個十足討厭的人物呢！」左輪泰說。

仇奕森冷嗤說：「那準是跟蹤駱駝來的，駱駝的目的，是企圖拖我們下水，那麼，我們就只好接受他的議和，『同流合污』了！」

「你在製造仇恨！」駱駝說：「你又怎知道他不是為跟蹤你而來的？」

左輪泰說：「不管他是跟蹤誰而來，這時，最好是不要和史天奴接觸，他只會給我們添麻煩！」

左輪泰匆匆收拾，他預料到史天奴探長或會追蹤至「三元飯店」，在他的住處最好是不留下任何痕跡。

數分鐘後，左輪泰領路，帶領他們走出「三元飯店」，朝農場的山區走。

駱駝雙手叉腰，面對蒙戈利將軍堡格格而笑，朝左輪泰說：「論風水而言，『滿山農場』是吃癟了！將軍堡殺氣沖天，這所農場能夠五穀豐收，已經是不容易了！若想和它屹立對峙，那只有出奇制勝，搞他個雞犬不寧！」

左輪泰聽得出駱駝是話中有意，這個老騙子向來詭計多端，說不定他就會有奇謀，可以給蒙戈利將軍堡過不去。

「駱駝有什麼奇謀，我願意聆教！」左輪泰說。

「鬧鬼是最好的辦法！」駱駝說。

「鬧鬼？」左輪泰一怔，說：「我不懂呼風喚雨，又不會招魂顯靈，怎麼鬧鬼呢？」

駱駝洋洋自得，笑著說：「所以，出來走江湖，還是我們這一行的比較有學問了！」

左輪泰說：「我就只差這一門學問，得向老前輩請教了！」

駱駝拈著他的稀疏鬍鬚，頷首說：「嗨，左輪泰居然前倨後恭，竟稱呼我爲老前輩了，由此足可以說明，蒙戈利將軍府鬧鬼，對左輪泰是會有幫助的！」

左輪泰知道搞騙子的這行業，會有著這種邪門玩藝兒的學問；可以無中生有，搞得天翻地覆，他非得向駱駝請教不可。

左輪泰說：「有人曾告訴我說，駱駝能有呼風喚雨的本領，假如蒙戈利將軍府真鬧鬼，我可服了你了！」

駱駝說：「我給你開出幾張方子，按照單方行事，包你不出三天之內，蒙戈利將軍府內鬼哭神號，人心惶惶，大家都活見鬼！」

仇奕森取笑說：「駱駝是打算用魔術或是邪術？」

駱駝瞪目說：「邪術是無稽之言，科學昌明的世紀裡，你肯相信邪術嗎？」

「引用走江湖的一句術語，戲法人人會變，各有巧妙不同，但是它是有科學根據的！」

左輪泰搞不懂仇奕森和駱駝爭論的重點何在，便向仇奕森說：「在這一方面，我相信駱駝比你我都強，一定會搞得有聲有色的！」

駱駝卻向左輪泰擺了擺手，說：「別忙，替你施法是另一回事，我是有條件的！」

「什麼樣的條件，你只管說！」

「我要捉拿博覽會劫案的三名犯人！」

左輪泰一想，駱駝的條件倒是蠻棘手的，他繞了個圈子，始終維持著他的原議。

「捉那三個賊人並不難。但是我得先看你的法術是否靈驗？」左輪泰說。

駱駝忽的在一叢樹根下發現幾朵野菌，他蹲下來，小心翼翼地將野菌摘下，用手帕包起。「啊，藥引子有了！」

左輪泰說：「這是毒菌，吃了對人體有礙的！」

駱駝說：「用它做藥引子，就不怕了！」

「我不懂你的意思！」

「山人自有道理！」

這時，仇奕森心想，駱駝和左輪泰好像合到一起去了。駱駝是企圖利用左輪泰捉拿那三名劫賊，由第一步計劃進行至第二步計劃。駱駝刁鑽古怪著名，他的話雖說得響亮，但是否別具用心卻很難逆料。這老妖怪實在不好鬥呢！仇奕森頓時感到孤單起來。

左輪泰帶領著他們一行四人，穿進一處叢林，前路有石級可供走上山坡，山坡有小溪淙淙流水，想必山坡上有住戶人家。

正如左輪泰所說，「滿山農場」周圍面積有十餘畝地，躲藏幾個人不被發現是很容易的事。

由石級上去至半山，居高臨下，可以看到「滿山農場」的情景。

這時，沙利文已漸漸走近了「三元飯店」，雷蘭蘭自然也迴避開了。一棟空著的屋子，且看沙利文有何企圖？

不多久，史天奴探長已追蹤上前，將沙利文喚住。事實上，沙利文還不知道史天奴探長派人跟蹤，監視他的行動。

史天奴探長在博覽會劫案發生當夜，在現場附近發現沙利文的一部自用小汽車就很覺疑惑。沙利文是蒙戈利將軍的養子，照說應該不會和劫案發生任何關係，然而沙利文在警署的供詞閃爍，好像是在隱瞞著什麼事情。

沙利文所說的那間醫院，原是蒙戈利將軍府轄下的不動產中著名的一間鬼屋。沙利文供述中的那名孕婦、醫生、女計程車司機在事後失蹤，連醫院的招牌、內部的設備悉數搬走，這是最使人疑惑的。

史天奴曾調查過沙利文的底細，沙利文並無不良紀錄，在三藩市的學校中也是優等生，他該不會和劫案發生什麼關係，然而，史天奴探長擔心的是他被人利用了，因此，他派有專人負責監視沙利文的行動。

沙利文又怎會走進「滿山農場」的呢？

蒙戈利將軍考慮到，那封怪信或許是有人故意和他過不去。看沙利文所描述的那間鬼屋，正好就是一條筆直的道路直通至「滿山農場」去的，想到這裏，蒙戈利將軍就考慮到事情或許和「滿山農場」有關。

處理「滿山農場」一案，原是由佛烈德主持的。佛烈德和蒙戈利將軍有親戚關係，做事也很能幹，可以說得上細心精明，但他唯一的毛病就是尖酸刻薄，愛貪小便宜。蒙戈利將軍也知道佛烈德犯有這種毛病，但是管錢財的總歸是自己的親戚比較放心，他對佛烈德並無不信任之處，只是處理上大問題，當會派人複查一番。

佛烈德企圖據佔「滿山農場」，自然也是為將軍府的利益，只要整垮朱家一家人，「滿山農場」就會被將軍府吞併。

蒙戈利將軍並不反對收購「滿山農場」，但為著將軍府的名聲，曾向佛烈德關照過，一切要按最合法的手續。自然，蒙戈利將軍聽進許多讒言，描述「滿山農場」姓朱的那一家人，是如何的強頑不講理，如何地和將軍府作對。蒙戈利將軍受讒言包圍，所以在他的印象之中，這一家人是惡劣無比的。

車禍事件，蒙戈利將軍被隱瞞著，朱建邦持槍大鬧酒精廠而至獵槍走火，焚毀了整座的廠房，蒙戈利將軍卻全聽到了。因之，官司也是蒙戈利將軍主張打的，法院方面受了壓力，偏袒得出奇，所以他們的一場官司是贏定了，「滿山農場」開始變成一片凋零，他們遲早要將農場出售的，只看官司何日結束，蒙戈利將軍的接收，僅是時間上的問題了。

蒙戈利將軍尚不知佛烈德追求朱黛詩未遂，這才是造成雙方仇恨的最大因素，怪事發生，蒙戈利將軍經過縝密的研究，認為「滿山農場」最值得可疑，自然不會再信賴佛烈德，剛好沙利文也被牽連進這件怪案。蒙戈利將軍認為沙利文調查「滿山農場」案是最適當的人選。這就是沙利文會出現在「滿山農場」的真正原因。

沙利文摸索進入了「滿山農場」。沿途走著，東張西望的，只見滿目荒涼，整座農場上形同一座廢墟，不見人跡，也不見炊煙，他茫然地四下裡亂闖。

倏地，沿著山路有一部陳舊的汽車出現，路過之處，塵埃滾滾。駕車的是一位纖纖弱質的女郎，正就是朱黛詩。

朱黛詩是接獲左輪泰的電話，由葡萄園裡趕出來的，在「滿山農場」尚未易手之前，她還是這農場的主人，有權可以禁止任何人擅入農場，就是警探，沒有「搜索令」，她同樣可以將他驅逐出境。

朱黛詩的汽車在黃泥道上疾馳，駱駝早已發現了，由那部汽車的來處，駱駝可以揣測出朱黛詩藏匿的地方。

「滿山農場」內山巒起伏，但多半不是高山，農地佔廣大的面積，什麼地方可以匿藏人，以駱駝的經驗而言，只要看出些許破綻就不難尋得出。

左輪泰注意到駱駝的那副神色，立時提出警告說：「駱駝，我很感激你能幫忙我對付蒙戈利將軍府，然而這座『滿山農場』還是不歡迎不速之客，尤其是夜行人一類的人物，在午夜視線不清時，更容易出意外的，我雖然玩槍有點名氣，但不大容易傷人，可是關人美只學了一些皮毛，開槍很快，命中率也很高，只一槍就解決了問題，到時候連解釋的機會也沒有了！」

駱駝瞪眼說：「你以為我會派人夜探『滿山農場』麼？」

左輪泰說：「不！我只是事前關照，免得出意外之後加以後悔！」

夏落紅對左輪泰的聲明不甚滿意，說：「左先生利用女兒來嚇唬人，倒是別出心裁！」

左輪泰說：「我知道你和孫阿七都是夜行的能手，讓你有個了解也是好的！」

駱駝制止夏落紅多說話，說：「我們既然是來議和的，就得先建立私交，不再談利害衝突，我要先替你解決『滿山農場』的問題！」

上了山坡，有一片梯形的農地，有泥磚茅舍三數座，那是農田工人的宿舍，農地荒廢了，那些工人也不知去向。農舍內蛛絲塵垢，已很久沒有人收拾，所有的家具桌椅都蒙著一層厚灰。

駱駝用手帕撣乾淨了一把椅子，邊說：「要蒙戈利將軍府鬧鬼並不困難，但是須要很多的零星道具，是極其小的破費，但是收購卻需得一番周折。左輪泰，你還得自己去麻煩一番呢！」

左輪泰說：「你不妨開出清單！」

「我需要紙筆！」駱駝說。

夏落紅帶著有自來水筆，所缺的是紙張。

左輪泰抹乾淨了一方木桌，在房舍內尋出一疊廢紙。駱駝伏在桌上提筆疾書，毫不思索，像是胸有成竹。

駱駝在寫些什麼名堂呢！左輪泰和仇奕森都很覺詫異。

那紙上面寫著：

竹枝若干，牛皮紙，竹哨鈴，明礬二兩，黃芩乙兩，石黃、石灰各半斤、樟腦二兩，牛膽汁乙囊，五棓子、皂礬、銀珠各少許，天南星，米醋，硝石硫磺末，烏鴉目，鴞鳥目，陽起石……

仇奕森和左輪泰面面相覷，他倆在江湖上闖，也有半生的時間，駱駝的這一手，他倆實在莫測高深呢。

左輪泰說：「這些好像都是中藥的名稱，我能到哪兒去配？」

駱駝說：「墨城也有中藥舖，我已經觀光過了，大部份的藥物都可以配得著！」

「烏鴉目、鴞目，那又是什麼？」

「那是鳥名！」駱駝說。

「到哪兒去找烏鴉？」

「『滿山農場』正是在行霉運的時候，農場上多的就是烏鴉，憑你是一位神槍手，射一兩隻烏鴉，恐怕是最簡單的事情了！」

左輪泰說：「要烏鴉目何用？」

駱駝格格笑著說：「這是我國的大魔術，吞烏鴉目能使人白晝見鬼魅，或研汁注目中，會見滿天神佛，昔日宮廷中有人活見鬼，就是施這種法術……」

仇奕森頓時大悟，說：「我明白了，這是『白蓮教』的那套玩藝兒！」

駱駝說：「管它是什麼教的玩藝兒，反正我們現在是要對付蒙戈利將軍府，弄他們一個滿堡鬼魅，雞犬不寧！」

左輪泰頗感興趣，說：「你這些把戲是打那兒學來的？」

駱駝說：「學問，學問，走江湖就是要各種學問俱全的！」

「那麼牛膽汁又是幹什麼用的呢？」

駱駝說：「牛膽汁寫字於紙或布上，乾後無形，用水澆之，即成黑字！」

左輪泰搖頭說：「這不算什麼大魔術！」

駱駝說：「我們得有幾種方式給蒙戈利將軍傳遞消息，比方說：『水上傳書』，你見過沒有？」

左輪泰說：「怎樣『水上傳書』了？」

駱駝說：「明礬二錢，黃芩五分，研爲末寫字，浸入水中，字即浮於水面上旋即消失！」

左輪泰驚喜交集，心想，駱駝之所以能名滿江湖，走遍天下無敵手，果然是有他的一套呢。

「你主要的是鬧鬼，可有更高的手段？」他再問。

「五鬼拍門，你聽過沒有？」駱駝反問。

「怎樣使鬼拍門？」

「天南星爲末，米醋調勻，塗貼門上，夜靜即有鬼拍門！」

仇奕森半信半疑，說：「這是邪術嗎？」

駱駝格格笑著說：「說穿了就不值錢啦，其實這是蝙蝠撞門，你且看『滿山農場』在白晝間也有蝙蝠飛翔，可見得在農場的某地方一定有著蝙蝠窩，蝙蝠是盲目動物，最愛吃酸性食物，米醋會招惹牠撞門，在夜間豈不就成爲鬼拍門了嗎？不出三天之內，蒙戈利將軍堡的前門後門側門，都會有冤鬼亂拍，等到有人開門時，蝙蝠飛走，鬼影子也不會瞧見，便會造成他們心理上的恐懼呢！」

仇奕森嗤笑說：「還是『白蓮教』的玩藝兒！」

駱駝說：「這是我國古代的大魔術，早已失傳了，呼風喚雨、移山倒海也不過是這一類的法術！」

對駱駝的智慧，左輪泰不由得打自內心敬佩。他又問：「除了鬼拍門之外，你還有什麼法術？」

駱駝說：「蒙戈利將軍堡會在夜間隨時見到鬼火燐燐，冤鬼淒鳴環繞古堡，月華升起時，紙蝶會飛，蒙戈利將軍還會見到水中冤鬼傳遞血書……這些還不夠嗎？若能取得到烏鴉目的話，他們每一個人都會活見鬼！」

「『滿山農場』的問題解決，朱家的人世世代代不會忘記你的恩德！」

駱駝舉起手中的一紙購物清單，說：「我最先開出來的就是竹枝，牛皮紙，竹哨鈴！一看而知，這就是製造風箏的材料，三更半夜升起風箏，竹哨鈴會像鬼哭神號，加上環繞在將軍府四周的燐燐鬼火，不夠他們喪魂落魄嗎？」

「據我所知，蒙戈利將軍的年歲大了，聽覺不大靈敏……」左輪泰說。

「蒙戈利將軍聽不見，更會斥罵他的手下人胡鬧，恐怖的氣氛越會增高！」

「駱駝連心理學也一併用上了！」

「疑心生暗鬼這句成語，不就說明了鬧鬼的含意了嗎？我們的做法還是有科學根據的！」

左輪泰再說：「另外還有一項問題，按照你的計劃，還需要一個極高明的人去施手腳，比方說，到將軍堡的門首去貼鬼紙，給蒙戈利將軍去滴烏鴉目汁……」

駱駝說：「最好的人選當然是孫阿七，他有飛簷走壁的絕技，較之你會爬那兩下子繩索，要高明得多了！」

「孫阿七人呢？」

「他正在農場摸索，找尋林淼的藏匿處，我正擔心他會挨了你的義女關人美的一槍！」

左輪泰一怔，果然不出所料，駱駝正派人刺探農場內的實況。他立刻表示抗議說：「駱駝，你既然存心議和而來，又爲什麼派人暗地裡在農場裡實行偵查？豈不是自相矛盾嗎？」

「議和也許會失敗，誰又能逆料？同時，我能幫助你解決『滿山農場』事件，已經開出第一步驟計劃，但是你們二位尚未答應和我合作呢，特別是仇奕森老弟，他始終抱著懷疑的態度！」

左輪泰說：「只要蒙戈利將軍府開始鬧鬼，我就開始替你將博覽會的三名劫匪逮捕歸案！」

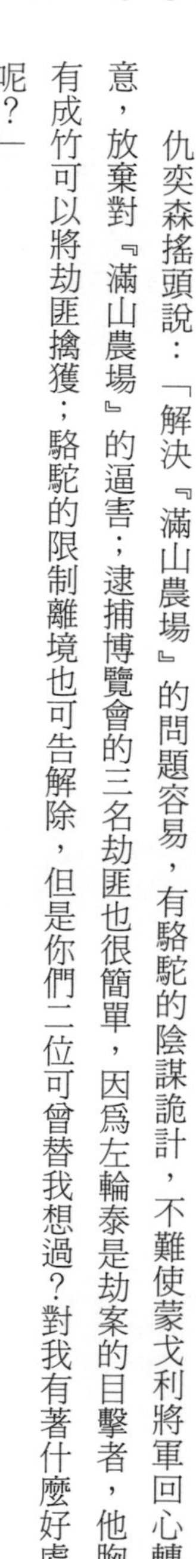

仇奕森搖頭說：「解決『滿山農場』的問題容易，有駱駝的陰謀詭計，不難使蒙戈利將軍回心轉意，放棄對『滿山農場』的逼害；逮捕博覽會的三名劫匪也很簡單，因爲左輪泰是劫案的目擊者，他胸有成竹可以將劫匪擒獲；駱駝的限制離境也可告解除，但是你們二位可曾替我想過？對我有著什麼好處呢？」

駱駝說：「對你也沒有害處，珍珠衫和龍珠帽經借用之後，原璧歸趙！」

仇奕森說：「誰能保證？左輪泰嗎？」

左輪泰面有難色，他不敢應承，到底駱駝是騙子出身，假假真真，真真假假，很難逆料，在江湖上而言，君子一言即出，駟馬難追。他答應仇奕森作保證後，若被駱駝「黃牛」時，他該如何見人呢？

仇奕森立刻又代替左輪泰解嘲說：「我想，左輪泰不會替你做保證人的！」

「不做中，不做保，明哲保身可以少惹很多是非！」左輪泰說。

仇奕森再說：「沒有人敢作保證，你們二位的問題全解決了時，只讓我提心吊膽，未免有點不公平吧？」

駱駝說：「相信朋友，能駛萬年船，只會佔便宜不會吃虧的！」

仇奕森說：「就要看那個朋友是否值得相信了！」

夏落紅插嘴說：「仇奕森曾提及好處問題，是指利益而言的！」

駱駝說：「我已經聲明過，林邊水的寶庫經過『清倉』之後，我們利益均分，三一三十一！」

仇奕森立即說：「瞧！林邊水就是太相信朋友了，招來了無窮禍患！」

駱駝拍案大叫說：「那不是朋友，那是暴發戶，取他的錢財賑濟貧困，是替天行道的義舉……」

仇奕森欠身說：「很抱歉！我自從洗手歸隱之後，對這些問題都不感興趣！」

「你就是抱定了不合作主義！」駱駝的意思是希望左輪泰施加壓力。

「礙難合作！」仇奕森平淡地回答。

左輪泰皺著眉，他很難說出口，一定要仇奕森去做。

駱駝忽地轉變了一副嘴臉，笑口盈盈地起立，拍了拍仇奕森的肩膊說：

「我遠來墨城，是專程爲博覽會盜寶而來，按理說，這種盜寶只是雕蟲小技而已，只因爲有兩位的阻礙，遲遲沒有下手，以江湖說法，那就是放了交情！不是誇海口，以我的這套『鬧鬼』的手法爲例，博覽會雞犬不寧，寶物失竊，他們會連門也摸不著呢，但是博覽會的兩件寶物經過二位一盜再盜，失去了給我表演的機會，枉費我寶貴的時間和智慧，我和林邊水的問題仍然是需要解決的，如今我低聲下氣找二位議和，是求免傷和氣，因爲我們三個人都是栽不得筋斗的！」

當然，駱駝所說的一套，也有他的道理，只是仇奕森不敢冒險接納。

駱駝再說：「仇老弟，珍珠衫和龍珠帽既然是向你借的，自然會如約歸還，你不肯相信朋友，那就是你的錯了！要知道，不吃敬酒吃罰酒，倘若這兩件東西是被我弄到手的話，那就不會再歸還了！醜話說在前面，決定權仍然在你！」

仇奕森心弦一震，他早知道，駱駝不將兩件寶物弄到手是心有不甘的，問題是，他會採用什麼方式下手。

「駱駝既然是替天行道，爲苦難者打抱不平，那又爲什麼不放金家一馬？華僑創業艱辛，假如將金家的事業搞垮，然後再收容他們的孤兒，那麼行善與作惡的差別又在哪裡？天下最善者，莫過於是放下

屠刀，立地成佛！」他再次向駱駝勸說。

「嗨！仇老弟竟勸我放手了，『箭在弦上，不得不發！』要不然，後果不堪設想！」駱駝說。

「你們各執一詞，難道說沒有折衷的辦法？」左輪泰說。

「我倒願意聽你的意見！」仇奕森說。

「待我想想看，今天你們兩位都是我的客人，何不讓我們把酒言歡，將問題解決，我想，終歸應該有折衷的辦法的！」左輪泰說。

朱黛詩駕著汽車，已駛近「滿山農場」進口處的大道，沙利文正要向「三元飯店」摸索過去呢。

朱黛詩踩了剎車，自車座起立，舉起一支雙管獵槍，喝叱說：「什麼人？未得允許擅自踏進我的農場？」

沙利文趕忙高舉雙手說：「我是尋人來的！」

「尋什麼人？快說，要不然當小偷辦！」

「我找一位醫生，莫森醫學博士，還有一位稱爲什麼蘭蘭的小姐……」

「這裡是農場，沒有醫生，你快給我出去！」朱黛詩一點也不留情地說。

「我看到汽車輪胎的痕跡，汽車著實是駛進這所農場的！」沙利文再說。

「我的農場多的就是汽車，你不必多說，快給我出去！」

「這樣也不必以槍相向！」

「大門口有『閒人免進』的牌子釘著，你假如認識字，就不該亂闖！我有權驅逐不速之客！」朱黛詩再說。

「美麗的農場主人竟然一點也不講理，妳還是將獵槍放下的好！」史天奴探長在路邊樹叢出現，高聲招著手說。

「你又是什麼人？」朱黛詩舉著獵槍向他瞄準。

「我是墨城警署的史天奴探長。」

朱黛詩說：「警署人員進入我的農場，也需要允許的！除非你有搜索令！」

「搜索令是現成的，只要我自己簽個字即行！」

朱黛詩無可奈何地將獵槍放下，以譏諷的口吻說：「原來你們吃公事飯的，就是這樣的弄權，欺侮老百姓！」

史天奴一鞠躬，趨上前摸出了他的身分證明，笑口盈盈地說：「假如大家客氣的話，我就免簽搜索令了！」

朱黛詩說：「大權在握，一手遮天，可以任由你的高興，請問你們二位，打算搜索什麼東西？拿賊或是追贓？」

史天奴說：「假如有冒犯之處，深感抱歉，實在是上面的命令交代下來，我們一定得要這樣做！」

「上面有命令，教你們擅入民戶，搜索我的農場麼？」朱黛詩仍然表現出十分憤慨地說。

「是這位公子發現有賊人溜進了你們的農場，我是奉命保護他的行動的。其實這種工作，對我們是乏味透了！」

「這位公子又是什麼人？」

「他是蒙戈利將軍的大公子，也正是你們的鄰居呢！」

朱黛詩一聽蒙戈利將軍的名字，立時怒火沖天，兩眼灼灼，瞄著沙利文，有如仇人見面，分外眼紅。她不由得又將那支獵槍舉起來，瞄準了沙利文的腦袋。

「蒙戈利家的人給我滾出去！遠離開我的農場，否則你就只能活到這個時刻！」她激動地說。

「在警署人員的面前，妳怎可以行兇？……」史天奴趕忙勸阻。

「有搜索令是你們警署的事，我仍然有權驅趕蒙戈利家的人滾出我的農場！」朱黛詩說。

「朱小姐，我並無冒犯之處。」沙利文吶吶說。

「你們蒙戈利一家人都是混蛋，快給我滾出農場去！我不在乎你們再耍什麼卑鄙惡劣的手段！」朱黛詩咆哮說。

沙利文頓時覺悟，朱黛詩是將「滿山農場」和蒙戈利將軍府的積怨全發洩到他的身上了。

「滾出去！」朱黛詩再次叱喝。

「朱小姐，妳太不友善了！」史天奴說：「沙利文一直留學在外，妳和將軍府的爭執，他是全不知情的！」

「哼，害得我們家破人亡，現在又故意造謠捉賊追贓，帶領警察進入我的農場，不覺得有點過分麼？你們欺人太甚了！」朱黛詩說。

「請聽我的解釋！」沙利文說。

「沒什麼好解釋的。滾，滾，滾！」

面對著朱黛詩充滿了仇恨的面色及一支無情的雙管獵槍，沙利文唯有放棄找尋，他垂頭喪氣地轉了身，黯然向來路離去。

史天奴向朱黛詩勸告說：「冤家宜解不宜結，以你們的農場和蒙戈利將軍府纏鬥，等於以卵擊石，聽我的勸告，以和為貴……」

朱黛詩冷冷說：「你的意思，無非是希望我們投降，將整座農場雙手交給蒙戈利將軍府了事！」

「不是這樣說。我的意思是，鬥下去吃虧的還是妳自己！」史天奴露出一副菩薩心腸的樣子。

「怎樣和解呢？我們是被壓迫的一方，我們已經是處在家破人亡的境地，還有人被押在獄中……」

「剛才那位沙利文是蒙戈利將軍的養子，是一位唸書人，懂得講理的，他在蒙戈利將軍府內地位超然，絕不和那些弄權小人同流合污，他踏進妳的農場，正是一個好機會可以溝通你們雙方誤解之處，妳反而惡言相向，豈不是等於自行放棄了大好的機會嗎？這是不智之舉呢！」

驀的，在農場山巒的深處，一連劈劈地響了好幾響槍聲。

朱黛詩心中暗地裡一驚，不知道發生了什麼事情。

史天奴探長也一陣愕然，說：「農場裡起了槍聲，又發生了什麼事情嗎？」

朱黛詩忙說：「是我的工人在狩獵！」

「狩獵？妳的工人竟然雅興不淺！」

朱黛詩說：「我的農場被逼停工，大部份的工人都被遣散，剩下攜帶家眷的，他們沒有去處，就留在農場裡，靠種植短期的農作物，或是狩獵以維持生計！」

史天奴半信半疑。

「我希望的確是妳的工人在狩獵，我不希望下次踏進妳的農場時，需要簽發搜索令！」史天奴說罷，自行離開「滿山農場」，追蹤沙利文去了。

第十五章　一山還有一山高

朱黛詩不及等候史天奴探長遠離，就匆忙掉轉車頭，朝葡萄園趕去。

原來，槍是關人美開的，她發現農場裡有可疑的人出現。那正是孫阿七，他是奉駱駝之命，潛入農場搜查林淼的下落的。

朱黛詩的汽車出現，給孫阿七指引了目標，他溜進了葡萄園，被關人美發現，鳴槍示警；幸好孫阿七有飛簷走壁的功夫，逃得快，要不然，鐵砂彈是吃定了。

槍響之後，駱駝、左輪泰等一行人全向葡萄園趕過去，算是給孫阿七解了圍。是夜左輪泰宴客，化敵為友，他希望江湖上的幾位朋友肯拔刀相助，共同對付蒙戈利將軍府，以解決「滿山農場」的危機。

當駱駝和仇奕森進入「滿山農場」拜會左輪泰議和之際，一位妙齡女郎進入了「金氏企業大樓」，請門房給領路，直接登門拜訪金範昇而去。

金範昇在事前就接到這位妙齡女郎打來電話，她自稱是仇奕森的情婦，說是有極其重要的事情需要當面和金範昇磋商。

金範昇原打算拒絕的。那女郎說：「不要拒絕，否則您會後悔的，事關你們『金氏企業大樓』整個未來的命運！」

提到這些問題，金範昇就有點心驚肉跳，他要求那位女郎說出姓名，並說出事情真相。

女郎說：「電話中說話不方便，你無需疑神疑鬼的，我純是一片好心，假如您拒絕和我見面的話，你會後悔終生，禍延子孫！」

「妳說得太嚴重了！」

「事實就是如此，我不忍見你受人所騙……」

金範昇連日裡都是心亂如麻，他已失去了主見，經過了一再考慮，終於破了他自己「閉門不見客」的誡條。

女郎來至「金氏企業大樓」，經門房電話傳報後，金範昇請門房將女郎帶領上樓。金範昇的寓所，防衛甚爲嚴謹，門鎖是一重又一重的。

那位女郎的打扮頗爲歐化時髦，大概是最新的巴黎冬裝，無比的華貴，也說明了這位女郎的身價並不尋常，由她的衣著和首飾就可以看得出來了。

她戴著一頂桶形白狐裘高頂帽子，架著寬邊的太陽眼鏡，白狐裘短及半膝的大衣，潔白的長手套，手上還戴著一個三克拉大的鑽戒，一雙纖纖玉腿露在狐裘大衣之下，卻穿著短統白皮靴……

她的手中除了狐裘手袋之外，還握有一支長及半尺的象牙煙嘴，紙煙是燃著了的，不時的遞至櫻桃小嘴中吸著。

金範昇是上了年紀的人，對女色而言應該是「心如止水」了。然而，面對著如此的絕色美人，不由得也會感覺血壓升高，有飄飄然的感覺。

「妳貴姓？……」他喃喃地說：「請問芳名？」

女郎說：「賀希妮是我的名字！」

「有何見教？」

「我們可否單獨談話？」賀希妮卸下了太陽眼鏡，向金範昇左右兩旁的人瞟了一眼。

「當然，當然！」金範昇似乎有點神不守舍地回答。

於是，他領著賀希妮進入他私人的起居室，那一隻笨重的鎖著有珍珠衫和龍珠帽的保險箱，就放在他的床畔。床上放著一支左輪短槍，書桌上是一支半自動單管獵槍，那就是金範昇所謂的個人防衛。

他招待賀希妮在沙發椅上坐下，邊說：「請不要見笑，最近墨城盜賊猖獗，我防衛重重，只是嚇唬竊賊的！」

女郎說：「不！你不需要瞞我，你主要是保護那件珍珠衫和龍珠帽拖延至展覽保險時間屆滿，然後將它交還給展覽當局！」

金範昇大爲吃驚，吶吶說：「妳怎會知道的？」

女郎說：「仇奕森告訴我的！」

金範昇咽了一口氣，一顆心七上八下，忐忑不安流露於色，吶吶說：「現在左右沒有人，妳可否告訴我妳的來意？」

「我的情緒非常不安，可否給我一杯酒讓我稍爲鎮靜一下，說實在，我不知道將真情告之以後，仇奕森會對我如何呢？」

金範昇是一個老實人，匆忙打開酒櫥，就給賀希妮斟上了一杯白蘭地。

賀希妮一口氣將整杯白蘭地嚥下，然後接上一支煙，插在象牙煙嘴上。金範昇爲她掣亮打火機燃上。

賀希妮開始說：「我和仇奕森雖然年齡懸殊，然而我們相戀已有五六個年頭，曾經山盟海誓，一個是非君莫嫁，一個是非卿莫娶！」

金範昇說：「在文明世紀裡，戀愛自由並不受年齡的限制，這是好事咧！」

賀希妮說：「仇奕森到墨城，並非是爲看你而來，而是爲看我而來的！」

「不遠千里而來，是值得教人羨慕的，不過，他能順道看看老朋友，我也非常感激的！」

賀希妮再說：「仇奕森自幼涉足江湖，有著最惡劣的習慣，就是不論到任何地方去，都賊不空手！」

「仇老弟不是洗手江湖了嗎？」

「話雖這樣說，但他的惡習難改，他原打算在博覽會盜寶的，在後發現博覽會展出的兩件寶物是屬於你的保險公司投保的，感到左右爲難……」

「企圖盜寶的不光只有仇奕森一人，他幫了我的忙，阻遏了其他盜寶的盜賊……」

賀希妮頻頻搖頭，露出對金範昇極其同情的形色，說：「不！他盜寶成功！」

金範昇含糊說：「仇老弟盜寶成功之後，已經將兩件寶物交由我保管。」

「交由你保管的是贗品！」

「不可能的……」

「仇奕森盜寶的用意原是爲討好我，因爲我的家境貧寒，又極具虛榮心，他爲了討好我，所以不惜用盡各種的手段，周旋在幾夥賊盜和你老人家之中，整個佈局，安排得天衣無縫！」

「妳爲什麼要這樣說呢？」

「因爲仇奕森已經將由博覽會裡盜出來的珍珠衫和龍珠帽交給我了！」

「這是不可能的！……」

「事實是如此！」

「珍珠衫和龍珠帽正鎖在我的保險箱裡！」金範昇指著他床畔的那隻巨型保險箱說。

「那是贗品！」賀希妮再說。

「妳有什麼證明？」

賀希妮不慌不忙擱下她手中的象牙煙嘴，小心翼翼地脫下頭頂上戴著的白狐裘桶形高帽子，只見她的秀髮上，正戴著一頂光華燦爛的龍珠帽呢。她又解下鈕扣，脫去身上穿著的白狐裘大衣，在她的大衣內，竟是一件用珍珠編織成的珍珠衫……

金範昇頓時神不守舍，魂不附體，搞不清楚是怎麼回事了。

賀希妮擺出了「時裝表演」的幾種姿勢，美人與珠寶相映更美。金範昇渾身血液沸騰，張口結舌吶吶說：「不可能的事，兩件寶物在我的保險箱裡……」

「愛情的力量重於一切，仇奕森不會騙我的！」

金範昇真有點迷糊了，呆了好一會，他忽的擰轉了身，打開了書桌的抽屜，裡面有一冊書本僞裝的鐵箱，對號擰開了鐵箱，取出一隻鑰匙皮夾，保險箱的鑰匙就在那隻皮夾之內。

金範昇手忙腳亂的開了保險箱，取出一隻花布包裹，將它解開來，正是仇奕森交給他的那件珍珠衫和龍珠帽呢。

金範昇將它舉起來，和賀希妮身上穿著的一件比較。賀希妮趕忙將身上的珍珠衫脫下。兩件珍珠衫和兩頂龍珠帽放在一起審看。室內燈光幽黯，很難分得出真僞。

賀希妮說：「真奇怪，假的也造得這樣像！」

金範昇勤苦出身，事業雖然有了成就，但是對珠寶古物卻沒有見識。他說：「究竟那一件是真的？那一件是假的？」

賀希妮說：「你房間內的光線太差，何不拉開窗簾比較，可以看得清楚一些。」

「我根本看不懂！」

「很容易就可以分辨的，真正的珍珠，不會是圓溜溜的，同時，我國有一句成語，說是『人老珠黃』。這件珍珠衫和龍珠帽既是清朝乾隆時代的古物，珠子的色澤會比較黃一些，以此類推，不難查出它的真僞！」

金範昇一想不無道理，於是就趨過去，將所有的窗簾全扯開了。

室內的光線大亮，真可以看出在兩件珍珠衫之中，其中有一件色澤較黃，而且珠子的形狀也不是圓溜溜的。

「哪一件是妳帶來的？」金範昇問。

「色澤比較白的一套。」她說。

「照妳這樣說，我保存著的這一套才是真貨了！」

「我也搞不清楚，不過在這兩套珍珠衫和龍珠帽之中，總有一套是贗品，仇奕森不是騙了你就是騙了我！」

「仇奕森沒有理由騙我！」金範昇說。

「仇奕森更沒有理由騙我！」賀希妮說。

金範昇搔著頭皮，呆了好一會，忽的面露疑惑之色，說：「賀小姐，妳既然和仇奕森熱戀，爲什麼會將真相告訴我呢？」

「唉，我們的感情有了變化！」賀希妮說時，眼眶紅潤，幾乎就要落淚了。

「怎麼回事？」

「有第三者介入！」

「啊，三角戀愛麼？像妳這樣美麗的小姐有如天女降凡，在情場上該不會失敗的吧？」金範昇說。

「仇奕森喜新厭舊的老毛病沒改，他經不起誘惑，就快要離開我了……」

「我有點不大相信呢，像妳這樣年輕貌美，可以說是『上帝的傑作』，仇奕森還會捨妳而去，另換新人麼？他的新對象是誰呢？」

「說出來你可能會感到非常驚訝，做夢也想不到！」

「誰呢？」

「你的女兒金燕妮！」

「啊！」金範昇渾身打了一個戰慄，當然他不會相信，仇奕森和金燕妮的年齡懸殊，而且又是爺叔輩，他怎會和晚輩談戀愛呢？仇奕森走江湖向來講道義，他就算荒唐，也不至到這種程度。

「這是不可能的事情……」他吶吶說。

「不可能的事情太多了，它偏偏就發生了！」賀希妮說。

「我不相信……」

「金老先生，」賀希妮再說：「不瞞你說，仇奕森和金燕妮相戀成熟，有意打算私奔，仇奕森就得先打發我，因此，他將珍珠衫和龍珠帽交給了我！」

倏的，房內電話鈴大響，金範昇說：「對不起，我先聽電話！」

「喂，金範昇嗎？你真是一個老糊塗！」聽筒裡現出一個古怪而又蒼老的聲音，說：「我是專門給你告密的。你中了仇奕森的調虎離山計了。讓你每天守在家中，鎖在房內，實際上他要帶你的女兒私奔！」

「喂，你是誰？不要挑撥離間，仇奕森是我的好弟兄，他不會做出這種對不起朋友的事情……」

賀希妮踱步趨至窗前，忽的驚呼起來，說：「啊！不好，仇奕森回來了，我得要迴避他，要不然，他發現我在此，準會殺了我呢！」

「怎麼回事，怎麼回事？」金範昇有點手忙腳亂的，他還搞不清楚打電話向他告密的究竟是什麼人呢？

只見賀希妮慌慌張張地回至桌前，取起卸下的珍珠衫和龍珠帽。

她將龍珠帽戴在頭上，仍用狐裘帽蓋上，又穿上珍珠衫，重新將白狐裘大衣套在外面，一面喃喃有詞地說：「我非得躲避仇奕森不可！」

金範昇仍持著聽筒，聽告密者向他報告。

告密者說：「我可以告訴你最正確的消息，仇奕森和金燕妮已經訂好了後天下午四點三十分起飛的『大西北航空公司』的班機，你只要打個電話到該航空公司去查問，馬上就可以知道了！」

金範昇卻一面向賀希妮招呼說：「賀小姐，妳不要穿錯了才好！」

賀希妮說：「我穿我自己帶來的一套，我們改天再談！」

「喂！你說什麼『大西北航空公司』？幾點鐘的班機？」金範昇一面又應付著電話的聲音。

賀希妮已穿好了皮裘，向金範昇一擺手就推門外出了。

「賀小姐妳住什麼地方？我怎樣找妳呢？」金範昇一面又向賀希妮招呼。

「我住『墨城大酒店』三〇三號房，你隨時都可以找我！」賀希妮說著，已溜出門外，還替金範昇帶上了房門。

金範昇的額上冒出了汗，再聽電話時，只聽得一陣怪聲，像是錄音帶倒捲的聲音，跟著電話就切斷了，回復了嗡嗡之聲。

「怎麼回事？」他感到有點莫明其妙，放下聽筒，趨至桌前，只見他的那一套珍珠衫和龍珠帽仍在，光華燦爛奪目。不過，那珍珠衫和龍珠帽是否被那位女郎調換了，他就很難分辨得出來了。

金範昇匆忙開門追出門外，只見那位門房喚做阿福的，仍呆立在走廊上。他的手中握著一張十元的紙幣，是那位女郎給他的小費。

「剛才那位穿白狐裘的女郎呢？」他問。

「剛乘電梯下樓去了！」阿福回答，一面將十元紙幣塞進衣袋裡去。

金範昇看著電梯上的指示，電梯已降至一樓，想追趕已經是來不及了。

「天底下的事情真是無奇不有，想不通！」金範昇搔著頭皮，直在發怔。

門房阿福滿臉傻氣，站在金範昇的身畔，像是有什麼事情想向他的主人報告，然而又欲言又止。

金範昇瞪阿福一眼，正色說：「阿福，什麼事情，鬼鬼祟祟的？」

阿福終於鼓起了勇氣，說：「金老先生，我在你這裡已經十多年了，你待我一直都很好，有一件事情，我一直藏在心中非常的不安……」

「不要吞吞吐吐的！快說！」金範昇甚為急躁。

「博覽會發生劫案的第二天，有一位陌生人給仇奕森先生送來一隻包裹，裡面是一件珍珠衫和龍珠帽，事後，仇先生讓我將它送到郵局，寄給林邊水……」

金範昇不樂，說：「你現在告訴我有何用呢？」

「仇先生關照過，說你是一個病人，經不起刺激，教我千萬不要告訴你！」

「那麼你現在又爲什麼說呢？」

「我於心不安，十多年來，你待我太好了……」

金範昇頓覺事情很有蹊蹺，又匆忙回到房間裡去。

他心中惦念著的，是仇奕森和他的女兒金燕妮私奔的問題，於是立即撥了電話至「大西北航空公司」，查詢後天下午四點三十分起飛的班機的旅客名單。經該公司的職員查看名單之後，回答稱訂機位的旅客名單中，並沒有仇奕森和金燕妮的名字。

金範昇喃喃詛咒說：「是那一個王八蛋造謠生事，無中生有？仇奕森就算再好女色，也不致於會做這種事情……」

他想到剛才那個自稱仇奕森情婦的女郎，便又撥電話到「墨城大酒店」去，接通了第三〇三號房間。

「墨城大酒店」在墨城而言，是最高級的豪華酒店，價錢貴得嚇人，沒有相當的身分，誰會住進這間酒店呢。

三〇三號住著的是一位印度人，他連英語也不會說，「咭帝嗎呢」，金範昇連半句也不懂。

金範昇再撥電話到「墨城大飯店」的服務臺詢問，該酒店的住客名單中，根本就沒有賀希妮其人。

「怪哉，真是把我的頭也搞昏了！」他喃喃自語說，又再次去看那件珍珠衫和龍珠帽，它究竟是真的或是贋品？金範昇也分別不出來了。

假如說，仇奕森交給他的是兩件贋品，也不必生那樣大的氣，就立刻搬出了「金氏企業大樓」！不過，假如他交出的是贋品的話，也得趕快逃走，以免事情戳穿了見不得人！

究竟是怎麼回事？金範昇也搞不清楚，他聳了聳肩，將兩件寶物重新鎖進保險箱裡去了。

仇奕森回到「豪華酒店」，侍者告訴他說。有一位年輕的小姐來找他，往返有三四次之多，因爲仇奕森不在，那位小姐急得直哭，因之，侍者將他的房間打開，讓那位小姐在內坐候。

仇奕森心中納悶，會是哪一位小姐如此心急地要找尋他呢？

仇奕森小心翼翼的輕輕推開房門，只見房內沙發椅上坐著的竟是金燕妮，她倦極而在沙發椅上睡熟

了。

仇奕森將侍者打發後，閂上了房門，走至金燕妮的跟前，搖首嘆息不迭。

金燕妮的形容憔悴，兩眼紅腫，像是經過了一段長時間的嚎啕大哭。什麼事情惹得她如此的傷心？是因爲他不別而行之故嗎？

仇奕森斟了一杯酒，燃著了煙藉以解愁。忽的，金燕妮醒過來了。她瞪大了眼，注視著仇奕森，以爲是在夢中呢。

「啊，你總算是回來了！」她吶吶說。

金燕妮頓時又珠淚漱漱而下，說：「你爲什麼不告而別呢？」

仇奕森說：「不能怪我……」

金燕妮自沙發中躍起，如一隻小鳥般投進了仇奕森的懷抱。

「我知道，完全是家父不講情理，他誤會你的爲人惹你生氣，阿福告訴我說，他向你索還了珍珠衫和龍珠帽……」

仇奕森苦笑說：「這不能怪妳父親，我們的對手不是簡單的人物，他們使用各種手段，令尊一定聽了不少的讒言！」

「他懷疑到你的頭上，就是大不應該的了！」金燕妮說。

「這只怪我過去的名聲不大好！」

「仇叔叔，你忍心見死不救嗎？」

「我已經盡了最大的能力！」

「在博覽會還未結束之前，那是不夠的！」金燕妮哽咽著說：「家父什麼都不懂，他會有什麼能耐可以保護兩件寶物不落在他人的手中？現在距離博覽會結束還有一段很長的時間，你忍心半途而廢麼？那麼過去所盡的努力豈不全付諸流水了嗎？」

仇奕森一聲長嘆，說：「唉，令尊不相信朋友令我傷心，這是他自作自受，將來出了岔子，也不能怨天尤人了！」

「家父對不起你，我深感難過，對一個病人請你多多包涵，他老人家也是為謹慎而失態，假如『燕京保險公司』被拖垮的話，『金氏企業大樓』就全完了，那時候，我們一家人死無葬身之地！」

仇奕森搖頭，喃喃說：「左輪泰和駱駝已經結盟了，這兩個人都不簡單；他倆聯盟，非我的力量可以抵禦！」

「仇叔叔，我不知道可以用什麼來報答你。」

「我並不求報答！」

「我的家庭已經面臨崩潰，說來生，是以結草銜環相報，說今生，除了以身相報之外，我還剩下什麼呢？」她說時，羞愧得以雙手掩面，粉頸低垂！

仇奕森驚訝不已，說：「燕妮，妳怎會有這樣的想法呢？」

金燕妮說：「我不知道，你中年喪偶，心中也深感寂寞，自然也需要有個伴的……」

「我和令尊是弟兄稱呼，是妳的長輩……」

「戀愛並沒有年齡的限制！」

「噢，我們的年齡懸殊，我足夠做妳的父親！」仇奕森說。

「我知道你很喜歡我，實在說，我自從在機場和你相遇之後，心中便仰慕不已，只是你我之間有著一道輩分的樊籬。其實這樊籬是虛僞的，只要其中有一個人鼓起勇氣將它跨過！」

仇奕森尷尬不已，吶吶說：「妳和何立克正好是一對……」

「不！他只是一個書呆子，什麼也不懂，和他相處，等於是和小朋友在一起玩……」

「妳搞錯了，我不可能是妳的對象！」

「不！仇叔叔，我是真愛你的！所謂的以身相報，不過是一個藉口而已！」她再次投進仇奕森的懷裡，抱得很緊。

仇奕森趕忙將金燕妮推開，但這位女郎癡纏不捨，使仇奕森感到狼狽不堪。仇奕森畢生自命是英雄好漢，從不迷戀女色，然而，他曾在女人身上栽過不少觔斗。

他經過一番考慮，再次勸慰金燕妮說：「燕妮，妳不必這樣，我離開『金氏企業大樓』，無非是一時賭氣，其實我無時無刻不在注意著駱駝和左輪泰的動靜，不斷地設法遏阻他們的陰謀，也全是爲令尊著想的，說實在，我怎忍心眼看著他畢生辛苦的成就毀於一旦呢？……」

金燕妮垂淚說：「撇開保險公司的事情不談，我對我的家庭感到灰心，對我的生活環境也感到乏味不已，我需要變換環境，要不然，遲早我會發瘋的。仇叔叔，帶我走，隨便走到那兒，越遠越好，我說的是真心話，我是真心愛你的，其實你並不老，比一般的年輕人還要瀟灑得多，我愛你……」

仇奕森惶恐萬分，已經是手足無措，他撫觸到金燕妮的秀髮、玉臂，心中忐忑不安。這是怎麼回事？他一直將金燕妮當做晚輩、孩子看待的，有這種反應是非常反常的。

「燕妮，妳在胡鬧……」

「我說的句句是真心話！」

「妳不過是企圖改變生活環境罷了！」

「我是真的愛你，我是一個自尊心極強的女孩，鼓足了勇氣向你吐露真情，難道說你還不肯相信？」

「啊喲，妳使我的頭腦昏亂……」

「仇叔叔！不！我應該稱呼你爲仇奕森了，希望你也愛我，哪怕是有一點意思……」

「那是不可能的事情！」

「請你吻我！」

「噢，亂倫了，我是妳的長輩！」

「別讓我難堪！我知道，曾愛過你的女人不少，在你的生命過程中，也曾經有過不少的女人，但你總不能說，我連誰也比不上。」

仇奕森在江湖上被目爲詭計多端的好漢，然而遇上難纏的女人，他就束手無策，剎時間已經是滿頭大汗的了。

「燕妮，妳先冷靜下來，放開手，我們慢慢地商量！」

金燕妮使出她的刁蠻，跺腳說：「不！你先吻我，表示你已接受了我的愛！」

仇奕森只好去吻她的額角。

「不行！」她再次跺腳發嗔。

仇奕森吻她的臉頰。

「哼，你當我是小孩子！」她的雙手像水蛇似地，已繞至仇奕森的脖子上。仇奕森渾身發顫，他應付女人的糾纏還從來沒有這樣糟糕過。

金燕妮像是要採取主動了，她迎起了朱唇……

這當兒，忽的房門呀然自開，探首進來一隻古怪的腦袋，兩隻賊眼圓溜溜的。那正是老騙子駱駝呢，他一聲咳嗽。

金燕妮和仇奕森同時吃驚，這樣仇奕森方才掙脫了金燕妮的纏抱。金燕妮刹時臉紅耳赤，嬌羞萬狀，趕忙背轉身去迴避。

駱駝向仇奕森擠眼扮了一張鬼臉，嘖著嘴說：「仇老弟，真有你的一手，到這時候，你還有心思談戀愛麼？」

仇奕森對駱駝既厭惡又感激，厭惡的是這個人一直「陰魂不散」，行動鬼祟，隨時隨地都在窺覷，隨時隨地都在施逞他的陰謀；感激的是駱駝及時趕來，解救了他的窘局。

第十六章　鬼域伎倆

駱駝冒失的闖進來，使仇奕森掙脫了金燕妮的纏抱，解救了他的窘局。

「找我有何貴幹？」仇奕森問。

駱駝哈著身子，有意想窺看室內的那位女郎究竟是誰？仇奕森不時下意識地以身體遮擋駱駝的視線，純是爲金燕妮的顏面。

駱駝說：「我特地來告訴你，對付蒙戈利將軍府的『魔術戰』，由今晚開始，一兩天之內就會見效，左輪泰特地備下筵席，請我們去觀戰！」

「左輪泰並沒有通知我！」

「左輪泰關照過，我順道告訴你就行了，賞光與否，由你自作主意！」

仇奕森心中暗想，駱駝竟會甘心爲左輪泰跑腿，難保其中沒有問題。他的用心何在，很費猜測呢，不由問：「你什麼時候動身？」

「日落西山，就是鬼魅登場的時候！」

「我和你同行！」仇奕森說著，將駱駝送出房門外。

駱駝以手肘撞了仇奕森的胸脯一下，聳肩扮了個鬼臉，嘻笑說：「仇老弟，假如我的眼力不錯，那位妙齡少女，可就是金範昇的女公子？假如仇老弟是為這個給金範昇賣老命的話，那你就錯了，白髮紅顏，不會有好收場的！」

仇奕森無可辯駁，只有向駱駝瞪目。駱駝怪樣地笑著，登上樓去了。

當仇奕森重返房內時，金燕妮臉色嚴肅，雙目含淚。

「想不到你竟和他們聯盟了？」她說。

仇奕森點頭說：「以和為貴，只要令尊可以將珍珠衫和龍珠帽保存到博覽會結束，我想，他們就算鬧得天下大亂，也與我無干了！」

金燕妮說：「我聽阿福說，你曾郵寄了一件珍珠衫和龍珠帽給林邊水！」

「那是一套贗品，在劫案發生當時，駱駝打算陷害我，我在當時不及早將它出手，就中了駱駝的奸計了！」仇奕森說。

「我想，仇叔叔也不致於會出賣我們的，但是你能確定所寄出的是贗品麼？」

仇奕森躊躇說：「難道說，燕妮，妳也懷疑我麼？」

「不！我怎能確知在家父手中的兩件寶物是真品？」

「我親手交給令尊的……」

「也許『以假亂真』！」

「唉，那是不可能的事情！」

「也許說不定你早就已經中了駱駝的奸計了！」

仇奕森經金燕妮這樣說，心中也有了一陣迷糊。假如說，珍珠衫和龍珠帽在金範昇的手中變成了贗品，那麼他就算是跳進黃河裡也洗不清了。

「我想，事情不會搞得這樣糟的……」他喃喃說。

傍晚，果然駱駝應約而至，邀請仇奕森同赴「滿山農場」去。

仇奕森心懷鬼胎，他猜想駱駝肯爲左輪泰如此熱心，自是有作用的。駱駝口口聲聲是化敵爲友，三面言和，將他一併扯進「滿山農場」和蒙戈利將軍府的紛爭局面裡去。他得隨時提高警覺，免致墜入駱駝的圈套。仇奕森的心中有了準備，越是發覺駱駝的一舉一動都值得懷疑。

「史天奴探長是一頭老警犬，他準備好和我們玩一番捉迷藏的遊戲，這是給我們顯身手的大好機會！仇老弟，你著實應該露兩手了！」駱駝笑吃吃地說。

仇奕森搖首說：「不！我自從宣布收山之後，就不再和吃公事飯的朋友鬥法！」

駱駝說：「仇老弟，你錯了，智慧留在心裡會腐朽的，有時候，你要將它當做娛樂性質地稍事發揮，好給晚一輩的孩子們有學習的機會、談話的資料！」

仇奕森失笑說：「我沒有事業，不需要『傳授衣缽』，惡作劇的把戲，應該還是由你來表演！」

駱駝嘖著，說：「……不可教！」

仇奕森說：「我倒很高興聆教！」

「你猜史天奴探長在『豪華酒店』內分配了什麼人在監視你我的行動？」

「我並未沾上疑犯的邊緣，史天奴不會找我的麻煩的！」

駱駝哈哈大笑，說：「已經沾上麻煩了呢，只是你不自覺而已。由『羅氏父子電子機械工程公司』劫案開始，你很快的就找出贓物，推翻了警方偵查的理論，事後又設計天壇展覽所的防盜電子設備，跟著劫案就發生了！史天奴探長積數十年辦案的經驗，循線索下來，仇老弟，你想，你能脫得了嫌疑嗎？」

仇奕森惱火說：「史天奴一定是經過高人的指點，才會走進邪路……」

駱駝連忙搖手說：「你別瞪眼，我沒提供任何資料！」

「不過，你會偶爾拖人下水而已！」

「這只怪你自己不好，大多數的人都知道你是金範昇的大鏢客，博覽會的劫案發生後，由於左輪泰的一封無頭信，使我先沾上嫌疑，你又立刻搬進『豪華酒店』，好像是專爲針對我而來的，無異下井投石呢！仇老弟，我們既然已經結盟言和，有福同享，有禍同當。你不過是稍爲分擔我的嫌疑，又有何不可呢？」駱駝等於自己承認了「拖人下水」，仇奕森漸覺是步入危陣了。

「史天奴探長派了什麼人監視我們兩人呢？」他問。

「『豪華酒店』雇用的私家偵探占天霸！」

仇奕森失笑，說：「那呆瓜麼？」

「仇老弟，不可輕敵，呆瓜有時開了竅，可比什麼人還要精，是所謂驕兵必敗、陰溝裡翻船，就是這個道理！」

當仇奕森和駱駝步出「豪華酒店」的正門時，果然就發現占天霸鬼鬼祟祟地跟蹤在後。仇奕森和駱駝相顧一笑。

「仇老弟，在我們未抵達『滿山農場』之前，就要先行將占天霸甩掉，且看你的手段了！」駱駝又說。

仇奕森搖搖頭說：「你早有安排，不必我費心的！」

駱駝嘆息說：「知我者仇奕森是也！」

仇奕森說：「但是我正走進你的圈套，自己也想不透究竟是何道理？」

「我是無車階級，乘你的自備汽車如何？」駱駝說。

「我的坐車也是金燕妮小姐的。」

「香車美人，兩者兼得，仇老弟確是令人羨慕！」

「你別再造謠生事了，墨城事件誰是誰非，我們留待晚一輩的人去批評！」

仇奕森借用的小跑車是停放在「豪華酒店」的停車場。那兒也有著史天奴的眼線，占天霸追蹤走進停車場時，那位線民已露了形跡，竟和占天霸互打招呼。

駱駝用手肘輕撞仇奕森：「瞧！史天奴探長自命精明，竟用這樣的人跟蹤我們，豈非自討沒趣麼？」

仇奕森卻說：「不過，猛龍不過江，你我固然沒把史天奴探長放在眼裏，然而，最後究竟『鹿死誰手』，還不得而知呢！」

仇奕森駕車駛出了停車場，占天霸自然駕車匆忙跟蹤。

占天霸的車子剛要由停車場的出口駛出時，卻另有一部小汽車駛來，剛好擋住他的去路。

「嗨，這是出口……」占天霸著急高呼。

「HELLO！」對方是嬌滴滴的聲音，竟是位小姐，她探首車窗之外，笑口盈盈，伸手和占天霸打招呼。

占天霸一看，阻擋他去路的，竟是那位闊女郎賀希妮小姐。記得上次邦壩水庫之行，賀希妮不別離去，此後就沒有了消息，爲什麼又突然出現了呢？

「啊，怎麼是妳？」占天霸喜出望外。

「好久不見了！」賀希妮說。

「上次妳怎的忽然失蹤了？」

「別胡說八道，我有急事，付清了酒店所有的帳才離去的！」

「我不是這個意思……」

跟在占天霸的背後，有好幾部汽車需要離開停車場，喇叭撳翻了天。

「啊喲，賀小姐，妳應該讓路了！」占天霸說。

「我迷路了，不知道應該向那一個方向走！」她說。

「妳大可將汽車駛至酒店的正門，那兒有車僮會爲妳服務的！」

「你爲什麼不替我服務呢？」

「我有重要事情正在忙著！」

「可惡！」賀希妮佯裝生氣，駕著汽車就駛進「豪華酒店」的正門。

占天霸的汽車駛出停車場時，仇奕森和駱駝所乘的一部汽車早不知去向。占天霸懊惱不迭，他唯有自怨自艾，大好的表現機會又告喪失，他這一輩子是休想再回警探界服務了。

倏地，他想起了賀希妮，「人無橫財不富，馬無野草不肥。」像賀希妮那樣的主顧能到哪兒去找？史天奴的窮差事可以不管，像賀希妮那樣的闊主顧卻不能不服侍，至少，會有大把的額外小費是穩拿的。於是，他掉轉了車頭，跟著駛至「豪華酒店」的大門前。

仇奕森駕著車駛出市區，直奔「滿山農場」。他讚佩駱駝的手段，說：「我早有先見之明，駱駝智慧高人一等，一點也無需我多費心，只使出雕蟲小計，就把占天霸給甩掉了！」

駱駝格格一笑，說：「仇老弟也不簡單，所有的心機卻是用在對付自己朋友！」

「為什麼要這樣說呢？」

「我從你的眼神可以看得出！」

仇奕森皺眉說：「我的眼神有什麼不對嗎？」

「你不時的看照後鏡，我們的背後有一輛汽車跟蹤著，窮追不捨！」

仇奕森說：「我正在懷疑，究竟是誰在追蹤我們……」

「裝蒜！那是你的『小爪牙』，是你吩咐他要跟著你的，因為你心懷鬼胎，擔心呼應無人，所以預備了一個助手，其實，利用這種毫無經驗的孩子，有等於無，甚至於有時候會添麻煩呢！」

仇奕森被駱駝揭穿了把戲，甚覺難堪，只好哈哈一笑，說：「駱駝老奸巨猾名不虛傳，瞞不過你了，你以為後面跟著的是什麼人呢？」

「那還用說嗎？是何立克那『小把戲』！」駱駝又加重了語氣，很沉重地說：「仇老弟，這就是你的不是了，何立克和金燕妮是兩小無猜，你既奪了何立克的愛人，又讓何立克為你冒險跑腿，既奪愛又奪命，這種行為犯江湖上之大忌！」

「狗屁！我稱呼你駱駝是對你尊重，要不然我就罵你大騙子！你我在江湖上都混出了點名堂，名譽是第二生命，你別再給我造謠生事……」

「瞧你！像是羞惱成怒，其實我是好意相勸！」

「我和金燕妮並沒有什麼……」

「孤男寡女共處一室，摟摟抱抱，還能脫瓜田李下之嫌嗎？」

「唉，那是金燕妮一時衝動……不！她的目的，是希望我對金家的事情不要撒手不管！」

「以身為酬麼？呵，呵，豔福不淺！」

「別放屁！你活了這把年紀，應該留點口德，免至最後遭殃！」

汽車已漸近「滿山農場」，在進口處，那破落戶似的木牌樓的頂端間，掛著一個「喪宅」的黑花環。

仇奕森和駱駝俱是一怔，為什麼「滿山農場」變成「喪宅」了？死了人麼？是誰呢？

「是怎麼回事？」仇奕森問。

「不知道，我沒聽說！」駱駝答。

仇奕森即踏滿了油門，直奔山間深處的葡萄園。左輪泰已趨出葡萄園的進口處迎客。孫阿七和夏落紅也相繼出來。

孫阿七和夏落紅是留在「滿山農場」中，為鬧鬼攻勢做準備工作的。

「怎麼回事？我們在進口處看見黑花環！」駱駝問。

「朱黛詩的父親，在美國就醫去世了！」左輪泰答：「我們剛接到電報，她正哭得死去活來！」

「可憐！」駱駝搖首嘆息說：「在蒙戈利將軍府的鐵蹄下又犧牲了一個！沒關係，由今晚開始，就要他們好看！」

「我們大致上都已準備好了，只等候你發號施令！」左輪泰說。

「我需要先安慰朱小姐一番嗎？」駱駝還故作假惺惺地問。

「我看不需要了，朱小姐傷心過度，不願意說話，也不願意見任何人！」

「不管怎樣，我始終是同情朱小姐這一方的！現在時間尚早，讓我們先行飽餐一頓，到時候，給他們鬧個雞犬不寧！」駱駝說。

孫阿七向駱駝說：「你瞧，今天晚上雲靄密佈，滿天蝙蝠飛翔，對我們十足有利！」

「好的，準備得如何？」

夏落紅插嘴說：「今天清晨，在甘蔗園裡獵到了兩隻烏鴉，烏鴉目已經取出，你還要配製什麼藥物進去？」

駱駝邪笑說：「那是我的事了！固然，這不是什麼大不了的秘密，但是我總得留一兩手給我的衣缽繼承人呢！」

夏落紅搖著頭說：「烏鴉目擠汁滴在眼中，可以使人見神見鬼，我還真有點不相信呢！」

駱駝故作神秘說：「你當它是科學的說法或是邪術的說法，都可以！」

走進了屋子，駱駝所需要的藥物零星道具全置在桌上。

最使人感動的莫過於是林淼了，他守在朱黛詩的門口，淚痕滿臉，垂首喪氣的，好像要比他自己死父母還要來得傷心。

屋隅有用竹枝裱布縫成的兩隻大風箏，駱駝上前檢查了一番，翹起大拇指說：「孫阿七，我一看而知這是你的手藝，他日假如你洗手歸隱，這一行業，就足夠你糊口的了！」

孫阿七說：「你何不將烏鴉目藥水傳授給我，我世代也吃不盡呢！」

「那是害人的把戲，不是適當的人選，絕不傳授的。」

雷蘭蘭自室外匆忙進來，高聲說：「在你們的背後，跟著有一部汽車進了農場……」

駱駝說：「沒關係，那是仇老弟帶來的『小把戲』，是給他做眼線跑腿的！是一位大學生，患有嚴重的近視眼，假如沒有人給他帶路，恐怕到明天也走不進葡萄園！誰去行一番好心，就將他領進來吧！」

夏落紅義不容辭說：「我喜歡交有學問的朋友，我走一趟！」

孫阿七吁了口氣說：「不知道這位朋友會不會記舊恨？」

左輪泰失笑說：「你們之間曾有過糾葛嗎？」

孫阿七嘻嘻笑了一陣，說：「我曾請他到農村荒郊的泥沼裡去打了滾，還要步行好幾里路才能重返都市！」

左輪泰搖首說：「對付唸書人是大不應該的！」

「唉，當時我們只知道他是替『老狐狸』仇奕森跑腿的，最起碼也是一位沾上『香頭』的人物，誰知道是一隻『繡花枕頭』呢？」

仇奕森沒和他們鬥嘴巴上的意氣，也就沒有吭聲。

雷蘭蘭已經爲他們預備了一桌精緻的晚餐，雞鴨魚肉俱備。

駱駝毫不客氣佔了上席，有喧賓奪主之勢，並招呼仇奕森說：「別客氣，最好當做自己家裡一樣！」

仇奕森取笑說：「你倒熱絡得很快，已經像和左輪泰搭上了親戚關係一樣！」

駱駝說：「出走江湖就是這樣，四海爲家，處處家！」

不久，何立克被夏落紅帶進了屋子，到底何立克是書香門第出身，又是在學的大學生，和這些江湖人物共席，有點不大習慣，一直忸怩不安，他便成爲大家取笑的對象。特別是孫阿七，他是存心加以戲謔的，一再向何立克道歉那一次農村中沼澤之行，又藉機會勸酒，有意要將何立克灌醉呢。

仇奕森向何立克說：「沒關係，豪放一點，在江湖人的眼中，一直認爲『秀才造反，三年不成！』總有一天，他們會知道讀書人也會有他的成就之處！」

駱駝勸告大家說：「我們的『老狐狸』已經爲何立克小弟提出抗議了，你們就別再多取笑了，今晚，我們要齊心協力，只對付蒙戈利將軍府，三更過後，就要教他雞犬不寧，第一件事就是分工合作！」

左輪泰說：「我隨時由你分配崗位！」

「仇老弟，你怎樣？」駱駝問。

「義不容辭！」仇奕森說。

「那就好了！我們三大巨頭力量結合，蒙戈利將軍府縱然有千軍萬馬，也會變成糞蛆了！」駱駝極其豪邁地又指向孫阿七和夏落紅說：「你們兩位的夜行衣準備好了沒有？」

孫阿七即脫下了他的粗布上衣，裡面穿的是一身黑，腰間還繫有一根烏黑的軟索，邊說：「連全副道具也齊備了！」

夏落紅自牆隅提起了一隻用黑布罩著的鐵絲籠，說：「連鼠輩都在聽命！」

揭開鐵絲籠上罩著的黑布，只見籠內囚著的是兩隻肥壯的田鼠，特別的是田鼠的後腿各縛有兩根頗長的帶子，帶子的末端是兩片薄薄類似膠片一類的東西。

仇奕森和左輪泰都感到納悶，那又是幹什麼用的呢？

「看情形，那些膠片會發出聲音！」仇奕森說。

「老鼠跑動的時候，帶著的兩片東西，所發出的聲音會像人走路！」夏落紅笑著說。

「你打算將老鼠帶進蒙戈利將軍府裡去釋放麼？」

「鬼嚇人不會出毛病，人嚇人會嚇死人的！」夏落紅說。

「萬一老鼠被抓著，豈不是西洋鏡被拆穿了麼？」仇奕森並不以爲這種做法高明。

「我們不只是一種攻勢，他們沒有時間去抓老鼠的！」

左輪泰又發現老鼠的身上有著燐狀的粉末，又說：「這就是製造鬼火的藥物麼？」

「這是『雞鳴狗盜』慣用的手法之一，只需要偶爾吸引人注意！」孫阿七說。

駱駝一擊掌，說：「時間到了，應該展開行動啦！」

於是，孫阿七和夏落紅各自收拾，攜帶了各種應用道具。駱駝煞有介事，好像指揮大軍上陣似的，連林淼也義不容辭幫忙他們攜帶各種已經準備好的用具。

「仇老弟，你可會放風箏？」駱駝問。

「孩提時候玩過！」

「很好，你就和何立克一組，負責製造鬼嘯！左輪泰和雷蘭蘭一組，林淼跟我走！」駱駝已經將人事分配好了。

走出了葡萄園，分乘兩部汽車，沒有再亮車燈，悄悄溜上農場的中央大道，那是可以直奔蒙戈利將軍堡的。

將軍堡所佔的地勢雄偉，巍峨的建築物，有如一座城池。環繞著那古堡的，是一條丈許護城河，每處城門的出口都有著吊橋，固然，那已經不合乎現代了，但是蒙戈利將軍府仍維持著傳統古風。

到了夜間，城池的進出口道已沒有守衛，城門緊閉，吊橋高高吊起。然而在城頭上，仍然可以看到有不少的警衛往返巡邏。

汽車停在隱蔽處，駱駝先給大家解說地勢大致上的情況。

「風向十分理想！」這時，滿天的蝙蝠飛翔，完全符合駱駝的要求。

負責放風箏的人分為兩組，左輪泰和雷蘭蘭分配在一座稍高的山坡上面，仇奕森和何立克卻分配在低窪的田地中。

不多久，夏落紅和孫阿七就開始展開行動了。他倆先行脫下罩著的外衣，露出一身黑黝黝的夜行衣，還戴上了黑色的小絨帽，所有應用的道具佩帶齊備，夏落紅將老鼠籠掛在腰間。他倆互相一聲招

呼，即匍匐而行，由深及人高的荒草中朝著護城河下去。

蒙戈利將軍堡的護城河約有丈寬，要越過那條河可不簡單。好在黑夜間，蒙戈利將軍府的警衛全在城頭上巡邏，城池下面並沒有人。他們的巡邏，也等於是一種例行公事了，十餘年如一日，從來未發生過什麼事情，有誰敢在「太歲頭上動土」呢？

孫阿七「嗖」的一聲，拋出掛鉤軟索，正好鉤在升起的吊橋的鐵鍊上，經拉牢後，即和夏落紅兩人懸繩而過。

這兩人像兩頭黑影貼在繩索上懸空移動，只片刻間，已越至護城河的對岸去了。城門緊閉，吊橋高懸，孫阿七以壁虎爬牆技術，上至城門間。

這是製造「鬧鬼」的第一步驟，利用蝙蝠，招來「厲鬼拍門」。他在門壁上塗抹了一些藥物，據說，門壁上經塗上那種藥物之後，蝙蝠就會盲目向門上撞，不知內裡的人，就會以為是「厲鬼拍門」了。

這種屬於邪教的魔術是否靈驗，馬上就會分曉。

孫阿七自高懸的吊橋上輕身一縱，很輕巧地雙腳落地，沒帶出聲息，技藝之高，難以令人置信。他和夏落紅兩人左右分手，大致上，蒙戈利將軍堡凡是有門窗的地方，他們都會塗上藥物。

駱駝甚為沉著，他計算著時間，即讓林淼過來，通知仇奕森，是該升起風箏的時間到了。

仇奕森一笑，向何立克說：「我們簡直是返老還童啦，活到這把年紀，居然又玩起放風箏了！」

何立克說：「那個老頭兒滿臉鬼祟，像是一個怪物，我對他不大信任！」

仇奕森沒理會何立克嘮叨，讓他幫忙將風箏升起。

那風箏的尾墜處，懸掛著一枚古怪的哨子，迎風飄舞時，會響出一種刺耳的聲音，斷斷續續的，有時候是長嘯，有時便尖叫，在午夜之間可真難聽，真和鬼嚎相似。它的叫聲純是因風向而形成的，有時候將它吹翻了，它就停止了。

守在高山坡方面的左輪泰，也同時將風箏升起了，他的風箏的哨子，卻帶著嘶啞的聲音，遙相呼應，此起彼落，真像男鬼與女鬼對唱……。

蒙戈利將軍府的守衛已經有了動靜，他們像是被這怪聲吸引而注意。當「鬼哨子」響起了之後，城樓上警衛的注意力被分散，他們搞不清楚響聲的來源，像是自天而降的。

這是孫阿七和夏落紅偷進古堡去最有利的時間。

風箏升在黝黑的天空間，非肉眼所能看見，「鬼哨子」的聲響又是斷斷續續的。它隨著風向有時又會停止，因此，城樓的警衛經過互相傳告，又無法發現聲響的來源。

不一會兒，繞在將軍堡四周廣大的草原上，出現了燐燐鬼火。

仇奕森和左輪泰都懂，那是雞鳴狗盜的一種「障眼法」，稱為「硫磺走火」。用硫磺加了某一種藥物，會升起深綠色的火光，隨空氣漂流。

鬼嘯和鬼火先後出現，城樓上的警衛更感惶恐，有些膽小的竟然不敢單獨站崗了。

沒多久，居然有「厲鬼拍門」了。整座蒙戈利將軍堡的主要門窗，不時的像是有人拍門或是拍窗戶，誰會知道那是蝙蝠在作祟呢？有人被驚醒了，啓亮了燈光，有了亮光，蝙蝠就沒敢接近，但等到燈光滅去，拍門聲響又重新開始。

駱駝的鬼魅伎倆一開始就全見了效，相信蒙戈利將軍府會雞犬不寧了。

這時，夏落紅和孫阿七已經潛進了蒙戈利將軍古堡，不用說，他們是有計劃地要讓蒙戈利將軍「活見鬼」，好使這位老將軍明瞭「滿山農場」蒙受的冤屈，那麼，朱黛詩的問題就可解決，左輪泰在墨城的義行也告結束，不再與駱駝爲難了。

可是駱駝在另一方的陰謀，卻是對付仇奕森的呢。

仇奕森考慮到這一點，將風箏的扯線交給了何立克，讓他繼續保持風箏在天空高飛，直到夏落紅和孫阿七平安自蒙戈利將軍堡出來。

「你上那兒去？」何立克問。

「我要和駱駝及左輪泰隨時聚首！」

何立克不懂仇奕森的用意，他接過風箏的扯線時，仇奕森已一溜煙鑽進了草叢，繞道而行，匍匐登上山崗，朝左輪泰和雷蘭蘭所在的位置而去。

在該山崗上，不出仇奕森的所料，左輪泰已不知去向。光只是雷蘭蘭獨個兒在玩風箏呢。

仇奕森一把揪住了雷蘭蘭，說：「左輪泰那裡去了？」

「不知道，約在十分鐘之前，駱駝過來，說是他們另有約會，不知道到那兒去了！」雷蘭蘭說。

仇奕森失笑說：「駱駝滿口仁義道德，最後還是出賣朋友的人！」

「我不懂您的意思！」

「今晚關人美沒留在『滿山農場』裡，我就知道他倆有特別的事，是企圖將我甩在此呢！」

「關人美是替他們緝盜去了！」雷蘭蘭說。

仇奕森說：「妳倒是很誠實！他們是到什麼地方去緝盜呢？」

「不知道，聽說是有一個什麼贗品的古玩製造商！」她回答。

仇奕森一怔，雷蘭蘭所指的，不就是李乙堂嗎？為什麼賊劫案也和李乙堂扯上了關係呢？

「噢！」仇奕森經過一番思考之後，恍然大悟，那是劫賊的逃走路線。必然是博覽會的三名劫匪在剛開始籌劃械劫時，就和李乙堂發生了關係。

他們不是企圖劫取李乙堂偽造的兩件贗品嗎？經過械劫之後，他們仍然利用李乙堂的住宅窩藏贓物。左輪泰是現場的目擊者，只有他知道劫匪是什麼人，因之，他早已發現目標，要至李乙堂的住處擒賊拿贓。

仇奕森一跺腳，喃喃說：「我真愚蠢，為什麼早沒想到呢？」

正在這時，夾在那風箏製造出來的鬼嘯聲中，仇奕森聽得一陣汽車啓動的聲響。相信那部汽車正就是駱駝和左輪泰兩人有計劃地偷偷離開「滿山農場」。

仇奕森有點惱火，駱駝是騙子出身，有出賣朋友的習慣，這種人唯利是圖，常會為一己利益六親不認的，但是左輪泰卻不應該，他也是在江湖上跑的人，怎可以和駱駝一樣呢，居然企圖將他甩在「滿山農場」裡。

汽車的馬達聲已朝「滿山農場」駛去，他們沒有啓亮車燈，是恐怕被人發現，鬼祟的情形可想而知了。

仇奕森拍了拍雷蘭蘭的肩膊，說：「謝謝妳提供我消息，我得趕上他們去了！」

雷蘭蘭不知內裡，還揮手和仇奕森道別，她的全副精神全集中在城堡上，注意著那些警衛們的動靜。

仇奕森一溜煙，也來不及通知何立克了，匆匆重返葡萄園停泊汽車所在的位置，坐上汽車，即追蹤駱駝和左輪泰兩人而去。

當駱駝和左輪泰駕著汽車由「滿山農場」的大道疾馳出來時。左輪泰不時的回首後顧，擔心仇奕森會很快的就追蹤上來。

駱駝說：「不必多顧慮，仇奕森不容易追得上的，然而，在這條公路上，他一定會派人守候著，只要發現我們由農場裡出來，就自然而然的會跟蹤著了！」

左輪泰說：「能供仇奕森派遣的，唯一的就只有一個書呆子何立克，他不是和仇奕森一樣被甩在農場裡嗎？」

駱駝說：「仇奕森綽號『老狐狸』，在他需要用人之際，一定會不擇手段，什麼人都抓來用的！」

「他還能抓什麼人呢？」左輪泰失笑。

「那除非是『燕京保險公司』雇用的幾個強盜偵探！」

「爲什麼稱爲強盜偵探呢？」

「待會兒你就知道了！」

左輪泰初時一怔，繼而恍然大悟，格格大笑起來，說：「我明白了，你現在帶我去是抓偵探而不是抓強盜！」

「戳穿了就一個錢不值了！」

「唉，我爲什麼會這樣的糊塗呢？早就該想通這一點了，何必要繞上一個大圈子呢？」

「這年頭，知人知面不知心，連綽號老狐狸的仇奕森也被蒙在鼓裡呢！」

當汽車疾馳上公路之時，駱駝吩咐左輪泰不斷地加快速度，原來，在他們的背後，已經有一部汽車追蹤上來了。兩盞車燈雪亮。

「那會是什麼人呢？」左輪泰問。

「誰知道，但是我們會很快的就查出來的！最重要是不讓仇奕森追出來，最好是讓他和追蹤者連絡不上！」駱駝說。

「嗨，又多了一部汽車！」左輪泰在照後鏡上發現，除了背後緊盯著的一部汽車之外，相距有兩百碼的地方，又有另外一部汽車出現了。

「那又是什麼人？」

「駱駝向來料事如神，還需要問我麼？」

「仇奕森不可能這麼快就由農場裡追出來！」駱駝轉身，不住地回顧後望，又不時地搔著頭皮，著實搞不清楚是怎麼回事呢。

「你看會是史天奴方面的眼線嗎？」左輪泰反問。

駱駝說：「史天奴在『豪華酒店』佈下了眼線監視我們的動靜，就是那個呆瓜酒店偵探占天霸，然而他已經被我們甩掉了……」

「也許他在農場方面也佈了眼線！」

「沒關係，我們照樣設法將他甩掉！」

倏的，左輪泰用手肘猛撞了駱駝一記，說：「前面有一個人揮手攔車，瞧他的打扮，土頭土腦的，武夫不像武夫，販夫不像販夫，『老虎不吃人，形狀嚇煞人』，十足像是你的那個保鏢，大力士彭虎！」

駱駝說：「正就是彭虎！你的一番話假如被彭虎聽見，可要將他氣煞了！」

「他守在公路上幹嘛？」

「自然是要求搭我們的車！」

「你怎知道我們會在這時間出來？」

「在事前約好的不是嗎？」

汽車來至彭虎的身畔，左輪泰已踩了剎車。

彭虎到底是個武夫，魯莽得可以，他看見駱駝，就拉大了嗓子怪叫說：「左輪泰的女兒真王八蛋，想盯住她可真不容易呢，千方百計，還是將我擺脫了……」

駱駝搖頭說：「不要亂罵，坐在我身旁的就是左輪泰！」

這時，彭虎始才瞪大了一雙銅鈴眼，怔怔打量著左輪泰，自覺有失言之處，吶吶說：「我的意思是說你的女兒好厲害，我一個人盯她不住！」

左輪泰失笑說：「誰教你去盯她的呢？」

彭虎說：「駱駝大哥關照我幫忙她去緝盜，換句話說，等於是保護她去的……」

左輪泰說：「闊人美會照顧她自己的！」

駱駝向彭虎招呼說：「不用嚕嘛，快上車吧！我們背後的兩部汽車快追到了！」

「那是什麼人？」彭虎問。

「管他是誰，我們會很快就搞清楚的！」駱駝說。

自背後跟上來的兩部車，保持了差不多的距離，就先後在大馬路上停下了。

左輪泰待彭虎坐上汽車之後，笑著說：「我們先不妨和他們捉一番迷藏！」

駱駝也說：「反正我們多的是時間，你的義女不會因等不及而貿然下手吧？」

左輪泰說：「闕人美比我慎重得多，她不打不勝之仗！」

「現在的下一輩都青出於藍！」

「我很擔心你的義子和孫阿七在蒙戈利將軍府搞不出什麼名堂！」

「放心，他倆配合極好，從不會失手的！」駱駝說。

左輪泰撇唇一笑，猛地踏滿了油門，汽車便又如箭脫弦似地疾馳於公路之上。

在黑夜之中，那公路上路燈稀少，只單靠著汽車燈照明，車輪過處，揚起了陣陣塵埃，那釘在背後的汽車就苦了，假如追得急，就得吃塵土，若追遠了，又怕脫了梢。

背後追著的兩部汽車是一點也不放鬆。而且還保持了差不多的距離。

駱駝和左輪泰是老經驗了，他倆一看而知，跟蹤者是十足的「外行人」，那絕不會是仇奕森本人，也不會是史天奴探長方面的幹探。對付外行人比較容易得多，只需要些許詭計就可以將他們耍得團團轉。

左輪泰和駱駝兩人相對會心一笑。汽車仍然向前疾奔。

後面跟著的兩部汽車究竟是什麼人呢?說也奇怪，頭一部是金燕妮，再後面的一部是沙利文。

原來，仇奕森沒有兵將可供遣派，他唯一可以調配的就是何立克和金燕妮兩人。

仇奕森需要何立克幫他進入「滿山農場」，在必要時，有一個人可供呼應，或者是給傳遞消息，所以，他讓金燕妮留在農場的門外，仇奕森特別關照過，不論是左輪泰或是駱駝，任何一個人溜出「滿山農場」時，一定要保持距離跟蹤，至少要知道他們是到什麼地方去？假如在斷絕了連絡時，可以打電話給金範昇或是金京華，仇奕森可以向金範昇或金京華查詢金燕妮的下落，就不難找出兩個對頭的下落了。

金燕妮追蹤的技術十足外行，一開始就已經被左輪泰和駱駝兩人發現了。

在金燕妮背後追蹤著的沙利文又是怎麼回事呢？

沙利文是奉義父之命，調查「滿山農場」案的內幕始末。

這年輕人剛一開始就被朱黛詩觸了一記大霉頭，羞愧交加，但是爲了鬼屋和喬扮孕婦事件，他仍然相信「滿山農場」是脫離不了關係的。

史天奴探長不相信沙利文的故事，可是因爲沙利文是蒙戈利將軍的義子，沙利文就算犯了嫌疑，史天奴也不敢將他逮捕，反而派令沙利文負責監視「滿山農場」。

史天奴講得十分漂亮，他說：「照講，在博覽會發生械劫案的當時，你的汽車留在現場附近，嫌疑最大的還是你，你爲了洗脫自己的嫌疑，我就將『滿山農場』交給你了，由你負責監視農場上的動靜，將來若是因此破案的話，功勞也是你的！」所以，沙利文盡全力監視著「滿山農場」。

沙利文不懂得偵探學。他運用頭腦，在蒙戈利將軍府內，他的臥室的窗戶，正好是對準了「滿山農場」進口處的公路，將軍府內多的就是各種類型的望遠鏡，沙利文便在他的窗前架起了一副長距離的望遠鏡，居高臨下，監視農場內外的動靜。

這天，「滿山農場」內的情形十分可疑，不時的有人進出，好像繁忙不已，特別是到了傍晚時。其中有一個人，像是被史天奴探長限制出境的駱駝教授。

駱駝是和仇奕森兩人乘汽車進入「滿山農場」時，被沙利文發現的。沙利文心想，駱駝究竟和「滿山農場」又發生了什麼樣的關係呢？

沙利文不認識仇奕森，也不知道仇奕森其人，但是仇奕森氣宇軒昂，有著非凡的外表，絕非是平凡人物，使沙利文聯想到許多複雜的問題。沙利文認爲時機不可放過，因之他親自出動，企圖更進一步探討究竟。

倏地，「滿山農場」的進口處又駛來了一輛汽車，那輛汽車的形跡頗爲鬼祟，老遠就將車燈滅去，靜悄悄地溜至「滿山農場」正門附近，同樣找著一個隱蔽的地方掩藏起來。

汽車的馬達熄滅後，車中走出一位妙齡少女，她穿著一身黑色的打扮，皮夾克風衣，頭上束著綠巾，鬼祟地在「滿山農場」門前來回踱步。瞧她的形狀似甚焦急，不時地看著手錶，像是計算著時間。

沙利文躲在一叢矮樹叢中，和那女郎相距約有數十碼之遙，他看不清楚女郎的面貌，但可以判斷得出，她一定是在等候著什麼約會。

那女郎正是金燕妮呢！她奉仇奕森之命守候在「滿山農場」的進出口，提防著駱駝和左輪泰之間有著什麼陰謀，在必要時加以跟蹤。

果然不出所料，未至午夜，駱駝和左輪泰就駕車溜出「滿山農場」了。

金燕妮聽得汽車行駛的聲響由農場裡出來，很機警的就在路旁躲避開。待左輪泰和駱駝的汽車駛過，她就匆忙躍上汽車跟蹤在後。

沙利文沒敢怠慢，也驅車追趕在金燕妮的背後，是所謂的「螳螂捕蟬，黃雀在後。」雙重跟蹤。

但是沙利文和金燕妮都沒有跟蹤的經驗，他們很快就被駱駝和左輪泰發現了。

不多久，汽車進入了市區，左輪泰和駱駝好像是存了心「兜風」，不住地在市區的邊緣繞圈子。金燕妮和沙利文的情緒都很緊張，他們生怕被前面的一部汽車「溜脫了線」。

這兩個年輕人的情緒越是緊張，越發是露出了馬腳，簡直是被駱駝和左輪泰耍得團團轉呢。

一忽兒，左輪泰駕車以極快的速度駛進了一條狹窄的黑巷，汽車安穩停下。金燕妮不知內裡，猛地就由背後跟進了巷子，前面的汽車擋住了去路，只見左輪泰和駱駝安詳地坐在汽車中，回首眼巴巴地觀望著。

金燕妮一時心慌意亂，趕忙倒車，只聽砰然一聲巨響，唏哩嘩啦的，事出意料之外，原來是沙利文跟蹤著的那輛小跑車也追蹤進入狹巷，金燕妮一個倒車和它撞個正著，跑車的車盤較低，撞上了保險桿，鼻子塌了，車燈粉碎。

剎那間，左輪泰和駱駝已看清楚，不出所料，後面跟蹤著的是金燕妮。

車禍已經發生了，左輪泰沒有不走之理，他趕忙回身把穩了方向盤，一踏油門，汽車便如箭弦似地朝黑巷的另一端駛了出去。

駱駝說：「後面跟著的那個是金燕妮，再後面跟著的一輛小跑車的，又是什麼人？」

左輪泰說：「你不認識麼？」

駱駝搖首說：「誰？」

「蒙戈利將軍的少爺，名字是沙利文！」

「你別胡扯，蒙戈利那老頭兒孤家寡人一個，哪來的什麼大少爺！」

「那是蒙戈利將軍所收養的螟蛉子，在三藩市唸書，回來度假，剛好遇上博覽會的劫案！」

駱駝半信半疑說：「你的情報網並不比我高明到那兒去，你怎會知道的？」

左輪泰說：「事有湊巧，出事的那天晚上，我喬扮醫生，雷蘭蘭喬扮臨盆孕婦，找著一間空屋臨時充作醫院，不想在路上遇著熱心的沙利文，幫同送雷蘭蘭到我的醫院去，不料那間醫院也是蒙戈利將軍的產業，他們稱它為『鬼屋』……」

駱駝格格大笑，說：「左輪泰也有作繭自縛的時候，真是聰明反被聰明誤呢！」

「事情爆出冷門，誰也料想不到的！」

「沙利文為什麼會跟蹤你呢？」

「也可能是跟蹤你！因為博覽會械劫案，你涉嫌最重！」左輪泰說。

「嗯！」駱駝唾了一口，說：「我不責怪你下井投石嫁禍，反而幫你解決『滿山農場』的問題，自是希望能了解詳情，知己知彼，始能百戰百勝！」

左輪泰說：「事情既然已鬧到了蒙戈利將軍府，有著那天晚上的鬼屋事件，沙利文怎會不起疑惑，對『滿山農場』注意呢？」

駱駝呵呵大笑，說：「原來這就是你之所以願意和我結盟的原因，紙包不住火，不久事情就會在『滿山農場』爆發了！」

「你的所謂結盟，拆穿了也不值錢，也無非是想利用我替你擒賊，可以解除你離境的限制！」

「我們互相利用，相得益彰！」

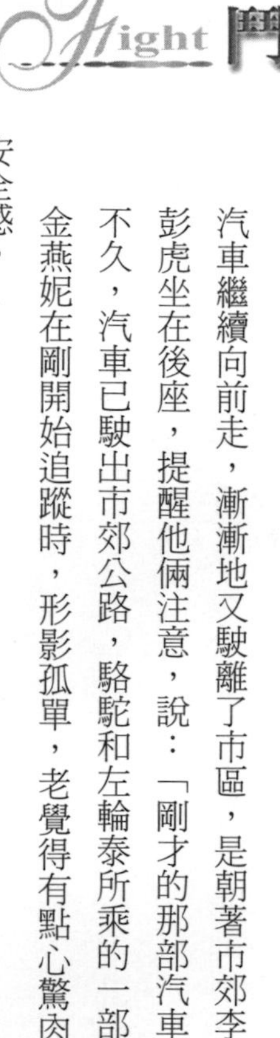

汽車繼續向前走，漸漸地又駛離了市區，是朝著市郊李乙堂的住處去了。

彭虎坐在後座，提醒他倆注意，說：「剛才的那部汽車仍然盯在背後！」

不久，汽車已駛出市郊公路，駱駝和左輪泰所乘的一部汽車始終沒有逃出他們的視線。

金燕妮在剛開始追蹤時，形影孤單，老覺得有點心驚肉跳的，這時候因爲撞車而有了件，反而有了安全感。

沙利文不斷地打量金燕妮的樣貌，覺得金燕妮絕非是不良份子，不論她的舉止談吐，都是大家閨秀的典範，爲什麼會隻身一人在此午夜間追蹤著兩個身分不明的江湖人物呢?他不免開始問長問短的。

金燕妮吞吞吐吐，不願意多說。她只告訴沙利文說：「博覽會被劫的兩件古物，是『燕京保險公司』承保的，『燕京保險公司』是『金氏企業大樓』的部門之一！」

沙利文恍然大悟說：「原來妳是一名女偵探？」

金燕妮失笑說：「不！『金氏企業大樓』是家父的事業，家兄是『燕京保險公司』的總經理！」

「啊，妳就因此自己出來緝盜麼？」

「不！說來話長了！」金燕妮頓了頓，反問說：「看你的樣子，也不像是一個吃公事飯的，那麼你又爲什麼出來緝盜呢？」

沙利文搔著頭皮，吶吶說：「我也說來話長……」

「終歸是有原因的，你總不能說只是一種消遣吧？」

沙利文說：「關係蒙戈利將軍府！」

「你是蒙戈利將軍府聘用的私家偵探？」

「不！蒙戈利將軍是我的義父！」

金燕妮幾乎要掣了剎車，她不敢相信自己的耳朵，赫赫有名的蒙戈利將軍，他的公子竟和她同乘在一部汽車之上呢。

「噯，我從未聽說過蒙戈利將軍有子女的！」她正色說。

「我已聲明過，蒙戈利將軍是我的義父，我在三藩市唸書，難得回墨城一次的！」

金燕妮半信半疑，說：「蒙戈利將軍派你出來緝盜的麼？」

「不！是我自己的好奇心驅使，因爲博覽會盜劫案發生的當天，我在現場，被賊人利用了……」他一時高興，竟將當天晚上在路上遇著一個待產臨盆的妙齡女郎說起，直到被警方盤問，被父親責備，全盤詳情娓娓道出。

金燕妮梨渦淺笑，露出了潔白的貝齒，意外邂逅沙利文，她的心中有了另外的算盤。她心想，假如將珍珠衫和龍珠帽交還到沙利文的手中，讓沙利文帶進蒙戈利將軍府，交由將軍保管，他們的責任不就了了麼？像駱駝或左輪泰等江洋大盜再要動什麼腦筋時，也只好和蒙戈利將軍府「打交道」了！

「嗨！前面的汽車不見了！」沙利文提醒金燕妮說。

金燕妮趕忙掣了剎車，她只顧著和沙利文交談，駱駝和左輪泰所乘的汽車卻告失蹤了。

「這豈不糟糕了？」她吶吶說。

「剛才，我好像看見他們的汽車是駛進岔路裡去的！」沙利文說。

「你爲什麼不提醒我呢？」金燕妮以怨懟的語氣說。

「我以爲妳也會注意到的！」

「我們過了岔路有多久？」

「剛過去不久，倒車回去還來得及！」

金燕妮趕忙倒車，她還算是夠鎮靜的，沒將汽車倒進田裡去。

沙利文所指的一條岔路上靜悄悄的，金燕妮已經調轉了車頭，車燈雪亮照著前方，目力所及，不見有汽車的蹤跡。

「是否你看走了眼？」金燕妮問。

「不可能一部汽車就此失蹤了吧？」沙利文也感到徬徨，他搔著頭皮，不住地東張西望，希望能有所發現。「也許是躲到農舍的背後去了！」

「難道說，目的地已經到了麼？」

「也許我們該下車去找尋一番！」

金燕妮吶吶說：「我該先通知仇奕森，和他取得連絡，這幾個賊人是很難對付的！」

「仇奕森又是什麼人？」沙利文問。

「是家父的好朋友，是一位遊俠，專事打抱不平……」

「妳怎樣和他連絡呢？」

「我可以打電話回『金氏企業大樓』向家父報告我的行蹤，仇奕森和家父取得連絡，就不難發現我的下落了！」

「荒郊野地那來的電話？」

金燕妮左顧右盼，四野裡荒無人跡，真的，能到那裡去打電話呢？

「我們還是先尋著賊人的下落要緊！」沙利文已經下了汽車，他朝著岔路一所農舍所在的地方躡手躡腳地過去。

「我和你一起！」金燕妮失去主見，匆匆下車追在沙利文的身後。

「妳應該先將汽車燈滅去！」沙利文說。

金燕妮熄滅了車燈，跟同沙利文摸索上前。這兩個年輕人戰戰兢兢，如履薄冰的向前路走，幾乎可以說是伸手不見五指呢。

「除了前面的那座農莊，附近不可能有地方可以隱藏一部汽車！」沙利文說。

「我心跳得厲害！」金燕妮說。

沙利文以指點唇，禁止她聲張，不一會兒，他們兩人已繞至那座農莊的背後，那兒有一個廣大的曬穀場，堆疊起「金字塔」形的乾草。

「我好像看見乾草堆的背後有著人影！」金燕妮又說。

「別疑心生暗鬼！我們先找尋那部汽車！」沙利文說。

「你看，有一株樹影在搖曳！」

「妳弄得我也汗毛凜凜的！」

他倆沿著曬穀場摸索過去，竟是什麼也沒有發現。汽車，人影，全沒有蹤跡。

「我們白忙了一場，被他們溜掉了！」沙利文嘆息說。

「我放棄了！」金燕妮說。

當他倆剛回轉身時，只見一個高頭大馬，身體壯碩的大漢阻擋了他倆的去路。沙利文和金燕妮俱被嚇了一跳。那大漢雙手叉腰，咧大了沙啞的嗓子，格格笑了起來。

「你們二位是在找我嗎？」忽的，打一叢乾草堆的背後，溜出來一位形狀古怪、身材矮小的老頭兒，大模大樣地來到沙利文和金燕妮的跟前。

這人不就是大騙子駱駝嗎？

沙利文準備抵抗，擺出了一副拳擊的架子。

「沙利文，不要打架，我們的目標是相同的！」另一叢草堆又溜出一個人，是左輪泰，他笑吃吃地向沙利文擺手說。

「原來你們是存了心和我們捉迷藏的！」沙利文說。

「左輪泰叔叔，那仇叔叔哪裡去了？」金燕妮問。

「仇奕森麼？」左輪泰說：「他留守在『滿山農場』裡，我們全跑出來，總要留一個人看家的！」

「你們的目的何在？」沙利文問。

「墨城萬國博覽商展會的械劫案至今尚未破獲，當局已貼出巨額懸賞，我們正打算取得那份賞格，實行緝盜去，兩位若有意同行，我們非常歡迎呢！」左輪泰說。

沙利文不斷地向左輪泰上下打量，他覺得這個人很面善，固然他們頭一次見面時，左輪泰是經過一番化裝的，顯得蒼老而又龍鍾，這時候，灑脫而又充滿了活力！

農莊的曬穀場上高懸著一盞黯淡無力的燈，在昏黯的光影下，可以看得出左輪泰的輪廓並沒有變。

「莫森醫生！」他指著左輪泰說。

左輪泰一笑，說：「你的眼力不差，我騙不過你！這樣說，我們是舊識了！」

沙利文說：「那位蘭蘭小姐可好？」

左輪泰說：「託福，那天晚上，她感謝你仗義幫忙，至今不忘！」

「她生下的是男的是女的？」

「蘭蘭小姐至今『雲英未嫁』，將來會旺夫益子的！」

沙利文一聲冷嗤，說：「我早就看出她不過是在演戲，不過化裝術頗爲高明……」

駱駝在旁插嘴說：「你們談過去不如研究未來，我們正需要爭取時間呢！」

左輪泰便向沙利文說：「那天晚上的事情，容我留待慢慢解釋，現在我們得及時去捉拿博覽會的劫匪！兩位既然趕到了，不妨和我們同行，將來也可以替我們做一個見證人！」

沙利文的頭腦真有點昏亂，說：「我真搞不清楚你們的身分呢！」

駱駝笑吃吃說：「等到全案真相大白時，你就不難了解了！」

沙利文見左輪泰和駱駝的態度並無惡意，自然願意參加他們的捕盜，但是金燕妮卻遲疑著沒有移步。她說：「仇叔叔爲什麼留在『滿山農場』裡沒有出來？」

駱駝說：「我們不過是分工合作，仇奕森另外分派任務，那份差事對他甚爲適合的！」

沙利文說：「你們好像很多黨羽？」

駱駝說：「巧合，正好湊到一起了！」

左輪泰特別關照沙利文和金燕妮兩人說：「我事先聲明，在圍捕盜賊時，你們二位得聽從我們的指揮，若被賊人逃逸時，又得重新費上一番手腳呢！」

駱駝說：「我們還是分乘兩部汽車，你倆乘原來的汽車，還是跟在後面，我派彭虎給你們做保鏢，聽我們的消息行動！要知道萬國博覽會的劫案曾經流血傷人，賊人曾經殺過人就不怕有第二次的流血事件，你們得千萬小心！」

沙利文和金燕妮也搞不清楚究竟是怎麼回事，他們身不由己地跟同彭虎由原路出去。

左輪泰將停在麥田裡的汽車駛上岔路，駱駝向沙利文和金燕妮一揮手，即鑽進車廂。倏地，只見公路上一部汽車「刷啦啦」地疾馳而過。

「咦？那不就是仇奕森所乘的汽車嗎？」駱駝失聲驚呼：「他怎會搶到我們的前面去了？」

左輪泰只看到兩盞雪亮的車燈如流星似地竄過眼前，他有點懷疑地說：「你怎看得出車上的人就是仇奕森呢？」

「剛才仇奕森開到『滿山農場』的，就是這部汽車！」駱駝說：「難道說，我的這點判斷也會錯嗎？」

「仇奕森怎會知道我們到什麼地方去呢？」

「老狐狸狡黠險詐，也許你早就洩漏了……」

「不可能的事，除了我和關人美之外，沒有第三者知道！」

「也許是關人美洩漏的！」

「關人美雖然年輕，但對這一方面還是頗有分寸的，她不可能這樣糊塗！」

「總之，仇奕森已經搶在我們的前面了，假如被他捷足先登，我們豈不枉費心機？」駱駝說著，趕忙催促左輪泰坐上汽車。「我們要盡快追趕！」

「我很懷疑你的視力，或是你已經老眼昏花了！」左輪泰譏笑說。

駱駝反唇相譏說：「你有一雙夜盲眼，所以不論做任何事情，老是被人『捷足先登』的！」

左輪泰向金燕妮的汽車一招手，啓動油門，汽車如流煙般疾奔向前面的汽車追趕。

左輪泰仍在懷疑，前面飛竄著的一部汽車究竟是否「老狐狸」在趕路？他們是有計劃地要將仇奕森甩脫在「滿山農場」之中，想不到「老狐狸」竟能趕在他們的前面，這樣看來，仇奕森此人不是太神奇了嗎？

李乙堂的住處是在一座荒蕪的鄉野小鎮裡，爲的是方便於他仿製古玩的勾當。

這地方，駱駝、左輪泰和仇奕森全光顧過了，對他那棟住宅的構造和門徑都很熟悉，只要劫匪仍留在該住宅的話，他們插翅難飛。

汽車已來到該鄉鎮的進口處，左輪泰找一個隱蔽地點，將汽車停下。

金燕妮的汽車跟至，她跨出汽車即說：「這地方我已經來過了，前面第三層高坡上，有著一個贗品古玩製造商，名字喚做李乙堂的……」

左輪泰制止金燕妮說下去，爲的是在沙利文的跟前，怕影響了他們下一步的計劃。

「我們根本是在團團轉，來來去去就是在這幾個地方，自己捉迷藏，反而將局面搞亂了！」駱駝說。

沙利文的心理上似有著不同的感受，他說：「賊人就是匿藏在此麼？那麼我們爲什麼不報警呢？」

左輪泰說：「警方非但幫不了我們的忙，說不定反而容易壞事！」

「我不懂！」沙利文說。

駱駝即向沙利文和金燕妮吩咐說：「我們現在要了解一點，博覽會的劫匪已曾經開過殺戒，他們不在乎再多殺一個人或是兩個人，爲了避免流血起見，沒有必要動手，最好是抱著看熱鬧的心理，作壁上觀了事，要不然，賠上一命是很不划算的！」

彭虎說：「他們二位最好是坐在汽車裡不要出來！」

沙利文爲了表現他是男子漢，說：「捉拿兇犯，我豈能袖手旁觀呢？」

「蒙戈利將軍還仰賴你傳宗接代呢！沒有你，蒙戈利將軍堡將來誰作承繼人呢？」駱駝勸他。

金燕妮懂得駱駝他們的意思，自然，假如蒙戈利將軍的義子出了問題，事情就會鬧大的，因之，她立刻自動將沙利文拉進汽車裡去，邊說：「我需要有一個人陪伴，我們只看不動手也好！」

沙利文很不願意地坐進汽車裡去。

這時，左輪泰悄悄向駱駝說：「你可有發現老狐狸的汽車停在附近？」

「沒有！」駱駝搖了搖頭，露出困惑的形色。

「這老傢伙真是不可思議！」

「假如他到了，遲早還是會露面的！」駱駝說。

他們走上了一道石級，左輪泰吹了口哨，像是草蟲夜鳴。這是他和關人美約好的暗號，暗號有許多種，代表許多不同的信號。可以互相呼應的。

再上了一重石級，左輪泰仍不斷地吹著口哨。

駱駝取笑說：「這也不過是雞鳴狗盜的把戲！」

「我們半斤八兩，彼此都有下三濫的把戲！」左輪泰說。這鄉鎮的住戶人家不多，房屋稀稀落落的，也看不到有什麼樓房大廈，倒是李乙堂所住的一棟屋子稍為像個樣兒。

在那屋子的周圍，樹木倒是挺多的，左輪泰再次吹口哨時，只見一叢巨樹上嗖的飄下一個人影。那人影的個子不大，一身穿著黝黑，以黑紗巾束著髮，身材可以看得出頗為苗條，是個女郎呢。不用說，那就是左輪泰的義女關人美。

這天晚上，左輪泰是在有計劃的行動策劃下，特別派關人美先行到此監視李乙堂住宅內的動靜，好讓他們先行了解敵況。

關人美幾個縱身，已來到他們的跟前。她很鎮靜，毫無懼色，向她的義父說：「你們為什麼這時才到呢？好像和約定的時間脫了節！」

左輪泰說：「我們在半途上遇著兩個客人，順便將他們帶到此了！」

關人美說：「那是什麼人？」

「金燕妮和沙利文！妳可曾記得那天晚上窮纏著雷蘭蘭的那個小子？一定要伴送雷蘭蘭到達醫院才肯罷休的，就是蒙戈利將軍的義子呢。」左輪泰說。

「真是冤家路窄，到這時候他還不肯罷手麼？」

「唉，可不是麼？屋子內的情況如何？」

「李乙堂和他的那個醜八怪的大老婆被禁閉在二樓臥室裡，他們夫妻兩倒是心安理得的，飲酒作樂，有說不盡的恩愛，好像置身於世外桃源般呢！」

左輪泰失笑說：「幾個賊人呢？」

「奇怪的是，華萊士范倫約在晚間九點多鐘外出，就一直沒有回來過。他的兩個助手，史葛脫和威廉士倒是留在密室內相對飲酒、賭博，賭注是未來的財富，還曾經發生過爭執，兩個人都是牢騷不迭的！」

駱駝插了口說：「關小姐，約在十分鐘之前，妳在樹上，可曾發現有一部汽車駛到這附近？」

關人美一想，說：「有的，它繞到後山背後去了！」

駱駝跺腳說：「準是仇奕森那老小子！」

「怎的，仇奕森也到了？你們沒將他安頓在『滿山農場』麼？」

「不知道是誰洩漏了機密，又被他搶先趕到此了！」左輪泰說。

關人美非但不生氣，反而格格笑了起來，說：「真是強中自有強中手！」

駱駝皺著眉，搔著他的禿頭，喃喃說：「不知道仇奕森那老小子又會玩出什麼花樣？」

左輪泰說：「我想他不會破壞，頂多和我們分功！」他一面摸出了一隻煙斗，擰開煙嘴，原來，那竟是一支煙斗手槍，槍膛就在煙嘴裡，可以裝上一枚彈藥。

「綽號『天下第一槍手』的左輪泰，用的就是這種把戲麼？」駱駝取笑問。

「別諷刺我，你的教授頭銜同樣的是『盜名欺世』！彼此彼此！」

駱駝聳肩而笑，說：「在你的女兒面前，應該做一個好榜樣！」

關人美不高興再聽他們針鋒相對、互相嘲笑，便說：「現在應該如何著手？」

左輪泰說：「我想，應該先擒著華萊士的兩個爪牙，將贓物起出，就不怕華萊士抵賴了！」

「擒賊擒王，應該是等候華萊士回來，然後將他們一網成擒，否則，萬一贓物不是收藏在此處的話，打草驚蛇反而不妙！」駱駝說。

「假如贓物不是收藏在此的話，史葛脫和威廉士兩人又何需在此看守呢？」左輪泰辯駁說。

駱駝搔著頭皮，猶豫著說：「華萊士范倫掛的是私家偵探的招牌，一般偵探常識絕對懂，他一定有自己的方法處理贓物！」

關人美說：「你認為珍珠衫和龍珠帽不是收藏在此麼？」

「難說！」

「那麼我們豈不是白跑一趟？」

駱駝保持著冷靜，說：「按照過去幾天的例子，在天亮之前，華萊士范倫是否一定會回到這裡？」

「誰有空每天窮盯梢呢？反正他們劫獲的只是一副贋品！」關人美說。

「賊人不知道它是贋品，以當前的情形，真真假假，我們也可以趁機將它弄個天下大亂！」

「你的意思，我們繼續在此等候？」左輪泰問。

駱駝摸著他的八叉鬍子，頷首說：「我倒希望先看看仇奕森那老小子有什麼動靜！」

左輪泰說：「我相信仇奕森在等候我們先動手！」

「假如互等，豈不是在比賽耐性麼？」關人美比較性急，巴不得及早解決問題。

駱駝觀察過地勢，又說：「假如說，仇奕森的汽車是繞到後山去的，那麼後山一定有路可以繞至李乙堂的住宅，賊人若留在屋內，必然插翅難飛，我們對付兩個賊人容易，對付仇奕森那小子可要麻煩得多！」

「你認爲仇奕森會搗亂麼？」關人美說。

「至少，仇奕森不會讓我們順利的『以假亂真』，人贓並獲，將贓人贓物交警方銷案！」

左輪泰失笑說：「博覽會的劫案不結束，駱駝教授的離境限制不解除，就無法離開墨城了！」

關人美格格笑著說：「駱駝教授居然會被區區的一位史天奴警官限制得死死的，豈不成爲大笑話麼？」

駱駝說：「我要保持好名聲，堂皇而來，堂皇而去，一個人活到這把年紀，就要向下一輩有好的交代，畢生走江湖，將『萬字』砸在墨城是犯不上的！」

「山下面有人上來！」彭虎提出警告。

果真，只聽得一陣腳步聲由山底下的石級拾步而上。

駱駝一偏首，他們就立刻分散開，各自掩蔽起來。

由石級步行上來的好像是兩個人，一男一女。三更半夜的，這對夜歸人是附近的居民還是幹什麼來的？……

「嗨！是沙利文和金燕妮，他們怎麼上來了？」到底還是彭虎的「夜眼」厲害，自黑暗中，他已經看出當前的兩個人是讓他們留在山底下汽車中的沙利文和金燕妮。

「你們跑上來幹嘛？」左輪泰自樹叢中鑽出來，阻攔了他們的去路。

「山上可能會發生危險！」金燕妮說。

關人美拍了拍沙利文的肩膊，說：「我們又見面了！」

沙利文看不清楚關人美的臉蛋，他只知道身畔的一個女人穿得一身黝黑。他擎亮了打火機，在關人美的臉上一照。關人美趕忙把打火機吹滅。

「你想被人發現嗎？」她說。

「噢，妳是那位女司機！」沙利文說。

「你的記憶力還不錯嘛！」關人美笑著說：「當天戲弄了你一番，很覺抱歉！」

「我搞不清楚你們究竟在弄什麼名堂！」沙利文說。

「捉賊！」關人美回答。

「你們上山來幹什麼？賊人可能會作困獸之鬥！」左輪泰說。

「仇叔叔說，你們可能需要幫忙，讓我們上來看看！」金燕妮說。

「嗨，老狐狸終於出現了！」駱駝說。

「仇奕森人呢？」左輪泰問金燕妮說。

「仇叔叔關照我們過後就溜走了！」金燕妮說：「他可能也是幫同捉賊來的！」

「他何需故作神秘呢？」駱駝憤然說。

「你們每一個人都很神秘！」沙利文說。

「我看，仇奕森可能會搶先行動，我們不必等下去了！」左輪泰和駱駝磋商。「老狐狸或者會搞出什麼花樣！」

「假如他實行破壞的話，我不饒他！」駱駝吹鬍子瞪眼說。

左輪泰失笑說：「生氣也沒有用，以我們三個人的立場而言，圖利的只有閣下一人，因此，稍惹些許的麻煩，也不為過也！」

駱駝說：「假如將事情搞砸了，我就把所有的孤兒院和養老院交由你去撫養，數千張口露出了牙齒向你討飯吃時，看你如何應付！」

「少發牢騷，我們該動手啦！」左輪泰說。

「彭虎去把守後門，假如遇上仇奕森那老小子，給他個倒綑馬蹄來見我！左老弟走正門，關人美上屋頂看守著李乙堂和那個醜八怪！我闖廚房的側門！」駱駝吩咐說：「沙利文和金燕妮守在原地！」

左輪泰他們已展開行動。關人美縱身攀樹越進圍牆。她的動作矯捷輕巧，幾乎令人難以相信她只是一位纖纖弱女子呢。

彭虎向圍牆屋背後繞過去。

駱駝又關照說：「聽我的暗號，你就拍門！」

關人美再次一縱身，已攀上了瓦背，她匍匐移向二樓李乙堂寢室的窗戶。左輪泰打開了院門讓駱駝進內，他倆分頭進入屋去。

驀地，屋子內的電燈全部熄滅。

「咦？怎麼停電啦？」是李乙堂首先呼喊的。

「也許是燒了保險絲！」他的醜妻說。

駱駝一怔，喃喃說：「就趕在這個時候麼？不要是仇奕森那老小子搗鬼才好！」

左輪泰的動作快，他已經溜進了屋子的正門，貼身沿著牆壁走，將要接近李乙堂的贗品製造秘室，只聽得室內已經有人聲傳出來，是威廉士和史葛脫兩人，他們也因為電燈突然熄滅而感到詫異。

「燈泡燒了麼？」

「不！也許是停電！」

「手電筒呢？」

「不知道擺在那兒去了，借你的打火機一用！」

「擺在桌上，我正在摸索！」

左輪泰已遁進樓梯底下隱藏著，他正在等候著，俟有機會威廉士和史葛脫分開時，將他倆一一擊倒活擒。

倏地，有人在左輪泰的肩膊上一拍，左輪泰吃驚，他的煙斗已立刻向背後指了過去。

第十七章　扭轉乾坤

「別作聲，我是仇奕森，幫你拿賊來的！」原來老狐狸也匿藏在樓梯底下。

兩個賊頭賊腦的傢伙已經由密室的狹門鑽了出來，史葛脫在前面，手中握著一支小型的手電筒。

「看情形，是電門開關的保險絲燒掉了！」威廉士說。

「電門在那裡？我們得把李乙堂那老小子叫起來修理！」史葛脫是一名黑人，閃露著一雙大眼。

「還要將他請下樓麼？」

「我也會修，但是至少要向他索取工具和保險絲！」

「唉，真倒楣，還不知道華萊士什麼時候才能夠回來，將兩件寶貝出手？困在這種鬼地方，我早已經厭煩了！」威廉士有著幾分酒意，又開始在發牢騷。

「忍耐，還要忍耐！你可知道那兩件寶貝有多大的價值？它能輕易出手麼？」

「我們何需要躲在這地方呢？我們又不是逃犯！」

「你真是孩子氣！至少我們得有人在此看守著兩個寶貝，要不然李乙堂那老小子絕不是好東西，被他吞掉了才犯不上呢！」

「李乙堂是個殘廢人，他能逃得了麼？」威廉士好像非常的不服氣。「華萊士也不夠朋友，他讓我們留守在此，自己卻每天去窮風流大快活……」

史葛脫笑了笑說：「別發牢騷了，上樓去向李乙堂索工具，我們修保險絲吧！」

威廉士正待跨步登樓，忽的有人拍門，拍得轟天價響。

「咦？在這時間有人拍門？」史葛脫兩眼灼灼，呈現了驚惶之色。

「也許是華萊士回來了！」威廉士猜疑說。

「華萊士有拍門的暗號，他不必拍得那樣的兇！」

「這傢伙也許是喝醉酒了！」威廉士說：「待我去看看！」

「千萬小心，說不定出毛病了！」史葛脫已摸出了手槍，搶在前面。

威廉士連忙制止他，說：「千萬不要胡來，假如槍聲驚醒了鄰居們，麻煩就大了！」

史葛脫沒理會威廉士的話，持著手電筒，已走向通往後院的走廊，這時，威廉士卻發現一團火球自廚房的門縫裡溜了出來，有著螢綠色的火光，但很快的就熄滅了。

「喲，那是什麼東西？……」威廉士大聲驚呼。

「你別大驚小怪，好像活見鬼似的！」史葛脫回過頭時，火光已告滅去，什麼也看不見。

「我真的是看見鬼了，剛才一團火光由廚房的門縫裡滾出來！」

「你胡說八道……」

後院的一扇木門拍得砰砰大響，真好像是短命鬼叫門了呢。

「什麼人？」史葛脫已越出後院應門去了。

手電筒被史葛脫拿去了，威廉士便留在黑暗中，伸手不見五指，他在黑暗中仍疑惑著剛才自廚房門縫之中溜出的一團火球，真的是自己多喝了幾杯，眼花了麼？

他擎亮了打火機，有意想去廚房門內查看，然而又遲疑著。

仇奕森忽的在樓梯底下彈指，發出了清脆的聲響。威廉士猛地吃了一驚，他猛轉身，打火機因而就熄滅掉了。

他正要將打火機重新擎亮時，仇奕森重重地在左輪泰的身上推了一掌，說：「先幹掉了這個再說！」

「什麼人……？」威廉士驚呼。

左輪泰既已被推出樓梯底下，時機不可失，對準了威廉士的胸膛揮拳打去。

「啊喲！」威廉士受創而叫嚷。

「小心，他的身上有兇器！」仇奕森再說。

左輪泰當然不會放鬆，一頓拳腳交加，向著驚惶失措的威廉士攻擊。

這時，史葛脫剛好打開了後院的門閂，他連問了好幾聲，沒有人答應，開門後探首外望，但是卻連什麼也看不見。

後院的空地上什麼光線也沒有，鬼影兒也看不見呢，他握著短槍，東張西望的。驀地，蹲在門側縱出了一個人影，快如閃電，一手揪住了史葛脫持槍的手腕，另一隻手卻是「鐵砂掌」，照著史葛脫的頸部劈下，「叭」的一聲，史葛脫已經是眼冒金星，幾乎閉過了氣。

彭虎使用腕勁對史葛脫一帶，趁勢來了個「掃堂腿」，只見史葛脫整個人栽了出去，跌了個狗吃屎，短槍也脫手不知道飛到那兒去了。

史葛脫是一名黑人，力大無窮，原是亡命之徒出身，論赤手搏鬥的話，幾個人不會是他的對手。但是他遇上彭虎可就完了，彭虎是練武把式的，曾經走江湖賣拳頭，出售狗皮膏藥糊口，兩臂有千斤之力，別說一個史葛脫，十個史葛脫也只有挨揍的份兒！

彭虎再衝上前，兩隻像芭蕉扇似的巴掌抱住他的頭顱，一拐身猛地向前擲出去，史葛脫又是踉蹌落地，腦袋朝下，倒栽了一個大筋斗，這一次，再也爬不起身了。

屋內的左輪泰也正在以全副的力量制服威廉士，同樣的是一場惡鬥。

駱駝已亮著了一支小型的手電筒，正在牆壁上找尋電源的總開關。

二樓上，李乙堂寢室的房門已告開啓，關人美雙手揪住李乙堂的妻子，逼令她下樓來修理電燈。

「駱駝！電燈是『老狐狸』弄滅的，注意這老傢伙耍花樣！」左輪泰已用繩索將威廉士的雙手反縛，一面向駱駝招呼說。

駱駝東張西望地沒看見仇奕森的影子。「仇奕森人呢？」他問。

「剛才還在樓梯底下！」左輪泰說。

但這時，樓梯底下那還再有仇奕森的影子呢？

原來，這間屋子的電源總開關正就是設在樓梯底下的，那兒有兩扇揭窗，電門的樞鈕全設在裡面。關人美架著李乙堂的醜妻下樓，打開樓梯底下的揭窗。電源的總開關只是被人拔掉了，保險絲還是好好的，她只要將開關重新扳上去，整間屋子的電燈回復光明。

「仇奕森人呢？」駱駝再問。

「也許是在那密室內！」關人美說。

駱駝忙向製造贗品的密室走去，那兒只有一道狹窄的小門，可以容一個人躬身穿過去。

駱駝鑽進室內，室內靜悄悄的，李乙堂贗製的成品陳列各處，那張笨重的木桌上有著威廉士和史葛脫的殘餚剩酒，還有著一副供賭博的撲克牌。

仇奕森沒在密室之內，這「老狐狸」那裡去了？

李乙堂收贗製古玩的壁櫥卻是敞開著的，也許華萊士范倫和他的黨羽由博覽商展會劫回來的兩件贗品，就是收藏在此的。

駱駝趨進壁櫥去查看，裡面全是亂七八糟的東西，經過翻箱倒櫃，他並沒有發現珍珠衫和龍珠帽。難道說，賊人並沒有將它收藏在此？

不一會兒，彭虎已經將鼻青臉腫的史葛脫揪進屋子裡來了，他帶著現成的繩子，將史葛脫和威廉士縛在一起。

左輪泰也趨進了密室，向駱駝說：「尋著贓物沒有？」

駱駝很感失望，搖頭說：「沒有，準是仇奕森那小子弄鬼，不見了！」

左輪泰吁了口氣說：「真糟糕，贓物竟然失蹤了，我們算什麼名堂呢？」

駱駝氣呼呼地重新走出密室，趨至兩個被綁著的賊人跟前。

史葛脫挨揍的情形比較嚴重，傷痕累累，仍在昏迷狀態，威廉士尚還好，他被綁後，就悠悠醒轉了。駱駝進廚房撈了一瓢涼水，對準那兩個賊人的臉上潑去。

「博覽商展會劫奪到手的兩件贓物收藏在什麼地方？你們殺人越貨已經罪無可逭，不如從實招來！」他嚴詞厲色地說。

「你們是什麼人？」威廉士吶吶問。

「你想少吃苦頭，就先回答我的話！」駱駝再說。

史葛脫也醒過來了，眼看著當前的情形，就知道情況不妙。反正他和威廉士是已經落網了，不認罪恐怕只是討皮肉苦吃呢！

「那件珍珠衫和龍珠帽，是收藏在密室的壁櫥裡……」他代替威廉士回答。

「在壁櫥內什麼地方？爲什麼我沒有尋著？」駱駝又問。

左輪泰的心中了解，準是仇奕森那老小子剛才趁亂混水摸魚，趁他們在打鬥時溜進密室裡去，將兩件贓物取走了。

「魔高一尺，道高一丈」！仇奕森單槍匹馬，居然將他和駱駝兩人全耍弄了。

兩件贓物對左輪泰而言，並沒什麼重要性，只要「滿山農場」的問題解決，「墨城盜寶」的目的就可以結束，但是駱駝卻不然，他被警方明令限制出境，一定要銷了案才行，他需要捉賊拿贓，將兩件贓物取去交官。

駱駝的計劃，又一次被仇奕森破壞。

彭虎利用兩個賊人所用的手電筒，已在後院門外尋獲史葛脫失落的短槍。他將短槍交給駱駝說：

「也許這就是博覽商展會血案的那支兇槍，警方必會有彈道記錄，尋獲這支兇槍，也可以證明他們就是血案的兇手！」

史葛脫和威廉士相對無言，臉上露出懊悔之色。

單憑這支兇槍，史葛脫和威廉士就脫不了罪，因此，他們垂首拊胸，只有聽由發落了。

「李乙堂還在樓上麼？」駱駝問關人美說。

「我將他反銬在床上，他逃不了的！」關人美回答說。

「他應該知道贓物收藏在什麼地方！」

「我上去將他弄下來！」彭虎說著，飛步上了樓梯。

關人美向駱駝提醒說：「也許是仇奕森將珍珠衫和龍珠帽取走了，金燕妮和沙利文還在山下，他們或許會一起逃之夭夭！」

駱駝一怔說：「妳既然想到這一點，爲什麼不追出去看看呢？」

關人美一聳肩說：「這兩件贓物，對我是無關重要的！」

彭虎已將李乙堂挾在腋下提下樓來了，李乙堂的雙手被一副銀亮的手銬銬著，嘴上貼了大幅的膠布，他猶在掙扎。

彭虎猛地將他摜在地上，然後將他貼在口上的膠布撕下。

李乙堂呼痛不已，愁眉苦臉地說：「自從沾上了珍珠衫和龍珠帽後，真是倒楣透頂，那是兩件不祥之物麼？」他環顧午夜闖進屋子裡來的幾個人，只有駱駝他是認識的。

「呵，呵，我認識你，你就是第一個帶給我不祥的人！」他吶吶說。

駱駝蹲下身子，一本正經地說：「我們是捉賊來的！你告訴我，這幾個賊人將珍珠衫和龍珠帽收藏在什麼地方？」

李乙堂甚爲光火，說：「什麼珍珠衫和龍珠帽？你訂製頭一套，幾乎被人搶走，之後又被一個姓仇的高價收購而去，做出來的第二套，我親自交貨給你的，一手交錢，一手交貨。銀貨兩訖，曾經互相言明，此後互不找麻煩……」

駱駝指著被縛的兩個賊人說：「我是指他們做了案子之後，躲藏在你的寓所裡，所帶來的兩件贓物！」

李乙堂瞪了史葛脫和威廉士一眼，說：「他們就是頭一次要劫奪你訂製的一套珍珠衫和龍珠帽的蒙面竊賊，其中有一個是黑人，很容易就認得出……」

「我問的是這一次他們藏的贓物，收藏在什麼地方？」駱駝顯得頗爲著急。

「這一次，他們闖進門就將我和我的太太禁閉在樓上，連樓梯也不許我們下來一步，他們究竟是耍些什麼名堂，我也搞不清楚呢！你指的是什麼贓物？」

「原來你全不知道？」

「爲什麼你們一個個都兇神惡煞的？好像我犯了什麼滔天大罪似的？到底是什麼理由？由你要訂製那件珍珠衫和龍珠帽那天開始，我就一直沒有安寧過……」李乙堂氣憤不已，有欲哭無淚的神色。

「由李乙堂的話證明，威廉士和史葛脫並沒有訛言，那兩件贓物著實是被仇奕森那老狐狸混水摸魚劫走了。」

「仇奕森那老小子未免太不夠朋友，簡直是欺人太甚了呢！」駱駝詛咒說。

左輪泰取笑說：「駱駝大教授這一次是真正遭遇了最高強的對手了！」

「哼！我會給他最大的苦頭吃的！」駱駝說。

關人美已經自戶外回來，說：「妙了，金燕妮和沙利文全不見了，大概是仇奕森將他們帶走了！」

「金燕妮的汽車呢？」

「當然也開走了！」

駱駝跺腳說：「仇奕森真幹上了！」

彭虎卻格格笑了起來，說：「仇奕森或會以爲這兩件贓物是真貨！」

「不！他早知道真貨是在金範昇的保險箱裡，他這樣做是存了心向我刁難，表示他的智慧高人一等，手段高強而已！」

被縛在地上的史葛脫和威廉士兩人俱大吃了一驚。

史葛脫吶吶說：「怎的？你是說我們由博覽商展會盜出來的珍珠衫和龍珠帽是贗品？」

左輪泰說：「可不是麼，你們現在該後悔因兩件贗品而殺人吧？珍珠衫和龍珠帽是我大漢民族的國寶，既然有我們覬覦著，就不會有你們的份了，你們真是多此一舉！」

「唉，究竟是怎麼回事？我想不通呢！」威廉士說。

「謀財又害了命，監獄裡的歲月長得很，有足夠的時間讓你們慢慢去想通！」駱駝說。

彭虎懶得理會兩個賊人，向駱駝請示說：「事已至此，我們該如何收拾殘局？」

駱駝搔著頭皮說：「我還在考慮！」

「你想，仇奕森那老小子會怎樣做呢？」左輪泰問。

「仇奕森或會搶先，利用沙利文給蒙戈利將軍報功，老狐狸一貫的作風是喜歡廣結人緣的！」駱駝說。

「這樣也好，只要能結案，你的出境限制就會結束，可以恢復自由行動了！」左輪泰說。

「但是我和林邊水的賭注如何結束呢?仇奕森始終沒肯和我合作。」

「仇奕森在蒙戈利將軍面前打過了『馬虎眼』，也許他就會有計劃的實行自盜，將兩件寶物據爲己有！」左輪泰說。

駱駝格格笑了起來，說：「仇奕森自以爲高明，但是他也會有失算的地方！」

左輪泰冷嗤說：「看情形，你已經是胸有成竹，好像寶物早已落在你的手中！」

駱駝沒有承認也沒有否認，說：「反正仇奕森那小子，我會給他一頓大苦頭吃的！」

「這兩個賊人該怎麼辦？」彭虎問。

「先將他們交給了警方再說！」

驀地，公路上嗚咽著警笛，來了好幾部警車，就在山底下戛然停下。史天奴探長率領大批警探展開了包圍，只剎時間就湧進了李乙堂的寓所。

駱駝納悶說：「怎麼史天奴探長也會追蹤而至?」

「說不定是仇奕森告密，有意給我們過不去！」左輪泰憤懣說。

「仇奕森應該不至於做這種下三濫的事情！」駱駝反替仇奕森解釋。

「不然，史天奴又怎會知道我們在此呢？」

這時，史天奴探長已大搖大擺進了門，他指著駱駝說：「墨城的地方雖大，但是不論你走到什麼地方去，總脫離不了我的眼線！」

「你憑什麼追蹤到的？」駱駝問。

「非常簡單，你乘坐的汽車，經過任何地方去，都會有人向我報告！」

駱駝一想，由「豪華酒店」來到「滿山農場」，是乘坐仇奕森的那部汽車，由「滿山農場」到此，是乘坐左輪泰所用的汽車，居然還是擺不脫史天奴探長的跟蹤，可見得這位「老警犬」並不簡單，他能夠在墨城獨當一面，還是有他的一套的。

駱駝說：「我的汽車仍停放在『滿山農場』……」

史天奴探長笑著說：「就是因爲你和『滿山農場』的關係漸漸密切起來，使得我們對『滿山農場』的關係也漸覺密切！」

左輪泰指著地上的兩名賊人，向史天奴探長說：「博覽商展會劫案的兩名疑犯已經替你捕獲了！」

史天奴探長一看，那是「燕京保險公司」雇用的私家偵探華萊士范倫的兩名助手，不禁納悶說：「你們指他們倆人爲疑犯，一定有什麼證據！」

「兇槍在此，核對彈紋來福線，就可以證明！」彭虎已雙手呈遞上手槍。

「他們自己也招認了！」左輪泰再說：「他們持著私家偵探的名義，行動方便，許多地方進出自由，負槍傷的警衛在醫院中，就是被他們注射空氣針殺害的！」

「那麼主兇就是華萊士范倫了！」史天奴探長說。

「有誰會比他們的行動更方便、不受嫌疑呢？」駱駝說：「況且案發之後，華萊士范倫尚留在現場之中，警方將要採取的行動步驟，他瞭如指掌！」

「你們是根據什麼線索破案的？」史天奴探長問。

駱駝和左輪泰相對一怔，當然，他們不能說出案發的當夜，左輪泰和他的義女關人美也正在進行

「盜寶」，左輪泰在天壇的屋頂上目睹劫案發生的始末，案發之後，華萊士范倫還留在現場中刺探消息，左輪泰只派了一個人跟蹤，就知道賊人的藏匿處了。

駱駝吃吃笑了一陣，故意含糊說：「這就是智慧上的問題了，因爲我被匿名信陷害，不得不洗雪冤屈，只要真相大白，史天奴探長該不會再限制我的行動了吧？」

「華萊士范倫呢？他可也在此？」探長問。

「主犯我們留給探長親自下手逮捕歸案，這是禮貌上的問題！」駱駝說。

「珍珠衫和龍珠帽呢？」

「能拿著華萊士范倫，還怕贓物收不回來嗎？」駱駝取笑說。

午夜，金京華在床上被一瓢涼水兜頭潑醒。

自從博覽商展會劫案發生後，金京華終日藉酒澆愁，日夜均在醉態朦朧之中，他在等候賠款的宣判，也就是說，他們「金氏企業大樓」最後命運的宣判。

到了晚間，金京華是不醉不會上床的，他上床後，就是任何噪音吵鬧也不會驚醒的。

金燕妮拍了好一陣門，金京華還是毫無反應，金燕妮惱了火，推門進內，取了一瓢涼水，當頭向金京華的頭頂潑下去。

金京華一聲驚叫，踉蹌坐起來。「怎麼回事？怎麼回事……」

「博覽會的劫案已經破了，仇奕森在等著你去捉賊！」金燕妮說。

「捉賊麼？到那兒去捉？報了警沒有？」金京華吶吶問，他被潑了一瓢涼水，再加上吃驚，立時酒也醒了一半。

「仇奕森在大門外面等著你！」金燕妮再催促說。

「他爲什麼不進來呢？」

「因爲要趕時間！」

「賊人是誰？」

「是你的酒肉朋友！」

「噢！」金京華真昏了頭，手忙腳亂地拾起衣裳就穿，喃喃說：「珍珠衫和龍珠帽奪回來了沒有？」

「就是要等著你去取呢！」

金京華的頭腦亂哄哄的，忙了好一陣，總算是穿好了衣裳，搖搖晃晃跑出電梯。數分鐘後，他已走出「金氏企業大樓」的正門，午夜間，馬路上冷清清的，整個都市尚在睡夢中。這時，金京華看了看手錶，原來尚在凌晨四時左右呢。

仇奕森已在汽車上向他招手，說：「還不快上車麼？」

金京華匆忙跨進汽車，邊說：「到什麼地方去？」

「去找你那位酒肉朋友，那個精明能幹的私家偵探華萊士范倫！」

「他在什麼地方？」

「嗨，我正就是要你領路！」仇奕森說：「你們經常在一起花天酒地，吃喝玩樂，總該會知道他的藏身處的！」

「你說華萊士范倫就是博覽會劫案的主犯麼？」金京華問。

「兩個從犯威廉士和史葛脫已經落網！因爲華萊士范倫不在場，所以我們得去單獨拿他！」

「真難以令人相信……」

「我們要爭取時間，你知道華萊士范倫經常會在什麼地方？」

「他經常逗留在風化區過夜！」金京華忽的有所感觸，說：「最近他正在追求一名道奇俱樂部賭場的籌碼女郎！」

「那賭場女郎住在什麼地方？」

「白蒂娜公寓！」

「你指示路線，我們得爭取時間趕路！」仇奕森說著，已發動了油門。剎時，汽車已如流星般溜上了大馬路，風掣電馳而去。

「白蒂娜公寓」在墨城而言，也算得是一間頗爲高級的公寓，四開間並連的建築物，有八層樓房，至少是有中等收入的人家才能居住在此。

仇奕森和金京華已來到「白蒂娜公寓」的門前，仇奕森先行在四周打量了一番。

「一個賭場的籌碼女郎有多少收入?可以住在這種高級的公寓麼？」仇奕森很覺懷疑，問金京華說。

「假如光靠薪水，她一定維持不住的，據我所知，華萊士范倫追求安琪娜派克不惜代價，這也就是他所以負債累累的原因！」金京華說。

「你確知他們是同居在此？」

「不！我不敢確定，但是有一點可以證實的，華萊士范倫曾自認最近追求到手！」

仇奕森矜持著說：「我一定得在駱駝和左輪泰行動之先尋著華萊士范倫！」

金京華嘆息說：「到現在爲止，我還不相信華萊士范倫就是劫案的主犯！」

「這就是你太相信酒肉朋友的原因，以後宜深深的反省！」仇奕森說。

「贓物可有尋著？」

「兩件贓物都在汽車裡！」

「那麼我們何不將它交給警方了案，逮捕人犯是警方的事了！」

仇奕森搖頭，說：「博覽會的會期尚未告終，你的保險公司的保險責任未了，駱駝和左輪泰仍在窺覷這兩份寶物，他們在全案還未了結之前，還會製造很多事端，一波未平，一波又起，你就會受不了！」

金京華怔怔地說：「我不懂得你的意思！」

仇奕森說：「我們需要拖延時間，直到博覽會結束爲止！」

「你打算怎樣做呢？」

「先尋著華萊士范倫再說！」

「假如他不是住在安琪娜派克的住所裡，就很難找到他了！」金京華還是猶豫不決的。

「我們只有試探一番，也許是運氣來了，擋都擋不住呢！」仇奕森說著，便和金京華進入「白蒂娜公寓」。這地方，金京華隨華萊士范倫曾經來過多次，路途是熟悉的。

他們乘上電梯直上第七層樓，那兒分為A棟與B棟，安琪娜派克是住在B棟，門牌上掛著有她的名字。

「在這時候拜會客人，好像不大禮貌！」金京華遲疑著說。

「我們不是拜會客人，我們是捉拿劫案的兇犯！」仇奕森說。

「華萊士范倫可會知道已經案發了嗎？」

「假如他敏感一點，在午夜有人拜訪，該不是好事情，說不定還會動粗呢，你可要提高警覺！」

金京華侷促不安，撳了門鈴，相信房內的人是在香夢之中。金京華撳了一次又一次，沒有人應門，也聽不見有任何的反應。

他向仇奕森聳了聳肩，仇奕森向他擺手，意思是要他保持沉著。

金京華第三次撳門鈴，這一次聲響可是特別的長，終於，房門內有了動靜，一陣腳步聲向房門前移動。

「誰呀？」竟是華萊士范倫的聲音，不出所料，他是和那名籌碼女郎同居在此了。金京華和仇奕森同時喜出望外，仇奕森立刻隱避一側。

華萊士范倫首先在房門上的防盜眼窺瞄了一番，說：「咦？怎麼是你？」

金京華說：「是我，快開門！」

「現在是什麼時間？你幹嘛來？」他問，並沒有立刻打開門。

「當然是有重要的事情，你先開了門再說！」金京華催促說。

「你一個人麼？」

「一個人！」

於是，房門打開了，華萊士范倫好像還不大放心，他首先伸長了脖子在門外左右看了一遍。

「我看你鬼鬼祟祟的，究竟出了什麼事情？」他問。

金京華說：「博覽會械劫案的案子破了！」

「破案了麼？」華萊士范倫頗爲吃驚，隨後保持了鎮靜，說：「是什麼人幹的？」

「兩個從犯已經落網，就只差主犯了！」

「主犯是誰？」

仇奕森忽的一個箭步猛衝上前，「老狐狸」的動作快，身手也很矯捷，他雙手揪住了華萊士范倫的腦袋，一蹩一拐，將華萊士范倫直條條地摜落地板上。

「主犯就是你了！」仇奕森說。

華萊士范倫穿著一件棗紅色的厚呢晨衣，他一跤摜在地上，立刻就伸手插進衣袋裡去。仇奕森不等他的手伸出來，立刻抬腳將他的手踩著，跟著就將他衣袋中藏著的短槍奪下。

「你已經原形畢露了，反抗對你沒有好處！」仇奕森再說。

華萊士范倫仗著身強力健，又是曾經練過拳擊的，滿以爲仇奕森不是他的對手。他滾起身，就打算去扳仇奕森的雙腿。仇奕森知道不給他一點苦頭吃，華萊士范倫是不會就範的。

他抬腳對準華萊士范倫的下顎就是一腳，華萊士的腦袋撞了地，雙重地受創。

「嗨，華萊士，門外爲什麼這樣吵？是什麼聲音？」一個女人嬌滴滴的聲音自房內問。

那個女人自是華萊士范倫的姘婦安琪娜派克，是道奇俱樂部賭場裡的籌碼女郎。華萊士范倫爲她顛倒，不擇手段，不惜代價，好容易才弄到手的。

照說，一個有姿色的籌碼女郎在賭場裡工作，所結交接觸的幾乎都是豪門闊客，或是顯要的花花公子哥，安琪娜派克會和華萊士范倫這窮光棍私家偵探姘上，也可以說是她有眼無珠了！

華萊士范倫為情顛倒，不擇手段，傾盡他的所有而達到目的，但話說回來，他之冒險「出賣朋友」盜寶謀財殺人，也全是為了安琪娜派克。

仇奕森踩住了華萊士范倫的手腕，不讓他爬起身來，邊說：「華萊士范倫，你的案子已經破了，史葛脫和威廉士都已落網，你也成為網中之魚，反抗也是多餘的，假如你願意在你的女朋友面前丟醜的話，那麼我就收拾你！」

「讓我起來……」

「但是你得乖乖就範，假如你圖謀不軌，就休怪我不給你留面子了。」

安琪娜派克已經移步自室內出來，她睡眼惺忪，秀髮蓬亂，帶著稚氣而又秀麗的臉孔，充滿了魅力，穿著半截男裝的睡衣，光溜溜露出一雙纖長光滑的大腿，乳峰高聳，著實是夠誘人的。

她怔怔地向著房門前的兩位客人打量，又發現華萊士范倫躺在地上。

金京華和華萊士范倫是酒肉之交，安琪娜派克是認識的，她說：「喲，金先生，怎麼回事？你們三更半夜找到這裡來，是找華萊士打架來的?!」

仇奕森鬆開腳，讓華萊士范倫自地上站起，他再次警告說：「你的事最好別讓這位女郎知道，當面難堪，是很難受的！」

華萊士范倫的胳膊酸痛，他撥著胳膊，羞慚得臉紅耳赤，向安琪娜派克說：「這不關妳的事，妳可以回房睡覺去！」

「你們打架，我可要報警！」她說。

「警察不會過問我們的事情的，妳只不過是讓華萊士難堪罷了！」仇奕森說。

「不要報警，妳只管回房去！」華萊士范倫說。

「他們兩個打你一個……」

「不用妳管……」

金京華便安慰安琪娜派克說：「我們只要華萊士范倫不再動武，就不會打架了。」

「你們是好朋友，這又何苦，有什麼事情不可商量的？」安琪娜派克說。

「只怪華萊士不夠朋友！」

華萊士范倫再次向安琪娜派克說：「沒什麼大不了的問題，我們可以很快就解決的，妳不用擔心！」

仇奕森拍著華萊士范倫的胳膊說：「你最好穿上衣裳和我們走一趟，你也是男子漢，一人做事一人當，何須在女人面前吵鬧不休？」

華萊士范倫像鬥敗了的公雞，有神無氣，無精打釆地說：「你……你們是打算將我……」

仇奕森說：「假如你不給我們添麻煩，我們絕不爲難你！」

「你們要我去向史天奴報到？」

「不！到一個你料想不到的地方！」

華萊士心想，案既發了，他就算抵賴也沒有用，正如仇奕森所說，「大丈夫，一人做事一人當」，不管怎樣，只好逆來順受了，這只怪他財迷心竅，爲來爲去還是爲了安琪娜派克，實在是這個女郎太迷人了，華萊士范倫爲了愛她，不惜犧牲一切。這一次，一失足可能千古遺恨了，他的私家偵探館，他的前途，一切全完了！

仇奕森絕非等閒人物，落在他的手中，反抗也無益，華萊士不如認了命。他答允更換衣裳，跟同仇奕森他們離去。

「究竟是怎麼一回事？完全將我弄糊塗了！」安琪娜派克仍然纏著華萊士范倫說。

華萊士范倫說：「一切都沒有關係，只需要記著一件事，就是我愛妳！」

蒙戈利將軍府鬧了一整夜的鬼。

那真是活見鬼了，直至到天明，天色露了曙光之後，包圍在將軍府周圍的群鬼始散。一些值夜的警衛到了次日，回憶昨天晚上「活見鬼」的情形，猶有餘悸。

他們親耳聽得鬼拍門，又聽得鬼嚎，又親眼看見鬼火飄忽，甚至於有人親眼看見鬼魂出現……

蒙戈利將軍府的帳房先生佛烈德最糟糕，他一整夜間沒有安寢過，厲鬼拍他的門，他打開房門時，發現有人在他的門上掛上了報喪的黑花環。

那隻黑花環正是懸掛在「滿山農場」的門口的，因爲朱黛詩的父親朱三貴在美不治逝世。是誰惡作劇將那隻黑花環移掛在佛烈德的門首？或是厲鬼作崇向佛烈德索命？

佛烈德的目的只是爲追求朱黛詩，爲了表現他的權勢，「弄巧反拙」將朱黛詩一家人弄得家散人亡。佛烈德並無反悔之意，尚且洋洋自得，滿以爲朱黛詩假如要保存「滿山農場」的產業，就非得要向他俯首不可，一塊天鵝肉，是遲早會掉進他的嘴裡去的。

佛烈德心想，是誰會向他惡作劇呢？蒙戈利將軍府內警衛重重，整座城堡內五步一崗十步一哨，除了是將軍府內的敵對份子之外，外人是侵不進來的。

誰會幹這種事情呢？向來沒有神鬼論的佛烈德也疑惑不迭了。

蒙戈利將軍的視覺和聽覺都不很方便，他是唯一沒有聽見鬼嚎及鬼拍門的一個。上了年紀的人，睡眠的時間少，晨起也特別早，蒙戈利將軍畢生是軍人，生活頗有規律，每天晨間早起，經洗漱後，一定會在他寢室前的露臺上，作一番早操活動的。

昨晚上有老鼠在他的頭頂上撒了尿，騷臭的鼠尿竟流進了他的眼睛。其實那不是鼠尿，而是飛賊孫阿七溜進了他的寢室，給他的眼睛滴了烏鴉目汁。

據駱駝說，以烏鴉目研成汁，會使人眼花撩亂，在白晝間也會活見鬼的，那是江湖上的玩藝，是否靈驗，要試過的人才會知道。

蒙戈利將軍的視覺本來就不好的了，他並沒有活見鬼的感覺，但視線更模糊了，老覺得眼睛不舒服，在洗漱時，發覺整盆的洗臉水變成了血水，可是在瞬間，血水又化為清水……。

蒙戈利將軍的心緒不寧，他趨出露臺做他的晨課，這樣大的一把年紀，自然不會做很劇烈的早操，僅柔和地稍為活動一下筋骨。

由露臺看出去，可以看到護城河，他發現河上出現了幾個巨大的血字——「滿山農場冤」！那幾個血字在瞬間又隨著蕩漾的河水消失得無影無蹤。

蒙戈利將軍原是老眼昏花的，視覺甚感模糊，他幾乎不相信自己的眼睛，那究竟是怎麼回事呢？

他猛揉著自己的眼睛，抓耳搔腮的，自信就算是眼花，也不致於會眼花到那個程度，假如是別的字，蒙戈利將軍會將這懸疑埋葬在心中就此作罷，而偏偏它就是「滿山農場冤」幾個字。

「呀！真鬧鬼了不成？」蒙戈利將軍搔著頭皮，不斷地喃喃自語。

再細看護城河時，什麼也沒有，在城堡對面的地方，正就是「滿山農場」的田地。他轉身進入書房，拉喚人鈴，召來每天爲他讀報的秘書。

只見那位「副官」神色沮喪，精神疲憊，睡眼惺忪的，好像發生了什麼不如意的事情。

「今天有什麼特別的新聞沒有？」蒙戈利將軍問。

「將軍，你想聽將軍府內的新聞，還是將軍府外的新聞？」秘書說。

「將軍府內有什麼新聞？」

「昨晚上將軍府內整夜鬧鬼……」

「鬧鬼？」蒙戈利將軍有點生氣，說：「狗屁！二十世紀，科學都已發展到太空外去了，哪還會有鬼怪的謬論？」

「真的，將軍府內整夜裡沒有安寧過，天空上有鬼嘯，夜裡有鬼拍門，有人看到鬼火，也聽到鬼走路，還看到鬼影跳牆……」

「鬼話連篇！你也活見鬼了麼？」蒙戈利將軍叱斥說。

「整夜裡有冤鬼拍我的門，拍我的窗！」

「胡說八道！」

「真的，帳房先生佛烈德更慘，他的房門上，有人給他掛了一個喪宅的黑花環！」

「那必是有人故意給他惡作劇！」

「不！」那位秘書戰戰兢兢地說：「那隻黑花環原是掛在『滿山農場』的門口處的，留醫在美國的朱三貴不治逝世了……」

「你的意思是說，朱三貴陰魂不散，要找佛烈德算帳麼？」蒙戈利將軍拉大了嗓子說。

「恐怕是的！」

「理由何在？」

「佛烈德一直主張要奪取他們的農場，在『滿山農場』內開闢馬路，車禍撞傷朱三貴，都是他一手造成的！」

「你在攻訐佛烈德！」

「不！假如將軍不相信的話，可以叫佛烈德來問，他曾親眼看見朱三貴的冤魂向他索命……還有許多警衛整夜裡聽見鬼嚎，鬼火繚繞……」

蒙戈利立刻拉喚人鈴，叫佛烈德和城堡的警衛長前來。

佛烈德的眼圈發黑，那是「烏鴉目汁」作祟，他憔悴的程度幾乎不像人樣。

「佛烈德，你活見鬼了嗎？」蒙戈利將軍問。

佛烈德一副哭喪似的臉孔，癟著嘴說：「很奇怪，整夜裡我被冤魂纏繞，有冤鬼拍我的門，在我的窗外叫嘯……」

「還有那隻黑花環！」秘書搶著說。

「朱三貴報喪的黑花環掛在我的房門口！」他再哭喪著臉說，他抬手搔頭皮時，竟抓下了一把頭髮！

這使蒙戈利將軍也感到驚訝不迭，竟趨上前，彎下身去，拾起佛烈德的頭髮細看。佛烈德深爲恐懼，忍不住竟嗚咽嚎哭起來。

城堡的警衛長也趕來報到，他是蒙戈利將軍昔日南征北討的侍衛長，忠心耿耿，脾氣憨直的一名軍官。

「你得向我報告昨晚上鬧鬼的情形！」蒙戈利將軍說。

「這是極端荒唐的事情呢，但又不由得你不信！」警衛長吶吶回答。

「你只管照直說！」

「城堡天空四周，有兩隻冤鬼盤旋叫嘯，此起彼落……」

「真狗屁，爲什麼我聽不見？」

「那是將軍的耳朵不好！由六〇六高地戰役後，你的耳朵就有了故障……」

「還有什麼鬼你只管說！」

「城堡的各處門戶都有鬼拍門！」

「爲什麼冤鬼不拍我的門呢？」

「那是將軍耳朵不好，差不多在城堡裡的每一個人全都聽見了！」

「好的，還有什麼鬼？」

「值夜士兵見到鬼火！」

「鬼火是怎樣的？」

「燐燐發光，到處流動！」

「你看到沒有？」

「我看到鬼影子穿房越屋，飛簷走壁……」

「嗨，你們真是與鬼爲伍了！」

「我曾用槍打，但是鬼影比我的槍還快！」

蒙戈利將軍格格笑了起來，說：「我畢生中曾經歷過數百次戰役，帶領著你們戰無不勝，攻無不克，想不到今天，你們竟被鬼魂戰敗了！」

「真的，將軍，我還被一名寃鬼追逐呢，我跑到哪裡，他追到哪裡！」

蒙戈利將軍惱了火，叱斥說：「好，我限你在廿四小時內替我將寃鬼抓來！」

「到那裡去抓？」

「問你！」

「將軍等於是要處分我呢！」

「你能聽見鬼走路，就可以抓著寃鬼！」

警衛長搖頭說：「我無能爲力，寧可關禁閉！」

蒙戈利將軍很生氣，跌坐在他的皮圈椅中，咬著嘴唇，想了片刻，忽又說：「替我把沙利文喚來！」

「報告，沙利文整夜沒有回將軍府！」秘書立正說。

「他哪兒去了？」

「不知道，他最近經常和史天奴探長在一起交頭接耳的，不知道是在商量些什麼事情，可能是與劫案有關係！昨晚上臨外出時，據勤務兵說，他是辦案去了！」

蒙戈利將軍很覺滿意，到底沙利文與眾不同，將軍府內的權勢鬥爭與他全無關係，蒙戈利將軍命他進行調查「滿山農場」，沙利文就馬不停蹄的。

年輕人有著一股朝氣與其傻無比的幹勁，在蒙戈利將軍而言，用這一次的事件給沙利文一個考驗的機會，藉以決定將來他的爵位和偌大的財產該如何分配，交到什麼人的手中。

蒙戈利將軍對沙利文漸有信心，至少，他為人正直，對權勢沒有苟且的心理，更加上他有幹勁，對一件事情肯認真去做，找出它的答案！那麼蒙戈利將軍府歷代的好名聲，還可以仗賴沙利文流傳下去。

「沙利文可有消息回來？」他問。

「沒有！」秘書回答。

「通知警署的史天奴探長，我將沙利文交給他的，假如沙利文出了什麼意外事故，我唯他是問！」蒙戈利將軍慎重其事地說。

忽的，門外擠進來主任秘書，他高張雙手結結巴巴地說：「史天奴探長正等候在門外求見！」

蒙戈利將軍回頭朝主任秘書瞪了一眼，不用猜，這個老傢伙最小心眼，準是躲在門外偷聽，便說：「這麼巧麼？我說史天奴探長，史天奴探長就在門外求見！」

「史天奴探長還帶來了兩個人，好像也是求見的！」

「來的兩個是什麼人？」

「其中一個是那位著名樂善好施的華人教授駱駝先生，另外一名從未見過！」

「先傳史探長進來！」蒙戈利將軍說。

門外不等吩咐，已開始一陣傳令之聲。

史天奴探長首先進了門，他立正向蒙戈利將軍行了軍禮。

「大清早就來求見，一定是有什麼特別的事情要向我報告！」蒙戈利將軍說。

「博覽商展會劫案破獲了！」

「警方辦案的行動神速，可喜可賀，想必劫賊已逮著了?!」

「逮著兩名疑犯！」

「可就是在門外一同求見的那兩個？」

「不！他們是幫忙破案的！」

「贓物可拿著了麼？我的珍珠衫和龍珠帽是否已尋回來了？」

史天奴探長連連搖頭，說：「只差主犯沒有落網，但是不久，他們就會在此自行投案！」

「在此自行投案麼？」蒙戈利將軍愕然，手指頭指在地板上說。

「是的，他們會在蒙戈利將軍府投案！」史天奴探長鄭重其事地說。

「怎麼回事?你將我搞糊塗了！」

「因爲令郎沙利文和他們在一起！」

「沙利文和主犯在一起麼？」

「不……」史天奴探長結結巴巴地解釋，說：「是另外一個協同破案的人，他和令郎在一起，去親自逮捕主犯，相信不久即會自行到案！」

「真是一場糊塗，另外一個協助破案的又是什麼人？你是警方的代表，爲什麼不親自去逮捕主犯？」

「他們的行動比我快了一步……」

「主犯是什麼人？居然膽大包天，敢在萬國博覽商展會械劫公開展覽寶物，還殺傷警衛！」

「是『燕京保險公司』僱用的私家偵探！他的兩名助手已經落網，主犯攜帶贓物逃走，相信不久也會落網！」

蒙戈利將軍越聽越感迷糊，皺著眉說：「那麼那位駱駝大教授又來求見我，是何用意？」

「他協同破案的條件，就是要我帶他們到此求見蒙戈利將軍！」

「理由何在？」

「他們要爲老百姓申冤！」

「申冤？」蒙戈利將軍一雙銅鈴眼瞪得圓溜溜的說：「替什麼人申冤？有什麼樣的冤情要申告到將軍府？」

史天奴探長瞪了身旁站著的佛烈德一眼，說：「我也搞不清楚，蒙戈利將軍最好親自向他們查問！」

「我的將軍府昨晚上整夜鬧鬼，你可知道嗎？有冤鬼纏上了門，搞得整個將軍府也不安寧，據說也是爲申冤來的……」

「那是什麼東西？」史天奴探長忽然指著蒙戈利將軍的那張寬大的辦公桌，神色詫異地說。

這時，陽光自紗窗透進了蒙戈利將軍的書房，一方陽光正好照在他的辦公桌上，一疊紙片竟自動紛紛飛起，像紙蝴蝶似地，朝窗外相繼飛出戶外。

真是白晝見鬼了！紙片會自動起飛。

「你們大家都見到了，冤魂不息，到現在還未停下來！」蒙戈利將軍說。

最受驚嚇的莫過於帳房先生佛烈德，他在情緒緊張的當兒，不自覺又去抓頭髮，只見又一把頭髮由他的頭頂脫落。

「把你的那兩個人喚進來！」蒙戈利將軍又向史天奴探長吩咐說。

不久，駱駝和左輪泰已徐步登上樓梯，有人替他倆開啓了房門。蒙戈利將軍難得會見生客，這時例外接見。

不一會兒，駱駝和左輪泰兩人由一位侍衛帶領著，走了進來。

「客人帶到！」侍衛挺胸凹肚，立正敬禮報告說。

駱駝還是那副古怪的樣子，他走進門正好面對佛烈德，看佛烈德的那副形狀，就可以猜想得到他是吃足了苦頭啦。

駱駝向佛烈德輕浮地笑了起來，他雙手合十，打了一個作揖，向佛烈德說：「怎的？你脫髮得厲害，好像是『鬼拔毛』呢！」

佛烈德打了一個寒噤，很不安地回答說：「你怎會知道的？」

駱駝說：「我是東方神秘國家的教授，博學多才，廣識古今，能知過去未來，看你的臉色，再看你的光頭，手上抓著的頭髮還捨不得放，就可以猜得著了！」

佛烈德幾乎要嚎啕大哭，他從來最珍惜他頭上的幾根棕色的毛髮，認爲那是他渾身上下最美麗的儀表點綴，如今，一切全完了……

蒙戈利將軍曾經和駱駝見過面，對這位大教授的一副鬼祟神色很不欣賞，尤其是駱駝的長相不討人喜歡。聽駱駝和左輪泰兩人向佛烈德一唱一和，話中帶刺，好像其中另有文章。

「駱駝教授，你真是博學多才，連『鬼拔毛』也能治麼？」他老人家單手叉腰，向駱駝趨了過來。

「天文地理，陰陽八卦，那是最起碼的學問！」駱駝回答：「醫，卜，星，相，上中下，三教九流，男盜女娼，狼心狗肺，加上疑難雜症，遇上我就會像遇上救主一樣！」

「我的將軍府昨夜裡整夜鬧鬼！」

「魔高一尺，道高一丈，我也擅長治鬼！」

「你會治鬼麼？」

「鬼魂原是虛無飄渺的，陰魂不散，就說明有冤情未能伸屈！只要冤情大白，冤鬼自會平息！」

「嗯，我想，一定是有人打算向我申冤了！」

駱駝便介紹左輪泰說：「這位是左輪泰先生，他代表『滿山農場』，希望化干戈爲玉帛，平息訴訟，恢復和好，上帝說：『愛我們的芳鄰』！我想，蒙戈利將軍的古堡巍峨在上，該不會以大吃小的姿態，除了氣勢逼人之外，還要併吞老百姓的良田吧？」

史天奴探長見駱駝說得過分，趕忙偷偷踢了他一腳。

蒙戈利將軍瞪大了他的一雙老花眼，向左輪泰不斷地上下打量。他那寂寞嚴肅的臉上，忽的堆起了笑容，指著左輪泰說：「看你的儀表非凡，想必也是一個江湖出類拔萃的人物！」

「綽號『天下第一槍手』，左輪泰就是了！」駱駝說。

左輪泰猛地在駱駝臂膀上猛擰了一把，直痛得駱駝齜牙咧嘴的。

「天下第一槍手麼？」蒙戈利將軍高興起來。「我能有榮幸欣賞你的神槍絕技麼？」

左輪泰忙說：「蒙戈利將軍統領大軍數百萬，軍中的神槍手不知道有多少，我真不敢現醜呢！」

蒙戈利將軍說：「我的部下全是軍人，他們崇拜英雄偶像，特別是對神槍手另眼看待，你若是替『滿山農場』申冤的話，憑你的神槍就足可申冤了！」

「豈敢豈敢！」左輪泰打恭作揖說。

「我有一個問題！」蒙戈利將軍頓了頓說：「報紙上刊載，萬國博覽商展會劫案之中，有人運用神槍射擊技術製造火警，相距有好幾百碼的距離，在天壇展覽室的屋頂上，以神槍射擊辦公大廈內預藏著的燃燒瓦斯，製造出一場虛驚的大火，藉以引誘現場的員工及警衛們的注意！這樣的技術，不知道左輪泰先生是否同樣可以辦到？」

左輪泰心中不安，蒙戈利將軍到底不是一位簡單的人物，幾乎可以說是一語道破呢，當著史天奴探長的跟前，左輪泰不能一口承認，那場火警就是他製造的。

「那只是雕蟲小技罷了！」他含糊其詞地回答。

「好的！」蒙戈利將軍一擊掌，說：「我們把你的事情談完，就到我的靶場上去欣賞你的神槍絕技！」

左輪泰在禮貌上連忙應允。

蒙戈利將軍復又向駱駝說：「駱駝大教授，在萬國博覽會劫案發生之後，我曾接獲一封無頭的告密信，使你蒙受不白之冤，想必警方有給你為難之處？」

駱駝說：「蒙戈利將軍府要冤枉一個老百姓時，真比吃白菜還要簡單！」

蒙戈利將軍一笑，又說：「你聲明擅長捉鬼，我有一件事請教！」

「不敢當，願聽吩咐！」

「約在二十分鐘之前，我的辦公桌上有一疊紙片無風自飛，像化作紙蝴蝶似地紛飛出窗外，是何道理？」

駱駝打量了蒙戈利將軍的辦公桌，指著上面有太陽照進的一角，說：「是否由這兒起飛的？」

蒙戈利將軍點頭。

駱駝說：「答案非常簡單，用陽起石搗爛成粉狀，清水調之塗於紙上陰乾，剪成碎片，烈陽曬之即會高飛，向熱方飛去！」

蒙戈利將軍兩眼矍鑠，感到很有趣，立時又指著佛烈德說：「佛烈德一夜之間變了一張鬼臉，又是怎麼回事？」

駱駝說：「五棓子，皂凡，銀珠，這全是我國的土藥，和肥皂塗於面上，就會變成一張鬼臉，佛烈德先生被人開玩笑罷了！」

「他的頭髮脫落呢？」

駱駝說：「剃頭不用刀！石黃，石灰各一兩，樟腦二錢，搗成末，調水搽髮上，待乾，頭髮一碰即落！吃生花生和香蕉，即可治癒。」

「原來鬧鬼的是你！」蒙戈利將軍壓低了嗓子，向駱駝附耳說。

駱駝也壓低了嗓子，故作神秘地附耳回答蒙戈利將軍：「自命風流瀟灑，調戲良家婦女，給他一點懲罰，以儆效尤！」

蒙戈利將軍大樂，笑不攏口，又說：「昨晚上我的將軍府鬧了一夜鬼，有厲鬼整夜拍門呢！」

駱駝說：「天南星爲末，用醋調勻，塗紙貼於門上，再加上某一種特製的藥物，到了夜靜時，借蝙蝠覓食拍門，小魔術罷了！」

「你是魔鬼大將軍，所有的厲鬼全聽由你的調動！」

「爲了申冤，不得不玩一點小把戲，實在說，蒙戈利將軍和民間接觸太少，有人欺上瞞下，一手遮天，老百姓申冤無處，不得不調借鬼魂代言！」

「好的，你們有什麼冤屈只管說出來！」蒙戈利將軍打算爲他將軍府的名聲好好整肅一番了。

「憑什麼理由？警署限制我自由行動，就只是爲蒙戈利將軍接到一封無頭信麼？」駱駝問。

蒙戈利將軍的一雙銅鈴眼便瞪在史天奴探長的身上。

史天奴忙雙手一攤，說：「限制離境令已經取消了！」

「你代表『滿山農場』有什麼冤情要申訴的？」蒙戈利將軍又指著左輪泰說。

「蒙戈利將軍，恕不客氣請教一個問題！」左輪泰也改變了一種語氣。

「你只管說！」

「我想開一條道路，闢開你將軍府的城牆，由東到西，橫貫而過，請蒙戈利將軍批准！」

蒙戈利將軍愕然，遲疑著說：「開什麼玩笑？當然不能批准……」

左輪泰便說：「那麼將軍府仗著權勢，在『滿山農場』正中央橫貫開出一條道路，理由是軍事上的需要，請問老百姓有何感想？將軍府要對什麼人作戰？」

蒙戈利將軍凝呆著，像是啞口無言了，他立刻想起，這好像是佛烈德的主意，開闢這條道路也是佛烈德一手包辦的。

左輪泰說：「將軍只需推開窗戶，就可以一目瞭然，一條道路將老百姓的產業分為兩半，汽車飛馳其間，好像目中無人；出了車禍，又不顧交通道德，置車禍受傷者生死不顧，揚長而去，老百姓能向誰申訴？傷者沒敢吭聲，直到群醫束手，藥石罔效，飲恨黃泉！」

「車禍是什麼人……」蒙戈利將軍向秘書室主任盤問。

大家的眼光便集中到佛烈德的身上去，使佛烈德侷促不安。

「不是我……」他否認說。

「一定要嚴辦！」

「將軍別聽讒言，是有人故意陷害我的……」佛烈德說時，兩眼灼灼，怔對著駱駝和左輪泰，希望他們口下留情，給他留一點餘地，便大聲說：「朋友！我們彼此之間從未見過面，無冤無仇，為什麼要使我難堪呢？」

左輪泰說：「我們是曾經見過面的，只怕是你『貴人事忙』，忘記了！」

「在什麼地方？」佛烈德抬起手搔頭皮，又抓下了一把頭髮，「內憂外患」使他「五臟俱焚」。

左輪泰說：「你在『滿山農場』向朱黛詩求婚的時候！」

「求婚？」蒙戈利將軍覺得事情越來越新鮮了，佛烈德既然向「滿山農場」的女主人求婚，又為什麼和「滿山農場」作對呢？蒙戈利將軍是一個機警的戰略家，他立刻想通了是怎麼回事，分明是逼婚呢。

「下流！」他口出穢語。

佛烈德知道自己已是大限難逃，連忙說：「將軍，在『滿山農場』開闢公路，是經過你同意的，爲什麼將責任推在我一個人的身上？……」

蒙戈利將軍揮手說：「你下去，別面對著我，惹我生氣！」

佛烈德惱羞成怒，仍不肯走，向左輪泰咆哮說：「造謠生事，我不饒你……」

左輪泰說：「我們中國有一句俗語，『貧不和富鬥，民不與官爭。』就是這個道理，遲早是吃不完兜著走的！」

蒙戈利將軍對侍衛長說：「你替我將他攆出去！」

侍衛長和佛烈德原是對頭，凡屬於死硬派的，都有人心大快之感。他上前向佛烈德一鞠躬，說：「請吧！帳房先生！」

佛烈德不得已，悻悻然離去，門外蒙戈利將軍的侍衛起了一陣訕笑聲。

和佛烈德交錯進門的，是一位侍衛室的傳令兵，他和侍衛長交頭接耳了一番。侍衛長即向蒙戈利將軍報告說：「報告，將軍府門前來了三個人，說是尋獲了珍珠衫和龍珠帽，特地親自送還將軍，要求將軍接見！」

蒙戈利將軍頷首說：「真是湊上熱鬧了，今天我的將軍府要門戶大開，誰都接見！」

侍衛長爲了表現他的勤快，又是一記軍禮，然後向後轉，正步出門，打算親自將客人帶進門。

史天奴探長面呈喜色，暗暗讚佩駱駝和左輪泰「料事如神」，果然不出所料，犯人自動送上門了。

駱駝向史天奴探長眨了眨眼，表示他的預料完全正確。

蒙戈利將軍含笑向史天奴探長說：「博覽會的案子是你偵破的，犯人也已逮著，爲什麼送還贓物的卻是另外一個人？」

史天奴探長說：「不！送贓物來的才是主犯！」

「真是神乎其神，既是主犯，爲什麼破了案還不趕快逃走，相反的自動將贓物送上門？」

「他是被逼而來，是希望請求能減輕其罪刑！」

「是誰逼他來的呢？」

史天奴探長嘆息說：「萬國博覽會期間，墨城的遊客中，古古怪怪什麼樣的人物全有！」

「又是打抱不平的麼？」

「反正這一類的人是很難了解的！」

蒙戈利將軍頓了頓說：「恕我離開片刻，我想在隔壁的會客室單獨接見這幾位新客人！」

左輪泰搶著說：「我想假如蒙戈利將軍能應允高抬貴手，不再爲難『滿山農場』，我就告辭了。關於火焚酒精廠事件，乃是一時的失誤，一個人在有冤無處申時，怒火遮了天，是會有失常的表現的，好在蒙戈利將軍並不在乎這點產業，放『滿山農場』姓朱的一家人一條生路，他們會世代歌頌蒙戈利將軍呢！」

蒙戈利將軍說：「你不要離開，我還等著觀賞你的神槍表演！」

駱駝又趕上前說：「我生平最怕看使槍弄劍，沒我的事了，假如蒙戈利將軍府撤銷了我的離境限制，我就告辭啦！」

蒙戈利將軍說：「離境限制是屬於警方的事情！」

史天奴探長忙說：「你的離境限制早撤銷了……」

駱駝連忙道謝說：「貴警署真是民主！」

蒙戈利將軍一拍駱駝的胳膊，說：「你也別走，我很欣賞你的才華，今晚特別為你舉行盛宴！」

駱駝說：「說實在，我得趕快離開墨城，假期屆滿，我得趕回去教書！」

「也不在乎多停留這麼一晚！」蒙戈利將軍說著，就離開了他的書房走向隔室，接見另一批客人。

秘書室主任最善解蒙戈利將軍的意思，這幾位客人十分不尋常，一定要特別奉承招待，他立刻向部下秘書吩咐，開香檳遞雪茄，好像盛宴已經宣告開始。

「蒙戈利將軍宴客，在墨城而言，是無上的榮譽，駱駝教授該不會錯過吧！」秘書室主任說。

「多停留一晚上，你離境的機票就由我招待了！」史天奴探長說。

駱駝擔心的是「節外生枝」，假如不及時離境的話，贗品珍珠衫和龍珠帽被識破了的話，又會添麻煩！

史天奴探長需要逮捕送贓物至將軍府的主犯，同時了解全案的詳情，跟隨蒙戈利將軍到小會客室裡去了。

押解著華萊士范倫到蒙戈利將軍府投案的，是仇奕森和金京華兩人。贗品珍珠衫和龍珠帽是由華萊士范倫雙手捧著進入將軍府的。

蒙戈利將軍驚喜不迭，在會客室中的皮圈椅上一坐，先問明這三個人的身分。金京華首先聲明，他是「燕京保險公司」的負責人，寶物展出就是由他的保險公司承保的。

蒙戈利將軍很欣賞仇奕森的儀表，一看而知，這個人不尋常。

「這位仇先生是家父的世交，全案等於是由他偵破的！仇先生不忍心眼看著家父辛苦經營的事業垮了下去，所以義不容辭盡全力偵破此案！」金京華特別介紹仇奕森說。

蒙戈利將軍很高興，招待仇奕森坐下，邊說：「路見不平，拔刀相助，是一種俠義行爲！」

金京華又介紹了華萊士范倫，說：「他是我保險公司僱用的私家偵探，只因財迷心竅，一時糊塗，以致闖下這滔天大禍……」

蒙戈利將軍便怒目圓睜，朝著華萊士范倫說：「你身爲私家偵探，又是受人委託，監守自盜，不覺得羞愧麼？」

華萊士范倫臉紅耳赤，戰戰兢兢，吶吶回答說：「我是『負荆請罪』來的，只請求從輕發落……」

「人命關天，又該怎麼說呢?!」蒙戈利將軍問。

「殺人的不是我……」

「你想賴也沒有用，博覽會劫案發生之後，經常在現場上活動刺探消息的是你；受槍傷的警衛留在醫院裡，除了關係人物，絕對禁止任何人接近，你是『燕京保險公司』僱用的私家偵探，我們對你特別寬容，不料，警衛竟遭謀殺，分明是殺人滅口。下毒手的是誰？我早懷疑是你了！」史天奴探長出現在會客室裡，他的臉色嚴肅，以申斥的語氣朝著華萊士范倫說。

華萊士范倫露出了他的怯懦，這時候不低頭也得低頭了，仍喃喃說：「殺人的不是我……」

金京華代替華萊士范倫解釋，說：「華萊士已經向我們招供了，在博覽會槍傷警衛的，是他的助手黑炭史葛脫，這人的脾氣粗暴，一時情緒控制不住，就演出了血案！殺人滅口的是威廉士，他混跡進入醫院，喬扮醫生，用空氣針殺死那名警衛的！」

「我用人不當……」華萊士嗚咽著說。

「哭有什麼用呢？」蒙戈利將軍堆起滿臉怒容說：「我就是不高興看男人的哭喪臉，我只問你一個問題，你打劫博覽商展會的原因何在？光只是爲圖財麼？」

金京華又代替華萊士范倫回答，說：「華萊士范倫和一位淘金女郎同居，爲了貪圖榮華富貴，一時財迷心竅……」

「你在事前，可知道珍珠衫和龍珠帽是屬於我所有的？」蒙戈利將軍再問。

「傳說紛紜，我著實搞不清楚，甚至於它的價值，在劫案後該如何出手？我都沒有全盤的計劃，劫案是鬼使神差做成的，我曾考慮過將珍珠衫和龍珠帽送返將軍府，向蒙戈利將軍討賞，一方面，保險公司和博覽會也會給我獎金，我極需金錢，被鬼迷昏了頭……」華萊士范倫喃喃說。

「既然是打劫，整個墨城可以劫財的地方多的是，爲什麼要在博覽會呢？」蒙戈利將軍心中的疑團仍然不釋。

「華萊士范倫是受環境情緒影響！」仇奕森插嘴說。

「怎樣解釋？」將軍問。

「因爲企圖盜寶的不光只是一個人！」

「哦？」蒙戈利將軍怔了半晌，說：「在劫案發生的次日，我接獲一封怪信，署名是義俠大教授的……」

仇奕森失笑說：「那就是兩個盜寶的陰謀份子，他們在互相暗算陷害！」

「那又是誰呢？」

「蒙戈利將軍只要略爲思索，不難可以想像！」

蒙戈利將軍兩眼炯炯，忽而聳肩吃吃笑了起來，點首說：「這麼回事麼？」

仇奕森說：「就是這麼回事！」

蒙戈利將軍皺著眉，喃喃自語說：「左輪泰是爲了替『滿山農場』申冤，華萊士范倫是財迷心竅！那位義俠大教授又爲的是什麼原因？」

仇奕森說：「那位義俠大教授擁有數十所孤兒院和養老院，有數千張嘴依賴他吃飯，他不得已終年奔波！」

蒙戈利將軍不肯相信，說：「孤兒院和養老院都是慈善機關，靠做案來維持，等於是慈善和罪惡相抵銷了！」

仇奕森說：「這不怪別的，只怪做善事的人越來越少，做惡事的人越來越多，『爲善最樂』的不被歌頌，『霸佔民田』的被歌頌，所以整個世界就反常了！」

蒙戈利將軍被說中了心坎中的痛處，有點不大自在，他忽的一瞪眼，向仇奕森說：「那麼，你又所爲何來呢？」

仇奕森說：「博覽會的寶物展覽若能順利結束，『燕京保險公司』不吃賠款，我的心願已足！」

「逮著劫案兇犯，理應交給警方結案，爲什麼要將犯人帶到我的將軍府？」

仇奕森說：「一則，是將珍珠衫和龍珠帽物歸原主；二則，也是順便替『滿山農場』求情來的！」

「左輪泰已經比你早到了一步，他提出的要求，我並沒有拒絕！」

「我將珍珠衫和龍珠帽『原璧歸趙』，何不賣我一份人情？放過『滿山農場』，有一半是賣我的面子，我和左輪泰之間的『交惡』就可以化爲『友善』了！」

「你們之間爲什麼要交惡呢？」

「爲博覽會展出的兩件寶物，我們是屬於正反兩方，明爭暗鬥已經有一段很長的時間了，蒙戈利將軍該可以想像得到的！」

蒙戈利將軍恍然大悟，說：「你們各有不同立場，但是都是站在正義的一方，可欽可佩！不過，左輪泰的綽號是『天下第一槍手』，待會兒他在我的面前表演槍法，假如說，他的槍法真可以壓倒我將軍府內的神槍手，我可以答應他所有的要求，你能用什麼方法抵抗左輪泰的神槍呢？」

仇奕森說：「我在江湖上走，也有人雅贈我一個綽號！」

「怎樣的綽號？」

「老狐狸！」

「『老狐狸』，那就是說狡詐和詭計多端的意思！」

仇奕森欠身一鞠躬說：「適應環境，凡事多加以考慮，這個社會原是複雜的！」

「那麼你一定有出奇制勝之處了！」

仇奕森一笑，自衣袋中摸出一張字條，遞至蒙戈利將軍的跟前。

史天奴探長有意趨上前窺看，但仇奕森卻故意將身體遮擋著。

蒙戈利將軍看得出，仇奕森是有特別的用心的，便轉了身，架上了老花眼鏡，只見字條上寫著：

「萬國博覽會失竊之寶物原是贗品，如要尋回真物，尙需請教『老狐狸』！」

蒙戈利將軍一陣咳嗽，瞪了仇奕森一眼，離開了他的皮圈椅，趨至華萊士范倫身畔几桌上置著的珍珠衫和龍珠帽，仔細端詳了一番。

乍看之下，那兩件贗品和真貨沒有什麼分別，但是接觸到手中就是兩碼子事了。蒙戈利將軍便招呼史天奴探長說：「劫案已經偵破，贓物已經追還，我將犯人和贓物全交給你處理了！」

史天奴探長說：「人犯由我帶走，珍珠衫和龍珠帽我就留在將軍府物歸原主！這種所謂的寶物，乃是禍之根源，最好是別讓它再在外露面，省掉我們許多的麻煩呢！」

「你不將贓物帶走，如何結案呢？」蒙戈利將軍以戲謔的語氣說。

「我連看也不願意看它！」

「你身為治安機關的警官，就應該面對現實！」

「案破了，我將它編列進檔案！」

華萊士范倫已跪在地上，向蒙戈利將軍說：「我只請求從輕發落！」

「你也要面對現實！」

「一失足成千古恨，請別讓我遺恨終身！」

「墨城的法律是公平的，你會接受公平的裁判！」蒙戈利將軍說。

忽的，侍衛長又走進門，向蒙戈利將軍附耳報告。

「什麼事情鬼鬼祟祟的？不可以光明正大地說嗎？」蒙戈利將軍斥罵。

「沙利文少爺回來了！」侍衛長說。

「沙利文既然回來，叫他來見我就行了！」蒙戈利將軍說。

「他還帶來了一個女郎！」

「女郎？交上了女朋友麼？這也不稀奇，男大當婚女大當嫁，以沙利文的年歲來說，也應該成家立業了！」

侍衛長欲言又止，終於，他還是附耳向蒙戈利將軍絮絮報告。

仇奕森側立一旁，他似聽得像有關珍珠衫和龍珠帽的字眼。

仇奕森心中不禁納悶，他和沙利文及金燕妮是在「金氏企業大樓」門前分手的，當時，他是要邀同金京華領路去捉拿華萊士范倫的。沙利文應該是早已經回將軍府了才對，爲什麼他在這個時候才回來？還帶來一個女朋友，豈不是有蹊蹺麼？

仇奕森越想越不對勁，只看那名衛士長鬼鬼祟祟的，不斷絮絮地在蒙戈利將軍的耳畔報告，這位老人家的耳朵又不大靈光，衛士長的嗓音忽大忽小，一直在提及珍珠衫和龍珠帽。

蒙戈利將軍忽而格格大笑起來，他將仇奕森所寫的字條又看了一遍，瞪著銅鈴眼笑個不停，頓使仇奕森不安起來。

「史天奴探長，將軍府內沒你的事了，你大可押犯人回警署去啊！」蒙戈利將軍洋洋得意，他先行打發這位勞苦功高的探長。「一兩天之後，我會給警署去函，表揚你的功績！」

史天奴探長也看出情形有異，說：「將軍府內不再需要有我效勞的地方麼？」

「許多遠道而來的英雄好漢全聚集在此，不用你操心了！」

「我還是主張將珍珠衫和龍珠帽留在這裡，可以省掉我許多麻煩呢！」

「你堅持將它留下，我也不反對！」

「蒙戈利將軍是否可以給我出具收據？好讓我歸檔，結束此案？」

蒙戈利將軍搖頭說：「在我未驗明它是否為贗品之前，我不便出具收據！」

「還有贗品麼？」史天奴探長忙拾起那兩件寶物細看。

蒙戈利將軍說：「華萊士范倫這批歹徒自博覽商展劫奪出來的就是兩件贗品，他們為兩件贗品而冒險，傷天害理，殺人越貨，犯下國法，實在不值呢！」

「贗品麼？」華萊士范倫自椅子上跳了起來，雙手捧起那件珍珠衫，渾身戰慄。

「贗品？」史天奴探長呆若木雞，這件案子又得重新調查了。

「哈！在械劫案還沒發生時，珍珠衫和龍珠帽早就被人『偷龍轉鳳』調包了！」蒙戈利將軍笑得嗆咳，接不上氣。

「是誰調換的？在博覽會眾目睽睽之下麼？難以使人相信呢！」史天奴探長對古玩是一竅不通的，他很不相信擺在眼前的是兩件贗品。

蒙戈利將軍笑著，向仇奕森一招手，說：「足智多謀的『老狐狸』跟我來！」

仇奕森知道絕不會是好事，蒙戈利將軍的神色特別，說不定要接受他的奚落呢。

沙利文是留在蒙戈利將軍的寢室內，也就是和書房相接的一間寬大的廂房，通往書房的一扇門已經下了鎖。和沙利文一起守候在寢室裡的，竟是金燕妮呢，想不到她也會運用關係，利用上沙利文了。

在寢室內那張宮殿式的床上，放置著一個花布包袱，包袱上是疊摺好的珍珠衫，龍珠帽端正地置在最上面。仇奕森一看而知，金燕妮利用沙利文，將她父親收藏著的珍珠衫和龍珠帽交還到將軍府。

問題是，金燕妮是經過她父親同意的，或是她擅自取出來的？

金燕妮和仇奕森見面，不禁臉紅耳赤，她實在是不應該瞞著仇奕森，擅自和沙利文打交道，將珍珠衫和龍珠帽送到蒙戈利將軍府，仇奕森過去所盡的努力，對他們金家可以說是仁盡義至矣，金燕妮的做法豈不是忘恩負義麼？不過，假如以金燕妮一片孝心的觀點看去，她是值得原諒的。

蒙戈利將軍仍是呵呵笑個不迭，他拍著仇奕森的胳膊說：「老狐狸，你栽筋斗了，珍珠衫和龍珠帽在此，尋回真的寶物，並不需要請教你『老狐狸』呢！」

仇奕森很不自在，喃喃說：「既然真的寶物尋回來了，那就好啦，不再有我們的事了！」

金燕妮趨上前，向仇奕森解釋說：「我實在是逼不得已才這樣做的，這兩件寶物留在家中，實在是禍之根源，爸爸的保險箱保險不了，送還給蒙戈利將軍，可以一了百了，因此我請求沙利文幫忙，親自將珍珠衫和龍珠帽送到將軍府，請蒙戈利將軍註銷展覽，此後『燕京保險公司』就不再有保險責任了！」

仇奕森不動聲色的說：「這是經過令尊同意的麼？」

金燕妮說：「我費了一番唇舌，初時他並不同意，之後他和沙利文見了面，才算是將他說服了！」

蒙戈利將軍將那件珍珠衫和龍珠帽揣在手中把玩了一番，向沙利文說：「你先將事情經過的始末給我說明白！」

沙利文首先介紹了金燕妮，說：「得來全不費功夫，它收藏在『燕京保險公司』的老板金範昇老先生的保險箱裡！」

蒙戈利將軍覺得故事並不夠神奇，便說：「是金範昇監守自盜麼？」

沙利文說：「不！有人將它偷天換日調包換了出來，被金老先生發現，所以將它鎖進了保險箱！」

蒙戈利將軍呆了片刻，說：「那麼，調包的，一定是金範昇最親信的人了？」

沙利文說：「當然，他完全是為了金範昇老先生設想的，是為安全起見！」

蒙戈利將軍注視著仇奕森的臉色，這老頭兒的心眼還蠻機靈的，他一看而知，那必是仇奕森搞的鬼了。好在失物已經復得，就算這「老狐狸」更狡猾，他也耍不出什麼新奇的花樣了。

「人算不如天算，這是中國人的一句古老的命運論，你的綽號稱為『老狐狸』，自以為老謀深算，但是做夢也想不到珍珠衫和龍珠帽會來得這樣的快吧？」蒙戈利將軍高興起來，他吩咐沙利文斟酒招待客人，一面說：「想當年我和奧國交兵，兩軍對峙，實力相等，假如不出奇兵制勝，休想贏得這場戰爭，據情報消息說，敵軍的整個軍營佈有三面地雷陣地，我需要迂繞至他們的背方，直攻進他們的軍火庫，然後由營房殺出，方能將敵陣整個搗毀。這天晚上，我親自帶兵奇襲，不料情報錯誤，我竟向地雷陣地所在處進兵，奇怪的是通行無阻，一整連官兵，沒有一人誤觸地雷，直接攻進了敵方的兵營，敵軍尚在睡夢之中。他們倉促起床應戰，亂槍所及，引起軍火庫爆炸，反而被逼踏進了地雷陣地，整條陣線被夷為平地，我軍大捷，真像是上帝所安排。此後我的戰役，戰無不勝，攻無不克，大家給我一個綽號，稱我為『福將』，每有艱難的任務，無不派我出馬，但是再艱鉅的任務，我都能順利完成，所以，自從博覽會劫案發生之後，我始終未曾擔心過，珍珠衫和龍珠帽不管丟失到哪兒去，它遲早會重歸我的寶庫的！」

第十八章　金蟬脫殼

仇奕森兩眼灼灼，不停地注意著蒙戈利將軍手中執著的那兩件寶物。忽的，他放聲哈哈大笑起來，笑得前合後仰。

「老狐狸」仇奕森是吃了熊膽豹心？竟然敢在蒙戈利將軍府如此的放肆？

蒙戈利將軍凝呆著說：「你笑什麼？」

沙利文和金燕妮都驚詫不迭，搞不清楚仇奕森又在耍什麼噱頭。

「什麼事情使你那樣好笑？」蒙戈利將軍並不生氣，相反，很和藹地向仇奕森詢問。

「贗品！」仇奕森指著蒙戈利將軍手中的兩件「寶物」，仍然笑個不止。

「假的麼？……」蒙戈利將軍立刻戴上了他的老花眼鏡，越看那兩件「寶物」越覺得不對勁。

仇奕森再說：「這和華萊士范倫械劫博覽會所得到的兩件贗品完全相同，是出自一名贗品古玩製造專家的手筆，這個人名叫李乙堂，已經落網，被扣押在警署裡，你假如不相信的話，大可以命史天奴探長將他召來辨認！」

「當然這是贋品！我戴上了老花眼鏡，沒有認它不出的道理！」蒙戈利將軍已經惱了火，指著金燕妮說：「令尊竟連我也欺騙麼？」

金燕妮大驚失色，張惶失措。

仇奕森趕忙替金燕妮辯護，說：「將軍息怒，他們父女是不會知情的！」

「他不是鎖在家中的保險箱內的麼？」蒙戈利將軍說。

「我親眼看著他小心翼翼取出來的！」沙利文說。

「鎖進去時是真的寶物！」仇奕森說。

「又被人調了包，偷出來了不成？」蒙戈利將軍問。

「不！一定是被騙了！」仇奕森說。

「你怎樣能證實這件事情呢？」

「很簡單，問金範昇老先生，他是一個殷實的商人，不會說謊的！」仇奕森說著，拾起了電話聽筒說：「可以借用你的電話麼？」

「當然可以，吩咐他們立刻接通！」蒙戈利將軍說。

仇奕森便將電話筒交到金燕妮的手中，命她立刻接通電話至「金氏企業大樓」，向父親查問遇騙的經過詳情。

不一會兒，電話接通了，金範昇老先生心安理得，滿以爲「原璧歸趙」，「燕京保險公司」已經沒有保險責任，他的「金氏企業大樓」可以高枕無憂了。

金燕妮先讓她父親將特別護士召至身旁，針藥先行準備好。金範昇搞不清楚是怎麼回事，喋喋不

休，查根問底。

金燕妮說：「你別管！先按照我的吩咐去做！」一面回首向蒙戈利將軍道歉說：「很抱歉，家父患有血壓高症，經不起刺激，隨時都會昏倒的！」

蒙戈利將軍說：「有一個女兒真好，事事都替老人顧慮到，只可惜我沒有女兒！」

金範昇已經按照金燕妮的吩咐，將護士召在身畔，針藥也準備好了。

「你聽著，或會對您造成刺激的，你要控制自己的情緒！」金燕妮先行關照父親，然後開始說明由保險箱內取出的珍珠衫和龍珠帽是贗品！

金範昇立刻破口大罵仇奕森不是人，將兩件贗品交由他保管……

金燕妮說：「您且先別罵仇叔叔，您可以冷靜地想想看，兩件寶物鎖進了保險箱之後，可有什麼人接觸過，除了你自己之外！」

金範昇這才想起了有一位自稱姓賀的女郎，頭戴龍珠帽，身披珍珠衫來拜訪過。

「啊！一定是她……」老人家怪叫了起來。

「您將前後詳情說一遍！」金燕妮說。

金範昇便將賀希妮拜訪的始末，大致上經過的情形說了一遍。

「奇怪，我的血壓並沒有變化，好像是百病全消了……」他最後說，電話就隨之掛斷了。

「果然不出所料，一個極微妙的騙局！」仇奕森含笑說。

「那個女騙子是誰？」蒙戈利將軍問。

仇奕森說：「找回真物，還需要請教我『老狐狸』哩！」

蒙戈利將軍啼笑皆非，說：「現在，只好請教你了！」

仇奕森說：「我已經被將軍奚落了老半天啦，這時希望能提出小小的條件！」

蒙戈利將軍的臉色嚴肅，說：「什麼條件？只管說！」

「請你下條子立刻釋放『滿山農場』的少東朱建邦，並下令將軍府和『滿山農場』的官司和解！」

「那是屬於法院的事情！」

「蒙戈利將軍下條子比法院更為有效！換句話說，也等於高抬貴手，做了善事呢！」

「好吧！我依你的！」蒙戈利將軍立刻扯鈴喚人，召來主任秘書照辦。

仇奕森說：「文件辦妥之後，請交給我，再由我交給左輪泰，這是我們締結和好的憑藉！」

「現在該幫忙我追還贓物了吧？」蒙戈利將軍再說：「那個女騙子是什麼人？」

「主事人就是你將軍府的客人呢！」仇奕森說。

「嗯！我明白了，你是指那位大教授駱駝先生！」蒙戈利將軍恍然大悟，又笑了起來，說：「沒有我的命令，誰也走不出將軍府的！」

仇奕森說：「你別太自信了，駱駝是很特別的，他可以來去自如！」

蒙戈利將軍嘆息說：「我看那位駱駝大教授，是一位頗有修養的學者，他為什麼要做這種偷雞摸狗的勾當呢？」

仇奕森說：「我已經解釋過，在整個東南亞地方，有數十間慈善機構，所有的可憐人全仗賴他養活！」

蒙戈利將軍說：「以非法的勾當來維持慈善事業，總不是辦法！」

仇奕森說：「在這個世界上，總歸是貧者越貧，富者越富，有錢的人不肯做善事，也就只有讓那些生性古怪的人出來『替天行道』了！像蒙戈利將軍富甲一方，就沒有養過一所孤兒院……」

蒙戈利將軍不樂，說：「你好像是在指責我了，其實我做的善事不少，『仁慈會』聘我爲名譽會長，每年有各種活動，捐款不在少數！」

「以您的財富來說，養十間八間孤兒養老院，乃是『九牛一毛』……！」

「你的每一句話好像都是帶刺的呢！」

「我是爲貧苦的可憐人請命，蒙戈利將軍會是苦難者的救星，將來會在墨城傳成佳話！」

蒙戈利將軍笑了，說：「你不愧爲『老狐狸』，很能打動我的心，我真辦孤兒院或養老院時，要重金禮聘，請你策劃一切！」

仇奕森說：「不！你應該聘請駱駝，他在這一方面有特別的擅長和嗜好，是最適當的人選！」

這當兒，忽的戶外響起了槍聲！

「怎麼回事？」蒙戈利將軍探首門外詢問。

但是走廊已經是靜悄悄的了，連一個人影也不見。蒙戈利將軍推窗外望，只見許多人都趴在窗前，正在欣賞靶場上的神槍表演。

秘書主任剛擬好與「滿山農場」和解的公文，需要蒙戈利將軍簽字，他趨過來說：「他們已等不及要觀賞左輪泰先生的神槍特技表演，已提早下靶場去了！」

蒙戈利將軍說：「我還沒有吩咐開始！」

秘書主任說：「他們說，只要槍聲響過後，蒙戈利將軍就會自動到靶場去，所以他們提前了一步！」

仇奕森接過公文，請蒙戈利將軍簽了字，然後說：「這不過是駱駝的障眼法，他已經溜走了！」

「溜走了麼？我不相信……」蒙戈利將軍疑惑地說。

「你且看那個老騙子駱駝還在靶場上嗎？」仇奕森笑個不迭。

「他怎能通得過將軍府的大門呢？」蒙戈利將軍還相當的自信。

「你的警衛全都過來欣賞神槍絕技，大門等於是敞開著的！」

「我的警衛是受過嚴格訓練的軍人！」

「欣賞神槍表演是經過你的許可的！」

「但崗位還是有責任禁止閒人進出……」

「這不能怪你的警衛，他們的注意力早被左輪泰的名氣分散了！」

蒙戈利將軍老態龍鍾，他也要下靶場，吩咐沙利文為他取來手杖，一面吩咐沙利文說：「去吩咐侍衛長，任何人不得擅自走出將軍府的大門，假如那個形狀古怪的駱駝老教授著實是溜走了的話，就派人去將他追回來！」

沙利文連聲應是，立刻如飛似地先行下樓去了。

史天奴以手銬將華萊士范倫銬起，正打算「起解」，蒙戈利將軍向他招呼說：「慢著！還有一套贗品擺在我的床上，正好給你比對一番，是出自相同的一個人的傑作，手工還真不壞，幾乎連我也騙過了！」

史天奴怔著，這時他才了解，為什麼蒙戈利將軍一直不肯收下華萊士范倫交回來的珍珠衫和龍珠

帽，原來竟是贗品呢！

博覽會械劫案算是偵破了，主犯一併落網，問題是贓物沒有下落，他所得到的只是兩套贗品，如何結案呢？換句話說，案子等於沒破！

忽的，主任秘書瞪直了兩眼，面對著蒙戈利將軍的書房。

「那是什麼東西？……」他吶吶說。

原來蒙戈利將軍的書房裡，有著一團團帶有紅光的烏煙，自門縫裡冒了出來。

「失火了……」蒙戈利將軍失聲驚問：「快敲火警鈴……」

「救火！救火……」史天奴探長高聲呼嚷。

主任秘書慌慌張張搶了上前，首先打開了書房的大門，只見滿室內全是濃煙，還有火光在地上閃竄，硫磺味充斥。

「快敲火警鈴，召人來救火……」蒙戈利將軍跺腳說。

仇奕森格格笑了起來，擺手說：「不要著急，這是江湖上的把戲，雞鳴狗盜所慣用的『鬼走火』，利用它做掩護藉以脫身的！」

蒙戈利將軍怔著說：「這你怎會懂得的？」

「我混跡江湖數十年來，這些下三濫的把戲，多少還懂得一些！」仇奕森回答說。

「那麼也是魔術之一種了？」

「小魔術！」

「這樣說，一定是駱駝搗的鬼了？」

「他需要脫身，遠走高飛！」仇奕森說。

「可惡，可惡之極！」蒙戈利將軍跺腳，氣惱不已。

這時，因爲書房的大門打開了，室內的濃煙與火光不斷地外冒，加上史天奴探長的亂叫亂嚷，引起群聚在靶場上的人注意。特別是蒙戈利將軍的侍衛，一個個張惶失措，慌慌張張地就趕上樓來救火。

蒙戈利將軍揮起了手杖。高聲說：「大家不要慌張，這不過是江湖人的把戲，火燒不起來的！」

左輪泰獨自一人留在靶場上，他的手中握著兩支左輪槍，正待表演他的神槍絕技。負責飛靶機的侍衛趕去救火去了。

蒙戈利將軍和仇奕森、金燕妮三人已來至樓下內院，整座將軍府一團亂糟糟的。

「駱駝教授呢？」蒙戈利將軍趨上前問。

「不知道，他曾經說過要先走一步的！」左輪泰回答說。

「我想他是趁亂溜走了！」仇奕森說。

「駱駝教授聽說你押著華萊士范倫已經到達將軍府，他就決定要先離去的，不過他沒得允許，怎樣出得了那扇大門呢？」左輪泰表示很懷疑。

仇奕森笑著說：「駱駝會有他的辦法的！」

左輪泰以懷恨的眼光瞪了仇奕森一眼，冷冷地說：「恭喜你擒獲正兇，但是在李乙堂的住宅處，你玩弄的詭計卻不夠光明磊落！」

仇奕森說：「我純是爲你著想的，提防你會被駱駝出賣！」他說時，將蒙戈利將軍親筆簽字的和解書交到左輪泰的手中，又說：「我相信朱黛詩的哥哥很快的就可以出獄了！」

左輪泰大喜，說：「老狐狸，有你的一手！」

「蒙戈利將軍也等於賣了你的面子！」仇奕森說：「只可惜駱駝將你我出賣了！」

「此話怎講？」

「交到蒙戈利將軍的兩套珍珠衫和龍珠帽全是贋品，真寶物他早盜走了！」

「你是說，金範昇老先生收藏著的真寶已經被盜麼？」

「利用女色行騙！」

左輪泰一怔，說：「金範昇這樣大一把年紀，又患有血壓高症，居然還會受女色所騙？」

仇奕森說：「這就是人類的弱點！」

「怪不得駱駝要溜走了！」左輪泰說時格格大笑。

金京華是隨同左輪泰走下靶場的，這時兄妹相見，真相已告大白，兄妹發生爭吵。

「原來妳和父親兩人將我蒙在鼓裡……」

金燕妮說：「只因爲你對任何事情都不負責任，我們只不過是爲了加重你的責任感！」

「珍珠衫和龍珠帽被劫，我差點兒自殺，妳知道嗎？假如我真死了，豈不進了枉死城？」

「你不會死的，你花天酒地的日子還未結束之前，枉死城不會收容你……」

仇奕森制止他們吵下去，說：「家醜不可外揚，你們何不留待回家去再論理！」

沙利文已跑遍了將軍府的幾扇大門，喘著氣趕回來了，他搖著頭說：「沒有駱駝教授的影子，誰也不知道他什麼時候離去的！」

「幾座城門都沒有崗哨麼？」蒙戈利將軍問。

「他們有趕去救火的，也有趕過來看神槍表演的！」沙利文又說。

「這還成什麼樣的軍隊？」蒙戈利將軍跺著腳說。

侍衛長匆忙跑過來，雙手給蒙戈利將軍呈上一隻信封。信封上寫著：「恭呈蒙戈利將軍親啓，駱駝教授敬留」。

蒙戈利將軍問：「是誰交給你的？」

「不，是警衛在正門的門閂上發現的！」侍衛長回答。

蒙戈利將軍展開信封，抽出來，裡面竟是一張白紙。

「怎麼回事？駱駝還開這種玩笑麼？」蒙戈利將軍皺著眉，兩眼灼灼，像是有著無比的憤怒。

仇奕森說：「這也是江湖上下三濫的玩藝！」

「小魔術麼？」將軍問。

「小魔術！」仇奕森點頭。

「怎樣揭破戲法？」

「用火一烤，白紙上就會現出字跡！」

蒙戈利將軍說：「你懂得真多！」他即命侍衛長設法用火烤出紙上的字跡。

侍衛長兩眼翻白，吶吶說：「該用怎麼樣的火來烤？」

仇奕森摸出打火機，取過那張白紙，擎亮打火機，置在白紙下輕輕一烤。立時，紙上呈現出焦黃色的字跡。上面是很簡單的兩行字：「後會有期，祝君健康！」

蒙戈利將軍不樂，說：「這又是什麼意思？」

仇奕森說：「駱駝教授無非是要表現他的才華，另一方面卻是拖延時間，好有充裕的時間遠走高飛！」

「遠走高飛麼？」蒙戈利將軍揮動他的手杖，說：「他逃不了的！」

仇奕森聳肩說：「他早逃掉了！」

蒙戈利將軍的書房並沒有失火，門窗經開啓後，空氣流通，那些古怪的煙霧就煙消雲散了。那些趕去救火的，一個個狼狽不堪地喘著氣，重新來至廣場上，聽蒙戈利將軍的發落。

「完全是鬧鬼，在大白天也鬧鬼！」一名侍衛報告說。

蒙戈利將軍卻不斷地喊著史天奴探長的名字。經過侍衛的傳報，史天奴探長匆忙趕到蒙戈利將軍的跟前。

蒙戈利將軍說：「我要你立刻發出通知，飛機場、碼頭、火車站、公路局車站……禁止駱駝教授出境！」

史天奴說：「蒙戈利將軍爲什麼要這樣做？你在一個小時前，還讓我解除限制駱駝教授的出境命令呢！」

蒙戈利將軍說：「現在要改變了！」

「理由何在？」

「真的珍珠衫和龍珠帽在他的手中！」

「噢！」史天奴探長也吃了一驚，說：「他竟將你連同我也給騙了？」

「可不是麼？」

「他還假惺惺幫我破案……」

「少廢話，你再不去發出通知，就來不及了！最緊要的，發現這個人要立刻扣留……」

史天奴探長在情緒緊張之下，立正向蒙戈利將軍行軍禮，然後轉身飛步向警衛室而去。

仇奕森和左輪泰兩人直搖頭。

「你們搖頭幹嘛？」將軍很不高興地問。

「現在去攔阻已經來不及了！」仇奕森說。

蒙戈利將軍說：「駱駝走不遠的，他在離境之先還有一道手續，況且帶著珍珠衫和龍珠帽，很容易就會被發現！」

「駱駝怎會自己攜帶那兩件礙眼的東西呢？他手底下的爪牙眾多！」仇奕森說。

「左輪泰，你可有高見？」蒙戈利將軍轉向左輪泰請教。

「駱駝存心逃走，他早已經有安排，大致上是來不及攔阻了！」

「你們將他當做神看待了？」

「不！是妖怪！」左輪泰說。

蒙戈利將軍繃著臉，堆起了整臉的皺紋，說：「在墨城，誰能逃出我的掌握……」

仇奕森說：「駱駝是存了心表演給你看的，我不是已經聲明過了麼？」

「可惜！」將軍跺腳說。

「蒙戈利將軍是擔心兩件寶物取不回來麼？我已經有言在先，要尋回真品，得請教『老狐狸』！」

仇奕森說。

「不！你錯了！」

「那麼將軍可惜的是什麼？」

「我有意將駱駝追回來，重金禮聘，請他做我的顧問、參謀長、謀臣、最高智囊……他竟溜走了，豈不可惜，我需要這樣的人才！」

仇奕森和左輪泰相顧一笑，說：「想聘用這種人，實在是不簡單的！」

「蒙戈利將軍府在墨國崇高的聲譽，還有偌大的家產，需要極具有智慧的人才能維持下去，單憑『福氣』是靠不住的，我已經到了風燭殘年……」這位老人家撫著胸，起了一陣感嘆。

「以誠能治天下，我看令公子沙利文是一個人才！」仇奕森說。

蒙戈利將軍兩眼灼灼，忽而注視著仇奕森和左輪泰兩人。

仇奕森甚爲敏感，打了個寒噤，恭謙地說：「我是以四海爲家的，很少會在一個地方停留上半年的時間……」

左輪泰也說：「在我們三個人之中，我是最愚蠢的一個，在鬥智方面，老是敗在他們二位的跟前！」

「沙利文需要一位導師！」蒙戈利將軍說。

「仇奕森比我強，他的綽號是『老狐狸』！」左輪泰說。

「左輪泰的神槍名滿天下，連駱駝也懾於他的威風，要讓步三分！」仇奕森說。

「蒙戈利將軍府需要智囊！」左輪泰說。

「不！還是威名重要……」

蒙戈利將軍不斷地點頭，他看看左輪泰，又看看仇奕森，好像對仇奕森和左輪泰都很欣賞，都很滿意。

仇奕森和左輪泰都是善觀色令的，他倆很了解，蒙戈利將軍很可能會將他們兩人都留下。固然蒙戈利將軍有的是錢，下重金禮聘是必然的，將來對他們也會禮遇，這一輩子可以說是榮華富貴受用不盡了。然而，仇奕森和左輪泰都是遊俠四方的人物，他倆怎會爲了一份厚薪，而拋棄自由自在的生活？

不多久，史天奴探長滿額大汗地向蒙戈利將軍跑來。他報告說：

「蒙戈利將軍，不好！我已經通知了所有的機場、碼頭、車站……但是駱駝教授在昨天就雇好了一架私人航空公司的包機，在二十多分鐘之前就已經起飛了！」

「不能讓它折回來麼？」蒙戈利將軍問。

史天奴探長拭著汗，吶吶說：「我只是警察署小小的一名探長，那有這樣大的權力？」

「誰有這個權力？」

「要通知交通部，透過民航局，或是由防衛司令部下命令，或是命令空軍司令部派戰鬥機去追截……」

「爲什麼這樣麻煩？」

史天奴探長說：「蒙戈利將軍有這樣的權力，可以命令空軍司令部派噴射戰鬥機去追截，那種單引擎的小型飛機時速有限，相信很快就可以將它追上了！」

「追上了又如何呢？假如他不聽命令，我們又不能追出境去！」

「它不折回來，就命令戰鬥機將它擊落！」

蒙戈利將軍瞪目說：「你發瘋了麼？擊落它，全世界會損失一個奇才！」

史天奴楞楞地說：「你不就是要逮捕駱駝教授嗎？他偷了你的珍珠衫和龍珠帽啊！」

「我並沒有讓你去謀殺！」

仇奕森好像得到了機會，說：「蒙戈利將軍，我們已有言在先，這個差事交給我了！」

史天奴探長說：「仇先生，你好像很有把握似的！」

蒙戈利將軍卻搖著頭說：「現在珍珠衫和龍珠帽是否尋回來，好像已無關重要了！我的財產也並非以它爲重！」

金京華忙搶著說：「不！假如珍珠衫和龍珠帽尋不回來的話，我的『燕京保險公司』就破產了！」

蒙戈利將軍說：「我不追究賠償，該可以沒事了！」

「我的保險公司名譽破產，也等於面臨絕境……」金京華再說。

左輪泰也希望脫身，說：「要取還珍珠衫和龍珠帽的差事應該交給我！因爲我和駱駝還有約定，可以提出交換條件！」

仇奕森說：「不！蒙戈利將軍正等候著欣賞你的神槍表演，非但如此，整個將軍府上下所有的人都齊聚在此，等候著觀賞呢！」

蒙戈利將軍點首說：「對的！珍珠衫和龍珠帽有它的價錢，可以出重金收購，但是欣賞左輪泰先生的神槍，卻是千載難逢的機會！」

仇奕森笑了起來說：「左輪泰先生，盛意難卻，這浪費不了你多少的時間呢！」

立時，全場起了一陣熱烈的掌聲。

「左輪泰先生，你需要怎樣表演，我的侍衛長會為你安排！」蒙戈利將軍說著，他的侍衛官已經為他搬過一張寬大的皮椅，安置在靶場的看臺上。

左輪泰擔心仇奕森溜走，一把將他揪住，向大家宣布說：「別忙，『老狐狸』仇奕森赫赫大名，他除了智慧高人一等之外，槍法也是江湖內外聞名的，『天下第一槍手』的雅號原是應該屬於他的才對，可是因為『老狐狸』三個字較之神槍手要響亮得多，所以仇奕森就保留了『老狐狸』的雅號！」

仇奕森不樂，說：「左輪泰，你是有意推託其辭，故意拖我下水罷了！」

左輪泰說：「表演槍法需要有對手，否則唱獨腳戲有何意義呢？」

仇奕森說：「在左輪泰的跟前，我的槍法現醜不如藏拙！」

左輪泰向蒙戈利將軍說：「仇奕森曾經向我挑戰，我們有約在先，總得找一個機會較量一番的，今天正是我們的機會！」

蒙戈利將軍說：「這樣很好，但是要不傷和氣地較量！」

仇奕森搖頭說：「左輪泰無非是想出我洋相，叫我難於下臺罷了！」

左輪泰再說：「蒙戈利將軍，我有一項建議，請你批准！」

「請說！」將軍答。

「我建議誰贏得這項競技，蒙戈利將軍就派誰去負責找尋珍珠衫和龍珠帽，這樣，仇奕森將會全力而赴！」左輪泰說。

仇奕森真惱火了，說：「左輪泰，你欺人過甚了！」

左輪泰說：「我也是一種賭博，說實在，我也許會敗在你的手裡！因為我們還從未較量過！」

蒙戈利將軍說：「你們別將勝負看得過重，將它當做一種技術性的觀摩，也可以讓我的部屬得到一個學習的機會！」

沙利文向他的義父建議說：「將軍府內的神槍手也很多，讓他們也參加表演，那麼仇奕森和左輪泰的勝負也不會覺得太難堪了！」

蒙戈利將軍一想，沙利文說的話頗有道理，於是，他立刻吩咐侍衛長，叫貝克出場參加表演。貝克也是蒙戈利將軍的侍衛之一，是將軍府著名的神槍手之一。他曾參加墨國全國運動會射擊比賽獲得金牌，在射擊技術而言，他是知名之士。

貝克正擠在人叢之中，他聽說左輪泰的綽號稱為「天下第一槍手」，就很有點不服氣，再看左輪泰和仇奕森的那副神氣，早就蠢蠢欲動，很有意思想和他們較量一番。

侍衛長已招呼貝克，說是蒙戈利將軍命他參加神槍表演。貝克立時神氣起來。他展開腳步，飛似地跑回宿舍，取出他那支擦得雪亮、專用於射擊表演的自動步槍。

這時，沙利文為金燕妮取了一把椅子，她是唯一的貴賓，可以和蒙戈利將軍並排而坐。

蒙戈利將軍又吩咐說：「該怎樣開始，聽左輪泰先生和仇奕森先生的，以他們的意見為意見，用長槍用短槍，打飛靶和打硬靶都可以！」

這時，貝克神氣活現，握著他的自動步槍，早站立在靶場上的射擊位置上了。

仇奕森暗向左輪泰埋怨說：「你簡直是恩將仇報，我替你解決了『滿山農場』的問題，你卻存心要我出醜！」

左輪泰說：「老狐狸，你想將我賣在蒙戈利將軍府裡可不簡單，我還得赴林邊水寶藏之約哩！」

「但是你想將我賣在將軍府也不容易呢，我和駱駝也有約，得要將珍珠衫和龍珠帽取回來！」

「『滿山農場』的問題蒙你多關切，雖然你將文件取到手在先，但是沒有你時，蒙戈利將軍還是要買我的交情的，所以，這種感激只能領半分的情，抵消了你過去的搗亂和干擾！」

「你畢生行俠仗義，良心卻餵了狗！」仇奕森說。

「你畢生打抱不平，但只護衛自己的立場！」

「左輪泰真不夠君子！」

「仇奕森是沒有氣度的小人！」左輪泰說。

他們倆嘰嘰咕咕講個不停，但講的是中文，除了金燕妮與金京華兄妹外，沒人聽得懂。

貝克握著自動步槍，似乎等不及的樣子，趨上前向左輪泰和仇奕森行禮說：「我準備好了！」

靶場上已豎起了三隻供記分用的圓型靶子。仇奕森和左輪泰同時向貝克說：「你先請！」

貝克真不客氣，他上好膛後，舉起自動步槍，瞄準了好一陣子，劈，劈，劈！一聲三槍，兩槍中了紅心，一槍打在白圈外面。

「好槍法！」左輪泰翹高了大姆指說：「但是我只能用左輪槍奉陪！」

貝克說：「當然可以，蒙戈利將軍早有吩咐，隨便你們二位選用什麼槍械！」

左輪泰摸出煙匣，敬仇奕森一支煙，然後說：「仇奕森先生，你可有膽量替我啣著這支靶子？」

「以香煙當作槍靶麼？」

「是的！」

仇奕森說：「假如有偏差，我的腦袋就是兩個洞了！」

「我會賠你一隻腦袋的！」

仇奕森吃吃笑著說：「左輪泰先生有吩咐，我哪有不遵命之理？」

「煙可要啣緊，因爲我要三槍連發！」

「假如以活人作爲活靶的話，一槍就可以斃命了！」仇奕森說著，慢吞吞地將紙煙燃著了火，吸了兩口，吐出煙霧，然後在適當的位置站穩。他的態度自然，毫無畏懼似的。

左輪泰檢查完他的左輪槍，上了三發彈藥，這時，所有在場的人全爲仇奕森咽了口氣，一些女眷們屏息呼吸，幾乎要閉上眼睛不敢看。

自命是神槍手的貝克也告目瞪口呆，這種練槍方法，他連聽也沒聽說過呢。

左輪泰先向蒙戈利將軍一鞠躬，轉身立刻出槍射擊，快如閃電，砰，砰，砰，大家都可以看得見，仇奕森口中啣著的紙煙，頭一槍將燃亮了的火點打掉，第二三槍，各打掉了一小截，仇奕森的唇邊就只剩下半截煙屁股了。

仇奕森的臉色不變，穩如泰山，可見得他是一個經過大場面的人物，有「泰山崩於前而色不變」的氣慨。他將剩下的一截煙蒂捏在指間，向地上一彈，立時全場掌聲雷動，所有的人都爲他們兩人歡呼。

左輪泰的槍法大家都看到了，貝克簡直是「小巫見大巫」呢，仇奕森的好漢本色也使大家讚嘆不已。蒙戈利將軍堆起滿臉皺紋，笑得攏不了嘴，鼓著掌，連聲叫好。

左輪泰將手中的左輪槍向仇奕森一拋，說：「瞧你的了！」

仇奕森面有難色，說：「你的槍法如此的神奇，不是等於存心出我的洋相麼？」

「老狐狸，別裝蒜了！最重要的，是我們要玩這頓把戲，然後設法脫身！」

仇奕森接過左輪槍之後，全場又靜寂下來，大家倒要看看他該怎樣和左輪泰分高下、爭勝負咧。

仇奕森先向蒙戈利將軍一鞠躬，然後向左輪泰說：「我也需要請你幫忙！」

左輪泰說：「願聽你的吩咐效勞！」

仇奕森說：「請將你的領結解開！」

左輪泰一怔，說：「你打算用我做槍靶子？」

「不！只借用你的領結！」

左輪泰的領結是最時髦不過的，它是一根長形的黑帶子，帶子兩邊有著金質的絲線鑲邊。它套在衣領上，結成蝴蝶結，兩邊帶子深垂，看似華貴、大方、灑脫。左輪泰向來講究衣飾。不論走到什麼地方，都是一副紳士派頭。

「借我的領結何用？」他問。

「你將它解開就行了！」

「將它當做槍靶子麼？不！老狐狸，你太奢侈了，要知道，它是在巴黎買的，花掉我三百個法郎呢！」

仇奕森說：「三百法郎在左輪泰的眼中能算得了什麼？假如蒙戈利將軍賞識你的話，他會給你年薪三萬倍也不止！」

「老狐狸，你別存了心『整』我！」

「左輪泰如此吝嗇麼？」

左輪泰無可奈何，只有將蝴蝶結解開。

「行了！」仇奕森伸手指點說：「你雙手各拈著帶子的一端，一手略爲偏高，一手略爲偏低，這樣就行了！」

左輪泰忙說：「你打算這樣練靶麼？你的槍法究竟靈不靈？」

仇奕森說：「我已將近有二十年不摸槍械兇器了，今天是被你所逼，重新練靶的！」

左輪泰咽了口氣說：「你的槍法若有偏差，那麼我的咽喉豈不是也一槍兩個洞麼？」

仇奕森說：「左輪泰一向自命是英雄好漢，怎的竟膽小如鼠，一個人的生死能算得了什麼？」

「你是企圖借機消去你的心頭之恨麼？」

「別多說了，你打算讓在場的人看笑話麼？」

左輪泰心中忐忑，不知道仇奕森有著什麼陰謀，但在眾目睽睽之下，他不能露出膽怯之色，只有硬著頭皮，雙手各執著帶子的一端，一手偏高，一手偏低，兩根帶子和他的手臂連著頸子，假如一槍打歪了，那麼左輪泰不是頸子上穿了兩個洞，就是手臂會折斷！

砰砰！仇奕森連扣槍機，正好兩槍，兩根帶子接連在左輪泰的頸子處正好折斷了。左輪泰雙手拈著帶子，便飄飄下垂了。

左輪泰的額上也出現了汗跡，想不到仇奕森的槍法也是如此的高明呢。

「好！」蒙戈利將軍一聲大叫，立時全場又起了一陣劇烈的掌聲。

「你贏得喝釆，我可損失了一根領結！」左輪泰有點不大服氣地說。

「你曾答應過賠我一隻腦袋，我只好賠你一根領結了，至少我的腦袋不只值三百法郎吧！」仇奕森吃吃笑了起來。

左輪泰爲了表現風度，也只好大笑起來。

「貝克，在將軍府內練靶，你們還有什麼特別的方式？」他問。

「我們最習慣練飛靶！」貝克說。

「你們的飛靶機頂，最多一次能發出幾個靶子？」

「五個！」

「以你們的最高紀錄，一次可以擊中多少隻靶？」

「我的紀錄是三隻！」貝克豎起了三隻手指頭，這一次他沒有把握是否連擊三隻飛靶。

「了不起！」左輪泰豎起大姆指誇讚。

「你們兩位的最高紀錄是多少？」貝克反問。

「我還沒有玩過！」左輪泰回答。

「我已經差不多有二十年不玩槍了！」仇奕森回答。

貝克指著左輪泰說：「剛才你射飛靶還是蠻行的！」

「那只是單靶！」

「沒試過雙靶麼？」

「沒有！」

貝克心中沾沾自喜，他想，也許射擊飛靶可以將左輪泰和仇奕森壓倒。

「你們先開始如何？」他說。

左輪泰搖頭，說：「不！先瞧你的！」

仇奕森說：「我們不喧賓奪主！」

左輪泰再說：「況且我們對場地不熟悉！」

仇奕森說：「假如情況對我不利，我可能會放棄，認輸算了！」

貝克的心中便更有把握了。

飛靶機是設在靶場的右側，靶機是一隻像砲彈筒形狀的彈管，有專人在那兒負責。貝克先檢查了槍械，擺出一副射擊手的姿態，然後舉起了兩手指頭，向負責靶機者示意，表示他要射雙靶。

嗤的一聲，兩團像鵝蛋大小的黑物彈向高空。

砰！砰！貝克扣了槍機，他出槍也很快，聽槍響，只見天空間溜過的兩團黑物已爆炸，散開來一團是紅的，一團是黃的粉狀物體，飄盪在半空間，煞是好看。

全場掌聲震動，所有蒙戈利將軍的部下都爲他喝采，還有吹口哨的。

貝克洋洋得意，遞手向仇奕森和左輪泰，說：「獻醜了，二位請吧！」

仇奕森雙手一攤，說：「我放棄！」

左輪泰一聳肩，說：「我追隨仇奕森！」

貝克說：「你們二位要放棄射擊飛靶麼？」

仇奕森說：「不！左輪泰嫌雙靶太少了！」

貝克一怔，說：「難道說，你們要打更多的？」

左輪泰說：「不！我們準備好欣賞你的表演！」

仇奕森說：「對！以打飛靶而言，恐怕沒有人是你的對手！」

貝克更高興了，他又舉起了三隻手指頭，向負責靶機者示意。

「嗤！」靶臺上又射出三枚飛靶，那黑溜溜的東西像流星似地在天空間溜過。射擊飛靶最著重的是把握時間，目標在天空稍縱即逝，分秒也不能出差錯。特別是表演射擊時，飛靶到了適當的空間就要將它擊中，粉狀的物體在半空間爆炸開，會獲得更多的喝采。

砰，砰，砰，貝克連打了三槍。

一團紫色的煙幕在天空間散開，另外的一團是橙黃色的，但是有一團像是鵝蛋形的東西下墜了。這是說，貝克只射中了兩隻飛靶，另一隻飛靶下墜了。在場的人有喝采有鼓掌的，也有爲貝克惋惜的。

「奇怪，我平時都是中三個靶子的，今天也許是情緒緊張的關係！」他喃喃自語說。

仇奕森和左輪泰沒有鼓掌，也沒有讚好，不作任何的表示。

「不用緊張，將情緒穩定下來再試一次！」左輪泰很平淡地說。

貝克裝上彈藥，他真的要再試一次，再度向那靶臺豎起三隻手指頭。

「嗤！」靶臺上又彈出了三枚飛靶。

砰、碎、砰，貝克又打了三槍。

天空爆出了一團紅一團綠色的煙幕，另外一枚飛靶下墜。還是只中了兩槍。

「唉！這是運氣不好！」貝克嘆息說。

「真的，可以打中兩槍，已經是不簡單了！」左輪泰頷首說：「你不愧是神槍手！」

貝克將他手中的一支自動槍交給左輪泰說：「現在該看你的表演了！」

左輪泰搖頭，說：「我慣用左輪槍，因為它可以當做玩魔術一樣！」

「那麼就看你用左輪槍了！」

「不過在射程上，我可要稍吃一點虧！」

「飛靶正好在射程之內！」

左輪泰正要裝上彈藥之際，仇奕森已伸大了手掌，豎高了五隻指頭，向著飛靶發射臺。

「嗤」！「嗤」！兩聲，天空間已發出五隻飛靶。

左輪泰的動作十分快，砰、砰、砰、砰、砰！五槍連發，快如閃電。天空間留下五朵彩雲，紅的、黃的、綠的、紫的、青的，彩色繽紛煞是好看。

在場的人全看傻了眼，貝克幾乎昏倒，這時他才明白，左輪泰有「天下第一槍手」之綽號，得來必不簡單。

「嗨，真不愧是天下第一槍手！」蒙戈利將軍大聲怪叫起來。

所有的人如在夢中驚醒，這時才開始鼓掌。

「老狐狸，我真該用最後的一發彈藥打碎你的腦袋，你差點兒出了我的糗！」左輪泰說。

「我知道你從不會失手的！」仇奕森說。

「現在該看你的表演了！」左輪泰一面說，一面向靶臺伸大了五隻手指。

仇奕森早知道左輪泰不會饒他的，已經將手中的左輪槍上滿了六發彈藥。

「你等於要出我的洋相呢，我早已經聲明過十多年沒有玩槍了，可以連打五隻飛靶麼？」

嗤！飛靶已經飛起，五枚鵝卵型黑溜溜的東西飛向天空。

仇奕森並不含糊，砰、砰、砰……連環射擊，他射擊的姿勢和左輪泰完全相同，幾乎可以說好像出自一個師傅的呢。

同樣的，五隻飛靶都告命中，天空間爆開了五朵彩色的雲煙。

「了不起！」蒙戈利將軍嘆爲觀止。

「真了不起！」左輪泰也翹起了大姆指說。

全場又是掌聲雷動，大部份的人都拍痛了手掌。

仇奕森搖了搖頭，吁了口氣，向左輪泰說：「我只是僥倖而已！」

左輪泰說：「老狐狸真是寶刀未老！」

「我能瞞得過別人，瞞不過你！」

「差點兒就失去一枚！」

左輪泰說：「用六發彈藥打五枚飛靶，在空間上並無遺漏，誰能看得出呢？」

「但是以槍法決戰，一顆彈藥就決勝負！老狐狸，我還是結親家不結仇爲上，因爲到了火拚時，還不知道鹿死誰手呢！」

「我並沒有結仇的打算！」

「我喜歡交你這樣的朋友！」

「左輪泰三個字在我的心目中只有崇拜！」

「老狐狸真會恭維，只希望你不要笑裡藏刀就是了！」左輪泰取笑說。

掌聲延綿了好幾分鐘沒有斷。

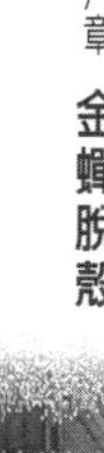

仇奕森四顧看了看所有在場觀眾的形色，場上所有人都爲他倆的槍法著了迷。

「左輪泰，我們該想辦法脫身才對！」仇奕森說。

「老狐狸，你有一肚子的狡計，在必要時總應該有絕招的！」左輪泰回答說。

「你可以雙手用左輪槍麼？」

「雙槍射擊是我的看家本領！」

「同時射擊十六枚飛靶如何？」

「只要槍膛裡有彈藥，我不會錯過一隻靶子！」

「這樣很好，我們且試試看，打它個滿天雲彩，使他們看得眼花撩亂！」

「但是飛靶機每次只能彈出五隻飛靶，那是最高的數字了！」

「也許他們不光只有一隻飛靶機！」仇奕森邊說著，一偏腦袋示意說：「你可看見正門的走廊下面，停放著一部吉普車？」

「我早看見了，但是跑過去起碼要半分鐘的時間！」左輪泰說。

「天空間彩雲朵朵，他們會目瞪口呆，不止會呆半分鐘的時間！」

「你真不愧是老狐狸！」

「還得碰運氣呢！」

這時，蒙戈利將軍邊鼓著掌，一邊來到左輪泰和仇奕森的身畔，抬手拍著他倆的肩膊，笑不攏口說：

「神槍，真是神槍，我畢生軍旅，還從未見過槍法如此出神入化的！」

「蒙戈利將軍過獎了，這不過是雕蟲小技……」左輪泰打恭作揖回答。

「可還有更精彩的表演，使我這老頭兒再多開眼界？」將軍再問。

「左輪泰還打算表演雙槍！」仇奕森說。

「雙槍並用麼，好極了！」蒙戈利將軍鼓掌說。

「只可惜，你的飛靶臺只有一座飛靶機！」仇奕森說。

「誰說的？你要十臺時我也替你抬來！」主任秘書爲了討好蒙戈利將軍，所以搶著說。

「將軍府內總共有三個靶場，每個靶場都有一部飛靶機，還有倉庫內未開箱的飛靶機！」侍衛長也插口說。

「立刻將它悉數搬過來！」蒙戈利將軍吩咐說。

於是，侍衛長和主任秘書指手劃腳，吩咐他們的手下人分別去抬飛靶機。

「我們只需要四臺飛靶機就夠了，我打算和左輪泰合作，同時射擊二十枚飛靶！」仇奕森說。

「同時射擊二十枚飛靶！嘜，那太好了！」蒙戈利將軍咧大了嘴。

「我們需要四支左輪槍！」仇奕森說。

「左輪槍！」所有在場佩帶著左輪槍的侍衛，爭先恐後紛紛取出他們的佩槍，遞給仇奕森和左輪泰。

別說是四支了，在他倆的跟前至少有一兩打。

「四支就夠了！」左輪泰說。

這時，好幾臺飛靶機已分別由侍衛兵抬了過來，他們匆忙到靶臺上安裝。

「蒙戈利將軍可以坐到前面，我們在你的身後射擊！」仇奕森說。

「什麼理由呢？」將軍問。

「這等於變魔術，這種槍法是魔術槍法，拆穿了就不値錢了！」老狐狸擨唇笑著。

「又是變魔術麼？」蒙戈利將軍呵笑著。

左輪泰立刻替蒙戈利將軍搬椅子，他倆一搭一唱，將這位老將軍逗得樂不可支。

「飛靶機裝妥了，總共是五臺！」侍衛長報告。

「五五二十五，換句話說，總共可以彈出二十五發飛靶？」左輪泰問。

「一點不錯！左輪泰先生！」侍衛長回答。

仇奕森說：「這樣，每一秒鐘彈出五枚飛靶，時間上不要失誤！」

「是！」侍衛長應命而去。

左輪泰和仇奕森同時開始檢查彈藥。刹時間，全場鴉雀無聲。廣場上圍聚的人越來越多。連把守城堡大門的衛兵也身不由主地趨過來了。

「我們怎樣分配？」左輪泰問仇奕森說：「根本沒有時間補充彈藥呢！」

「頭五發是你的，第二個五發是我的，第三個五發是你的，第四個五發是我的！最後的五發你我各分一半，多出的一枚飛靶只好放棄！」仇奕森說。

「你不會失誤麼？」

「很難說，我在碰運氣！」

「希望你幸運！」

仇奕森和左輪泰都準備停當了，他倆雙雙站上了射擊的適當位置。

這時，蒙戈利將軍和欣賞他們射擊技術的人，全都圍在前面。

左輪泰握雙槍在手，狀態至爲輕鬆，他拋雙槍把玩了一番，然後向靶臺遞手示意，表示準備停當，飛靶可以發射了。

嗤的一聲，五枚飛靶升向天空，圓溜溜的，像五枚黑色的流星在天空間流動。

左輪泰發揮了他的射擊神技，砰、砰、砰砰……五槍連發，只見五枚飛靶在天空間爆炸開，五種不同彩色的煙幕迎空飄舞。

一秒鐘的時間很快的就過去了，飛靶臺第二次彈出五枚飛靶。估計飛靶在天空間溜過的時間，有三秒至四秒鐘，換句話說，就是要在這三四秒鐘的時間內將它完全擊中。

這五枚靶子是屬於仇奕森的，他也發揮神槍技術，連環射擊。

左輪泰恐怕仇奕森失手，早就準備好，假如仇奕森沒有擊中時，就暗中助他擊中。但是仇奕森的身手也不凡呢，他一槍也沒有虛發。五枚飛靶無一遺漏，完全擊中了，天空間便有了十朵彩雲。

仇奕森的五枚飛靶還未打完時，第三次的五枚飛靶又告彈出，第三次是歸左輪泰射擊的，槍聲又連環地響著，天空間爆開的彩雲使人看得眼花撩亂……

第四次飛靶又告彈出，是屬仇奕森射擊的……

第五組飛靶接著彈出。砰、砰、砰……在場圍觀的人早已日瞪口呆，也搞不清楚究竟是誰射擊的，只見滿天全是彩色繽紛的雲幕。在柔和的陽光下，像是一道人造的多彩的雲霞。

五組飛靶全發射了，天空間正是是二十五朵彩雲，無一遺漏呢。

這種神槍絕技，誰曾觀賞過呢？蒙戈利將軍畢生軍旅，弄槍使劍，還從未見過這種槍法的表演，簡直像是在變魔術呢。

「了不起，了不起！簡直了不起！」他老人家幾乎是不相信自己的眼睛了。

全場鴉雀無聲，是被仇奕森和左輪泰神奇的槍法所呆住了。

等到蒙戈利將軍拍手，大家才像是由夢中驚醒，開始鼓掌，掌聲如雷，夾雜著歡呼與高聲叫好。

「快開香檳酒，我要敬這兩位神槍手！」蒙戈利將軍說。

「他們不見了……」侍衛長報告說。

「不見了？」蒙戈利將軍瞪大了眼。

「剛才還站在射擊位置上，怎的一瞬眼，便失蹤了呢！」主任秘書說。

「溜走了……」有侍衛說。

「由什麼地方溜走的？」

「我的吉普車不見了……」

「怎的？不別而行麼？」蒙戈利將軍大爲不樂。「這樣不夠朋友麼？」

「我派人去追！」侍衛長說。

「不！」沙利文向他的父親說：「仇奕森和左輪泰是不願意留在將軍府內聽差！」

「仇奕森曾答應過負責替我將珍珠衫和龍珠帽取回來的！」蒙戈利將軍說。

史天奴探長用手銬銬著他的犯人，他也在人叢中欣賞了仇奕森和左輪泰的神槍表演。這時，他發現仇奕森和左輪泰突然溜走，好像有了警覺，高聲說：

「我明白了，他們是存心搗鬼的，我要禁止他們離境！」

蒙戈利將軍擺了擺手，說：「不必了！我想仇奕森是言而有信的，他會替我將寶物送回來的！」

「萬一不送回來呢？」史天奴探長問：「博覽會劫案豈不是永遠不能結案？」

「你就這樣結案了事！」蒙戈利將軍說。

「不追究贓物麼？」

「拿贗品去結案！」他吩咐說。

史天奴探長那還敢執拗，連連鞠躬應是。

金京華也甚感不安，說：「我的保險公司也可以請求緩期賠償麼？」

蒙戈利將軍說：「你也可以拿贗品賠償，我給你簽收！」

「就此結案了麼？」

「就此結案了！」蒙戈利將軍向他的義子說：「我已吩咐廚子大排筵席招待兩個貴賓的，他們已不別而行，你就代替我招待兩位年輕的朋友吧！」他指著金京華和金燕妮兩人說。

一輛吉普車在公路上疾馳，離開蒙戈利將軍堡漸漸遠去。車上乘坐著的是仇奕森和左輪泰，他倆的形狀都甚為愉快。

仇奕森說：「我有一件事情還不大明白，很想向你請教！」

左輪泰說：「我倆曾經過患難，也曾合作過表演飛靶，還會有什麼難題不能回答的？」

仇奕森說：「我們兩人一共四支左輪槍，二十四發彈藥，但是天空間擊中了二十五枚飛靶！」

左輪泰取下口中的煙斗，揚了一揚，說：「這支煙斗手槍也派上了用場，它正好是單發的！」

仇奕森開懷大笑。

左輪泰也大笑。

「你打算什麼時候到林邊水的『王國』去？」仇奕森問。

「我和駱駝有約，開林邊水的『寶庫』，他太有錢了，正好幫助『滿山農場』復興！」

仇奕森說：「憑你做媒，林邊水的兒子林淼和朱黛詩打得火熱，一方面有的是錢，一方面有的是地，假如他倆結合，郎財女貌，『滿山農場』不難再起，難道說，還需要你幫忙朱黛詩去盜她公公的寶庫，『滿山農場』才會有復興的希望嗎？」

左輪泰很不高興，說：「胡說，我什麼時候做的媒？」

仇奕森說：「你畢生之中，最擅長的就是槍法，最大的弱點就是女色，難道你還打算將朱黛詩收爲己有？像你那把年紀，和我不相上下，全仗賴染髮粉飾花白的頭髮，我勸你該息心了！」

左輪泰臉紅耳赤說：「誰說我對朱黛詩有野心？」

「在形色上可以看得出！」

「我只是欣賞上帝的傑作，愛美並不是罪過！」

「別愛得太過分了！」

「狗屁！你之所謂見義勇爲，要保存金家的事業，據說，還不是全爲了金燕妮嗎？有人告訴我，你們曾經孤男寡女共處一室，還在一張床上！」

仇奕森頓時臉露紅霞，吶吶說：「王八蛋，那是駱駝造謠！」

「空穴不來風！老狐狸，別以爲你刁狡，局外人比你明智得多！」

「我對金燕妮是沒有野心的！」

「她也是上帝的傑作，假如我能年輕個十歲，也會動心的！」

「你存心取笑我！」

「反正你我是半斤八兩我們誰也別笑誰了！」左輪泰有自知之明，絕對佔不了上風，還是提出議和的要求，說：「你什麼時候到林家去？」

「我和蒙戈利將軍有約，一定要將珍珠衫和龍珠帽『原璧歸趙』的！」

「這樣你不是和駱駝硬幹上了嗎？」

「我想駱駝到了最後，會自行軟化的！」

「不！駱駝的開支大，依賴他生活的人太多了！」

「既亮出了義俠的招牌爲幌子，他就是講道理，否則，將來在江湖上寸步難行！」

左輪泰哈哈大笑，說：「駱駝還從來沒有行不通的道路！」

仇奕森拍了拍左輪泰的肩膊，說：「駱駝想過你的一關，就比登天還難咧！」

左輪泰怔著，表示不懂。

汽車仍疾馳著，在那空曠的公路上倏地躍出一名女郎向他們招手，像是要求乘搭便車。

「你的女兒關人美，她是負責監視駱駝的，可能出了什麼岔子！」仇奕森說。

「我的全盤計劃，好像你瞭如指掌？」左輪泰瞪目說。

「我可以告訴你，我也派有人盯牢駱駝，他必在路前守候著，那就是何立克！」

「可憐的青年人，你利用女色，將他當做傀儡似地要弄利用，到了最後，一腳踢開不管！」

「別胡說八道，金燕妮和何立克是天生一對，地上一雙，他倆原就是門當戶對的情侶，我並無意介入他倆之間！」

汽車停下，關人美遲疑著，怔怔注視著仇奕森，沒敢立刻開口。

左輪泰說：「沒關係，老狐狸早知道妳負責追蹤駱駝的了！」

關人美忿然地說：「駱駝那老賊，每一步驟都是有陰謀的，他早預訂好一架飛機，等候著他起飛！」

仇奕森說：「不算是被他逃掉了的，左輪泰早有計劃和他在『林家花園』會面！」

左輪泰說：「我們準備赴約就是了！」

關人美吁了口氣，說：「我看，駱駝那傢伙不懷好心眼，可能會擺噱頭！」

「假如駱駝不夠江湖，我不會饒他的！」

關人美又說：「仇奕森參加了我們麼？」

「不！他的目的是珍珠衫和龍珠帽，一定要『原璧歸趙』，他才算結束！」

關人美不同意仇奕森的立場，說：「珍珠衫和龍珠帽是我國的國寶，是八國聯軍入京時劫走的，落在蒙戈利將軍的手裡，實在是於心不甘，對我國人民也是一種凌辱，讓它交在林邊水的手中，也並無不恰當之處！」

「仇奕森是為『燕京保險公司』負責，他有不得已的苦衷！」左輪泰說。

「關小姐該上車了，我們要爭取時間！」仇奕森說。

「隨時都可以動身！不過……」關人美欲言又止。

「妳好像還有難題，仇奕森不是外人，妳只管說！」左輪泰吩咐說。

「很難為情……」關人美吃吃笑了起來。

仇奕森覺得情形不對，關人美好像是有難言之隱呢。

「請問妳可有看見何立克？」仇奕森問。

關人美向路旁叢林內一指，說：「有一個人被關在汽車後面的行李箱中！」

仇奕森失笑說：「那必是何立克了！」

「所以，假如我們立刻趕赴機場，何立克必會被悶死在行李箱裡！」關人美很覺得難為情，解釋說：「這不能怪我，只怪他盯得我太牢了，他敗露了行藏沒關係，可連累了我……」

仇奕森便趕忙下車，說：「汽車停在什麼地方？」

關人美只好在前面領路，在公路一側，可以看到一叢矮樹林，一部天藍色的小轎車掩蔽在樹陰底下。仇奕森看得出，那正是何立克自用的小汽車呢。

「關小姐，妳真辣手呢！」仇奕森取笑說：「何立克手無縛雞之力，他怎會是妳的對手呢？」

關人美說：「我唯有道歉，實在逼不得已才這樣做的！」

仇奕森知道，悶在行李箱內不是味道，尤其是何立克的身體不好，萬一出毛病可不是鬧著玩的。他放開了腳步趨過去，在一回首間，關人美已經溜走了。

她的身形也很快，只片刻間就已重返公路上，躍上吉普車了。

吉普車的馬達已經響了，左輪泰丟下了仇奕森，載著關人美繼續趕路去了。

仇奕森打開了汽車的行李箱，果然何立克是被關在行李箱內。

他的神志還是迷迷糊糊的。仇奕森將他拖出車外，有了新鮮空氣，他才清醒過來。

「怎麼回事？」仇奕森問。

「有人在我背後打了一拳，我昏倒了，以後就不省人事！」何立克吶吶說。

「我讓你追蹤駱駝，誰叫你追一個女孩子呢？」仇奕森埋怨說。

「這個女孩子也是守在將軍府的門前追蹤駱駝的，我正好跟著她！」

仇奕森眼看著左輪泰和關人美乘坐的吉普車已告遠去，他想要追趕恐怕已經是很困難了，好在他還有何立克的一部汽車好用。

「看情形，我們還得回『滿山農場』去！」仇奕森說。

「你不是說『滿山農場』的事情已經可以告一段落了嗎？」何立克說。

「不！既然要到林邊水的地盤上去，我們還得利用林淼才行！」仇奕森說。

第十九章　最後較量

這是林邊水的「王國」，有一望無際的良田，青山綠水，由高原至平田，全都是林邊水的產業。

珍珠衫和龍珠帽已經安然送達林邊水的「王國」了，是由賀希妮送到的。賀希妮還僱用了一名保鏢，替她提箱子。

這保鏢是誰呢？「豪華酒店」僱用的私家偵探占天霸。

賀希妮僱用占天霸是有理由的，占天霸是個退休警探，各方面的人頭都很熟，特別是飛機場方面，大部份負責行李的都是他的老同事。占天霸賣一點老面子，行李容易過關。

賀希妮是透過了「豪華酒店」的業務經理，擺出了她的「特權」身分才將占天霸借出來的。「豪華酒店」內的上下人幾乎都知道，賀希妮和蒙戈利將軍府有著特殊的關係。得罪這個女郎，會招來什麼樣的後果，誰都不會知道。因之，占天霸可以獲得一個星期的休假，在這一個星期的休假時間，正好替賀希妮做私人保鏢，可以得到雙重的薪給，占天霸又何樂不爲呢？

史天奴探長也可謂是一頭「老警犬」了，他將注意力集中在駱駝和左輪泰及仇奕森三個人的身上，

竟然疏忽了這個女郎，更做夢也想不到占天霸被他人利用了，竟做了傳遞「贓物」出境的共犯。

賀希妮一點也不費事，只僱用了一個占天霸，多買了一張飛機票，便順利帶著珍珠衫和龍珠帽到達了林邊水的「王國」。

賀希妮代表駱駝，將珍珠衫龍珠帽送抵林府，林邊水自然高興莫名。

賀希妮和占天霸被招待在林宅內做貴客，賀希妮也正好為駱駝做舖路的準備工作。

常老么也抵達了，他是應約而來的，駱駝和林邊水之間的「賭注」已告結束，他是結束手續而來的。

林家鎮上有一間並不華麗但頗為潔淨的小酒店，房間不多，通常是供一般與林家鎮有貿易關係的過路商人歇足用的，常老么被招待在這間小酒店內。

左輪泰和關人美也抵達了，這間小酒店好像是唯一可供居住的地方，要不然，他們就得向附近的農舍投宿。

左輪泰和關人美住進了那間小酒店之後不久，該酒店又走進一位客人。

常老么驚訝不已，他認出那位風塵僕僕的傢伙，正是墨城的偵探長史天奴！史天奴竟然也追到了林邊水的「王國」！

雖然蒙戈利將軍曾關照史天奴探長，可以將「萬國博覽商展會」的劫案結束，不必追究贓物的下落。但是史天奴是一個有責任感的人，一定要將贓物追回來，因此，史天奴是以追蹤駱駝的線索，追蹤到林邊水的「王國」。

史天奴辦妥了「國際引渡法」，欲到達鄰國拘捕駱駝，並請求當地的警察合作，幫助追尋贓物，以期能夠物歸原主。但是當史天奴剛下飛機之際，便和一位獨臂的老太婆撞個滿懷。

史天奴做夢也想不到，那殘廢了一隻手臂的老婦竟也是駱駝的爪牙，她就是「九隻手扒竊老祖母」查大媽。查大媽在與史天奴相撞的一剎那間，將史天奴探長衣袋間的引渡文書和所有的證件全部扒走了。所以，史天奴連身分證明文件也沒有了。當他發現所有的文件失竊時，只有拍電報向墨國的警方求援了。

史天奴在還未得到墨城方面將他的身分證件及引渡文書寄到時，他只有投宿至林家鎮的小酒店裡去。

常老么發現史天奴抵達，爲駱駝著想，他非得「修理」史天奴不可，便向當地的警署報案，說在小酒店之內發現了形跡可疑的竊賊。

常老么是林府的客人，當地的駐警當然是偏袒他的，常老么報稱，他存放在小酒店的行李箱中，有一隻收音機及電動刮鬍刀、照相機及好幾張旅行支票全失竊了，而這些東西全在史天奴所住的房間內可以發現。

經警方搜查之下，一點也不假，所有失竊的贓物全在史天奴的房間搜出來了。他們不分青紅皂白，先將史天奴帶回警局實行收監。史天奴再辯解也沒有用處，因爲他沒有身分證明文件，再說也是多餘的。

駱駝也抵達了，他贏了賭注，要光明正大地向林邊水討鈔票，一方面也要會同左輪泰盜竊林邊水的「寶庫」，遵守他的諾言，這是「賊不空手」的道理。

駱駝只奇怪仇奕森爲什麼還沒有抵達？兩個難惹的人物中，左輪泰已經和他合夥，就只差「老狐狸」這傢伙，可以說是捉摸不定的，有時候使出的「怪把戲」是很難招架的呢。

駱駝沒敢和左輪泰會面，是爲避免嫌疑，他直接到了林宅，做林府的貴客。駱駝手底下的黨羽，如夏落紅、孫阿七、彭虎、查大媽等棘手人物，全都分配在「林家王國」的交通要衝之地，等候著「老狐狸」的光臨，假如說，仇奕森真不識相的話，他會自找難堪的。

林府連夕大排筵席，招待他的貴賓駱駝和常老么，珍珠衫和龍珠帽進入了林邊水的「寶庫」，林邊水自認是生平最大慰事，至少他將蒙戈利將軍擊敗了，由一個異國人的「軍閥」手中奪回兩件國寶，可真不簡單呢！歷年積壓在心胸中的鬱氣可一吐而盡了。

這天的黃昏時分，筵席正告排開，郵局給他送到大批的包裹、紙盒、鐵箱、木匣……大件小件，足有整部車，全是寄自墨城。

林邊水搞不清楚這些包裹的來路，他從未向墨城任何商店訂購什麼東西。郵差聲明，所有的郵寄費用、關稅、送貨費用，全由寄件人付清了，林邊水只需簽收，此外，什麼費用、手續也沒有。

林邊水簽了字之後，打開郵包，赫然全部是古玩！琳瑯滿目……

駱駝一看而知，那是他的贋品存貨全寄送到林府了，這算是什麼「把戲」？什麼名堂？除了是「老狐狸」仇奕森會搞這種把戲之外，還會有什麼人呢？他的用意何在？

駱駝聰明一世，走遍了全球大半個世界，什麼樣的「光棍玩藝兒」，可以說瞞不過他的，仇奕森是什麼用意呢？連駱駝也諱莫如深。最後，他們打開了一隻木箱，竟是一件贋品的珍珠衫和龍珠帽，寄件人竟是史天奴探長呢。

「這是兩件贋品，史天奴探長將它寄到這裡目的何在？」駱駝吶吶說。

「看起來和真的無異！」林邊水說。

「當然它是假的，這是出自贋品專家李乙堂的傑作，看上去可以矇騙不少的人！」

林邊水有了懷疑，趕忙將駱駝交給他的兩件寶物取出來，比對一番。

林邊水是暴發戶，土包子出身，他真能欣賞古物嗎？四件東西合在一起，哪一件是真的，哪一件的贋品，他根本分別不出來。

「真奇怪，史天奴探長爲什麼要這樣做？莫非他是存心要向我倒栽贓？」林邊水搔著頭皮說。

駱駝忽的跺了腳，說：「你剛才已經簽收了！」

「那又怎麼樣？」

「蒙戈利將軍已經出具證明，史天奴探長破獲劫案，取回的是真品！」

「他寄給我又是什麼用意？」

「假如你用贋品調換就犯了法！這必定是仇奕森的鬼計呢！」

「狗屁！我不吃這一套！」林邊水說。

「打國際官司是最麻煩不過的！」

「我可以聲明，史天奴探長寄到的就是贋品！」

「可是真品藏在你的家中！」

「誰敢搜索我？……」

「透過國際警聯法規，史天奴探長可以這樣做，他有蒙戈利將軍給他做後臺！雖然史天奴探長現在是被關在警局的拘留所裡，但是公文一到，他就可以恢復自由，又成爲『國際警聯』的警官！」

「依你的意見，應該怎麼對付？」

駱駝搔著禿頭，矜持說：「依我的意見，最好是先將珍珠衫和龍珠帽運出境！」

「交給誰？交給你麼？」林邊水露出極不信任的態度。

「交給我！」門外走進來一個人，肥團團的，極其福相，大搖大擺的。

林邊水一看，是他的兒子林淼回來了，喜出望外。「好小子，你竟捨得回家了！」

「我是報喜訊回來的！」林淼說。

「什麼喜訊？」林邊水立刻將珍珠衫和龍珠帽的問題置之度外。

「爸爸抱孫心切，現在我有好事傳出了。」這孩子臉露笑容。

「你自己選擇了對象？」

「不錯，門當戶對，和我們林家擁有相對的產業！」

「胡說，誰比得上我……」

「我娶了『滿山農場』的女主人！」林淼說：「她的土地和我們林家的土地不分上下，就只差還未完全開發！」

駱駝知道內情必有蹊蹺，說：「誰做的媒？」

門外有人說：「做媒的是我！」

大家的眼睛集中看去，竟是「老狐狸」仇奕森呢！

「哼！仇奕森向來只有破壞，沒有建設！」駱駝齜牙咧嘴地說。

「玉成好姻緣，不算是建設麼？林朱兩家都是勤奮的華僑後裔，赤手空拳，在異國開創了華人的天地，為我民族增光，受世人的崇仰！」仇奕森說。

「仇奕森一定是有條件的！」駱駝說。

「不錯，需要聘禮！」仇奕森說：「我不反對這項婚事！」

林邊水說：「我立刻開支票，聘禮美金五十萬……」

「聘禮不要美金！」林淼擺著手說。

「不要美金，要什麼？」

「雙方言明，聘禮是要珍珠衫和龍珠帽！」仇奕森說。

「不可能的事……」林邊水怔著，顯出傻頭傻腦的。

「我已經答應了！」林淼說。

「你怎知道我會答應呢？」林邊水暴躁地問。

「你非得答應不可，要不然，我送林淼上山去削髮為僧，斷絕你林家的煙火，同時，珍珠衫和龍珠帽要趁史天奴探長還未出獄之前，先送返『滿山農場』，可以省掉你們林家許多的麻煩！」仇奕森說。

「這等於是一種威脅！」駱駝說。

「不！這是為林朱兩家子孫萬代最有利的做法！」仇奕森說。

「你還是要將珍珠衫和龍珠帽交還在蒙戈利將軍的手中了？」駱駝憤然說：「你的民族性何在？」

「不！」仇奕森向身後一招手，走進屋的竟是蒙戈利將軍的義子沙利文。

沙利文說：「家父吩咐過，珍珠衫和龍珠帽是中華民族的國寶，命我送還中國去！」

「蒙戈利將軍怎會產生這種觀念？」林邊水甚感意外。

「家父被仇奕森和左輪泰的精神所感動！」沙利文含笑說：「他老人家說，這是一個偉大、希望無窮的民族，將來會頂天立地，傲視全世界！只是數百年來帝制的腐敗，使他們衰落，八國聯軍進京就是一個例子，家父在八國聯軍進京時，只不過是一名少尉而已！」

林邊水搔著頭皮，說：「珍珠衫和龍珠帽既要送還給中國，那麼又怎樣送到『滿山農場』去作聘禮呢？」

「那只是一種儀式，朱黛詩一家人也是極其愛面子的！」仇奕森說。

「可是我已經輸了駱駝賭注！」林邊水說。

「你作爲樂捐，駱駝教授也會樂於接受的！」仇奕森瞪著駱駝說。

「爸爸對古玩也分不出真僞，有贋品的珍珠衫玩玩，豈不同樣的可以風雅自賞？駱駝先生縱橫七海，威名遠播世界各洲，必然是有他的一番道理的。這是一個最好的機會，表現出你的風度，做一位大慈善家給各位看看！」林淼在一旁勸說。

仇奕森插嘴說：「蒙戈利將軍已經被駱駝說服，在他的土地上成立了多種慈善機構！」

林邊水大肆咆哮說：「你們別用蒙戈利將軍來激將，他能做多大的慈善家，我一定比他捐得更多！」

駱駝知道林邊水已經被說服了，笑著說：「在林邊水『王國』裡的人民有福了，我想將來，你會捨棄古玩，專心在慈善事業上用功夫！那種趣味，較之『掘死人墳墓』有意義得多呢，受你恩惠的人民，子孫百代都會歌頌不忘！」

「好吧！就這麼辦！」林邊水一口應承，所有的問題好像就到此結束。

駱駝和仇奕森全做了林府的貴賓，筵席大開，通宵達旦，由於心情高興，每個人都喝得唏哩呼嚕的。

駱駝借著酒意，向仇奕森說：「老狐狸，你解決了我的問題，可不能解決左輪泰的問題！我和左輪泰還有約，打算要收拾林邊水的寶庫！」

仇奕森說：「左輪泰的問題早解決了！」

「你又用了什麼樣的狡計？」

「林府和『滿山農場』既結秦晉之好，左輪泰不會偷到親家裡來的，況且，左輪泰偷竊，也無非是為了『滿山農場』，偷林邊水的寶庫，還不如讓林淼傾全力投資，『滿山農場』在最短期間之內，一定會繁榮起來的！」

駱駝搖頭說：「左輪泰和我有約在先，賀希妮早準備停當，在酒筵之間，我想林邊水的寶庫早已經盤空了！」

「假如林邊水已經決定捨棄所有的古玩，投資在慈善事業之上，左輪泰豈不是等於偷竊了貧窮與苦難者的衣食嗎？他的俠義行為豈不毀於一旦？」

「賀希妮已經將寶庫全搬出去了，又有孫阿七在外接應……」

仇奕森說：「我們趁這時間，向林邊水要求參觀一下他的寶庫又如何？」

駱駝說：「若在這時被林邊水發現寶庫失竊，豈不尷尬麼？」

「我們不過是證實左輪泰的爲人罷了！」

林邊水早喝醉了酒，只是心中高興難熬，他畢生中還未曾和江湖豪傑打過交道，這時候領略到生活另一面的滋味。

駱駝在筵席上將他推醒，說明了意思，林邊水高興莫名，踏著醉步，將寶庫打開了。

事情大出意料之外，寶庫內所有的古玩收拾整齊，排列在古玩架上，還釘有一張字條，上寫：

「捐贈給所有苦難貧寒！左輪泰字」

駱駝不免咒罵說：「王八蛋！他竟將這寶庫內所有的東西算做是他的所有，好大的口氣！」

仇奕森大笑說：「這原是屬於天下人所有的！」

忽的，他們聽到呻吟之聲出自寶庫的牆角，伸腦袋過去一看，有兩個人直條條地躺在那裡，是一男一女。

駱駝瞪大了眼，那竟是孫阿七和賀希妮呢。假如駱駝不是多喝了幾杯酒，他早該可以嗅得出寶庫內有著迷魂香的氣息。

「哼，左輪泰竟不惜用下三濫的把戲……」駱駝詛咒說：「這算得了英雄好漢麼？」

仇奕森說：「駱駝，你也用過下三濫的把戲啊！」

駱駝不樂說：「你又拆穿西洋鏡！」

「我們不許惱羞成怒！」

「你只管說說看！」

「我們喝了竟夜，有部份的酒中加了蒙汗藥！」仇奕森說時，聳了聳肩。「所以每個人都特別容易醉！」

駱駝說：「但是大家都沒有醉！」

「因爲我又投下了許多解藥……」

「老狐狸……」

「有言在先，我們不得惱羞成怒！」仇奕森說。

於是，駱駝格格大笑，仇奕森也格格大笑，兩人笑得發狂，將林邊水傻在一旁了。

「左輪泰現在到哪裡去了？」駱駝問。

「我想，他帶著他的女兒關人美繼續周遊世界，你知道，左輪泰並不想參加朱黛詩的婚禮，遊俠的行蹤永遠是飄忽不定的！」仇奕森回答。

「你呢？」

「林淼會替我將珍珠衫和龍珠帽送還『燕京保險公司』，它將會物歸原主，交給蒙戈利將軍，我的諾言已了，墨城並無値得留戀之處，反正這個世界很大，可以去的地方多的是！」

「繼續雲遊四海麼？」駱駝搔著頭皮說：「有機會和你較量，是很有趣的事情！」

「這次能和駱駝大教授交手，是畢生的榮幸，刻骨難忘！」仇奕森豪邁地說。

晨間，林府的大門前來了一部警車，除了駕車的是一位武裝警員之外，車內坐著的是垂首喪氣的史天奴探長，他由拘留所內被釋放出來，顯然是求援的公文已經到達了。

首先跨車走出來的，卻是蒙戈利將軍的義子沙利文，他笑口盈盈地請林府的下人傳報。

仇奕森和駱駝代表主人迎出門外。

沙利文說：「我是代表父親制止史天奴探長的行動趕來的，因爲他對博覽會劫案還不肯罷手，父親說，這等於是自尋煩惱，也等於是替墨國丟人，是不智之舉呢！」

仇奕森說：「蒙戈利將軍是一位賢明的領袖人物，有獨特的卓見，所以能獲得墨國的全民愛戴！」

沙利文再說：「我願意奉告，父親除了不追究『滿山農場』朱建邦火焚酒精廠的官司之外，還將開闢在『滿山農場』的那條大馬路，贈送給『滿山農場』了！」

「蒙戈利將軍的恩德將會被『滿山農場』的後代歌頌，世代不忘！」仇奕森說：「我會建議『滿山農場』立下石碑作爲紀念！」

「聽說林公子將要和『滿山農場』的女主人結婚了？」沙利文問。

駱駝說：「蒙戈利將軍及時送了最好的禮物！」

沙利文說：「請代我祝福他們！我已沒有時間參加婚禮，我的假期終了，得回三藩市去繼續完成學業！」

「我們先祝你學業完滿！」仇奕森說。

「另外還有一件事！」沙利文一揮手，摸出了一張公文，又說：「蒙戈利將軍說，珍珠衫和龍珠帽是屬於中國人所有的東西，它可說是代表中國民族象徵性的文化古物，應該將它交還給中國，聽說在中國，新建了一間歷史文物博物館，請你們將那兩件古物就送交到那裡去！」

駱駝哈哈大笑說：「這正合我的意思！」

仇奕森說：「林淼和朱黛詩蜜月旅行，決定到東方去，到底他們仍是中國人的一份子，怎能不到自己的祖國看看呢！我會委託他們送達的！」

「那麼就完全拜託了！」沙利文說著，將公文雙手呈交到仇奕森手中。

「我們絕不會辜負蒙戈利將軍的重託，所有炎黃子孫都會感激的！」

沙利文重新乘上警車，揮手說：「希望我們能有機會再見！」

「後會有期！」仇奕森說。

「後會有期！」駱駝說。

—全書完—

國家圖書館出版品預行編目資料

鬥駱駝／牛哥著. — 初版.— 臺北市：風雲時代，2009.03

冊；　　公分

ISBN 978-986-146-524-1（下冊：平裝）

857.81　　　　98000636

懷念好書懷念老書系列

鬥駱駝〈下〉

作者：牛哥
出版者：風雲時代出版股份有限公司
出版所：風雲時代出版股份有限公司
地址：105台北市民生東路五段178號7樓之3
風雲書網：http://www.eastbooks.com.tw
官方部落格：http://eastbooks.pixnet.net/blog
信箱：h7560949@ms15.hinet.net
郵撥帳號：12043291
服務專線：(02)2756-0949 傳真：(02)2765-3799
執行主編：朱墨菲
美術編輯：許芳瑜

法律顧問：永然法律事務所 李永然律師
北辰著作權事務所 蕭雄淋律師
版權授權：李馮娜妮（牛嫂）

初版日期：2009年4月

ISBN 978-986-146-524-1

總經銷：成信文化事業股份有限公司
地址：台北縣新店市中正路四維巷二弄2號4樓
電話：(02)2219-2080

行政院新聞局局版台業字第3595號
營利事業統一編號22759935

定價：240元